LE QUATRE DE CŒUR

ELLERY QUEEN	*ŒUVRES*
LE MYSTÈRE DU THÉÂTRE ROMAIN	
LE MYSTÈRE DE L'ÉLÉPHANT	
LE MYSTÈRE DU SOULIER BLANC	
DEUX MORTS DANS UN CERCUEIL	
LE MYSTÈRE ÉGYPTIEN	*J'ai Lu* 1514***
LA MORT À CHEVAL	
LE MYSTÈRE DES FRÈRES SIAMOIS	
LE MYSTÉRIEUX MONSIEUR X	
LE MYSTÈRE ESPAGNOL	
LA MAISON À MI-ROUTE	*J'ai Lu* 1586***
LE MYSTÈRE DU GRENIER	*J'ai Lu* 1736***
LE MYSTÈRE DE LA RAPIÈRE	
LE QUATRE DE CŒUR	*J'ai Lu* 1876***
LES DENTS DU DRAGON	
LA VILLE MAUDITE	*J'ai Lu* 1445***
IL ÉTAIT UNE VIEILLE FEMME	*J'ai Lu* 1489***
LE RENARD ET LA DIGITALE	*J'ai Lu* 1613***
LA DÉCADE PRODIGIEUSE	*J'ai Lu* 1646***
GRIFFES DE VELOURS	*J'ai Lu* 1675***
COUP DOUBLE	*J'ai Lu* 1704***
L'ARCHE DE NOÉ	
LE ROI EST MORT	*J'ai Lu* 1766***
LETTRES SANS RÉPONSE	
LE VILLAGE DE VERRE	
LE CAS DE L'INSPECTEUR QUEEN	
LE MOT DE LA FIN	*J'ai Lu* 1797***
L'ADVERSAIRE	
ET LE HUITIÈME JOUR...	*J'ai Lu* 1560***
SHERLOCK HOLMES CONTRE JACK L'ÉVENTREUR	
FACE À FACE	
UN BEL ENDROIT PRIVÉ	*J'ai Lu* 1811***

Recueils

LES AVENTURES D'ELLERY QUEEN
LE DRAGON CREUX
CALENDRIER DU CRIME
BUREAU DE RECHERCHES

Romans sous le nom de Barnaby Ross

LA TRAGÉDIE DE X
LA TRAGÉDIE DE Y
LA TRAGÉDIE DE Z
LA DERNIÈRE AFFAIRE DU DRURY LANE

ELLERY QUEEN

LE QUATRE DE CŒUR

TRADUIT DE L'AMÉRICAIN
PAR FRANTZ STRASCHITZ

ÉDITIONS J'AI LU

Ce roman a paru sous le titre original :

THE FOUR OF HEARTS

PRÉFACE

Parmi les quelque trente romans d'Ellery Queen, on peut en trouver de plus brillants (La décade prodigieuse)*, de plus habiles* (Le mystère de l'allumette)*, de plus émouvants* (Il était une vieille femme)*, de plus célèbres* (Le mystère des frères siamois). *Mais* Le quatre de cœur, *pour imparfait qu'il soit, n'en est pas moins capital pour l'étude de l'œuvre du célèbre romancier bicéphale.*

Le quatre de cœur *suit chronologiquement* Le mystère de la rapière, *lui aussi fort oublié. Dans* La rapière, *nous assistions à l'arrivée d'Ellery Queen à Hollywood, et à son enquête sur l'affaire Ohippi. Dans le second roman, à l'entrée d'Ellery dans le monde du cinéma. Mais il convient de bien dissocier les deux ouvrages. L'un est mineur, l'autre important.*

En effet, Le quatre de cœur *constitue une charnière entre les œuvres du début, classiques énigmes policières pouvant être résolues par le lecteur lui-même grâce au fair-play de l'auteur, et les œuvres de maturité (série « Wrightsville ») où l'intrigue purement policière cède le pas à une étude psychologique en profondeur.*

Nous sommes en 1938. Des menaces de guerre pèsent sur l'Europe. Alors qu'en France se succèdent les crises politiques (chute du cabinet Chautemps, du cabinet Blum, du cabinet Daladier, etc.), qu'en Allemagne le chancelier Hitler s'attribue le commandement de toutes les forces armées du Reich, puis se bombarde Führer de l'Anschluss, aux Etats-Unis, le 15 juin, le Sénat vote la loi des quarante heures... et, vers la même époque, le célèbre détective Ellery Queen débarque à Hollywood en qualité de scénariste attaché à la puissante compagnie Magna Films.

Frederic Dannay et Manfred B. Lee — les Queen — commencent à publier en 1933. Leurs premières œuvres connaissent un succès immédiat, et le cinéma américain, Moloch à la perpétuelle recherche de talents nouveaux, leur ouvre ses portes.

C'est alors, je le suppose du moins, pour ces deux jeunes auteurs — en 1938, ils ont chacun trente-trois ans — l'ivresse de la consécration; le contrat de longue durée les liant à une grande firme, l'enthousiasme du début, les premiers succès opèrent un bouleversement dans leur existence. Bouleversement qui est sensible dans Le quatre de cœur. *Un bref tableau de ce qu'était Hollywood dans ces années instables de l'immédiat avant-guerre ne sera pas superflu.*

L'on vend encore aujourd'hui aux touristes qui débarquent en Californie un plan d'Hollywood sur lequel, au lieu de monuments, d'églises ou de sites pittoresques, figurent les emplacements des principaux studios et des monstrueuses demeures des stars.

Mais aujourd'hui les villas tombent en ruine, les grands studios ont disparu ou se survivent en travaillant pour la télévision, et la ville de rêve n'est plus qu'un gigantesque mausolée où seules les dalles du Grauman's Chinese Theatre perpétuent le souvenir des idoles de jadis.

Alors qu'en 1938...

Dans une atmosphère de fête perpétuelle, les parties *succèdent aux* parties, *les scandales aux scandales, et les Ligues de Moralité ont fort à faire.*

Tout ce qui a un nom est sous contrat pour des années, l'avenir sourit à tous. L'argent et l'alcool coulent à flots, et la légende fait de Hollywood un panaché de Sodome, Gomorrhe et Babylone.

Les studios produisent sans arrêt des films à la mécanique bien huilée. C'est l'âge d'or de la comédie américaine (Cette sacrée vérité, Madame et son clochard, Vous ne l'emporterez pas avec vous).

Un stock colossal de matière grise est constamment utilisé, d'où les ponts d'or faits aux auteurs. C'est l'époque où Hollywood engage Hemingway, Caldwell, Scott Fitzgerald, Chandler, voire Faulkner, quitte à les laisser mariner pendant des mois dans de somptueux bureaux.

Dans son merveilleux livre Le désenchanté, *Budd Shulberg relate sous une forme à peine romancée les déboires de Scott Fitzgerald, écrivain vidé, tué en grande partie par une inaction dorée.*

Je présume que Queen[1] *souffrit d'un semblable farniente forcé, si j'en crois le premier chapitre du* Quatre de cœur *où Ellery, qui a été suffisamment longtemps payé pour ne rien faire, boucle ses valises et s'apprête à partir en claquant les portes...*

Ce qui m'amène à l'un des points les plus importants du livre. Pour la première fois, Queen s'identifie à Ellery. D'ailleurs, c'est le livre des « premières fois ».

Dans les sept ou huit premiers romans, Ellery n'avait guère de personnalité. Tout ce que le lecteur savait de lui se résumait à ses apparences : grand, s'habillant à Londres, fumant la cigarette, portant pince-nez et se promenant souvent avec une canne.

Ces accessoires n'en faisaient pas un héros très sexy,

1. L'auteur Ellery Queen relatant les aventures d'un héros nommé... Ellery Queen, je me vois obligé, pour faciliter la compréhension du lecteur, d'adopter le code suivant : *Queen* tout court désignera l'auteur, *Ellery* tout court le héros.

contrairement au Saint, par exemple, ou à l'Introuvable cher à Dashiell Hammett, qu'avait popularisé à l'écran William Powell.

Quant au caractère, à l'ego, à la psychologie : mystère, zéro, néant. Nous ne savions rien de la vie privée, voire sexuelle, d'Ellery, sinon que de temps à autre il était capable d'apprécier une jolie silhouette féminine. Cela n'allait pas très loin.

Mais cela peut s'expliquer. Dans la plupart des premiers romans, qui se déroulaient à New York ou dans les environs, Ellery, en tant que détective amateur, dépendait de son père, le vivace inspecteur Queen, lequel étouffait la personnalité latente de son rejeton à pince-nez.

Or, voici Hollywood, le grand voyage, la traversée des Etats-Unis, un monde différent, une cassure nette de toutes les habitudes, et surtout la possibilité enfin pour Ellery de voler de ses propres ailes, de jeter sa gourme, d'agir pour son propre compte. La chrysalide pouvait devenir papillon.

Qu'advient-il alors ? Ellery se rebelle contre le contrat imbécile des productions Magna. Ellery — qui a laissé canne et pince-nez à New York — s'enflamme pour la séduisante Paula Paris, qui vit mystérieusement cloîtrée dans sa somptueuse villa de Malibu. Ellery amoureux est payé en retour ! Il en vient même à s'enivrer copieusement en compagnie du producteur Jack Butcher, et écope de la première gueule de bois de sa vie ! On nous l'a décidément changé, notre Ellery !

Il agit comme s'il avait pris conscience du temps perdu, du temps qui fuit, et voulait mettre les bouchées doubles pour devenir un être humain supportable.

Car, n'ayons pas peur des mots, jusqu'ici notre ami nous apparaissait souvent comme un individu colossalement prétentieux. Ellery, ô joie, devient un héros de chair et de sang. Il lui arrivera même de se tromper dans ses déductions !

Telle est la première révolution accomplie par ce livre.

Queen-l'auteur, lui, poursuit dans ce livre une évolution personnelle dont le premier symptôme avait été, un ou deux romans plus tôt (Rapière *ou* Grenier, *la mémoire me manque), l'abandon de la vieille tradition ayant contribué au renom de la firme, du* défi au lecteur. *Ici, une digression s'impose.*

Pour celui qui n'aurait jamais lu de Queen jusqu'à ce jour, je rappelle brièvement le principe : deux chapitres avant la fin, une page imprimée en italique interrompait le cours du récit et disait en substance : « Maintenant, vous en savez autant que le héros. Vous avez en main tous les indices qu'il possède lui-même, et voyons si vous êtes aussi malin que lui ! »

En pleine possession de son métier, Queen savait pouvoir gagner à tous les coups, mais le danger de la formule était ailleurs.

Le lecteur, passionné par l'intrigue, emporté par des rebondissements innombrables, butait soudain sur le défi. Aussitôt, le charme était rompu. Le roman devenait ce qu'il était : un simple jeu, un problème à résoudre, comme les mots croisés ou les rébus de dernière page. Le roman disparaissait derrière le gadget !

Autre inconvénient du défi. Le procédé nécessitait une rigoureuse honnêteté envers le lecteur. Ceci impliquait de faire passer tous les indices entre les mains du détective, au moyen d'épisodes généralement secondaires, parfois fastidieux, et qui ralentissaient considérablement l'action.

Rien de tel dans Le quatre de cœur. *Des scènes capitales se déroulent en l'absence du détective; le lecteur en sait plus que lui, et s'amuse de le voir se fourvoyer. Le lecteur, jusqu'ici traité avec quelque condescendance par un prestidigitateur qui lui tirait des pièces du nez, se trouve enfin dans une position de supériorité. Il se garde d'en abuser, d'ailleurs, puisque je mets au défi (c'est bien mon tour) n'importe quel lecteur du* Quatre de cœur *d'en découvrir le coupable autrement que par pure intuition.*

Queen a souvent fait appel à des malades mentaux

dans ses romans. Il est en effet difficile de toujours justifier logiquement l'impulsion criminelle chez un être normalement constitué. D'où, providence des auteurs policiers, les fous, les maniaques et les anormaux, qui tous se dissimulent sous une apparence de parfaite logique et de froid cartésianisme.

Jusqu'à Queen, l'introspection psychologique n'était guère le fort des détectives. Queen, l'un des premiers, a su utiliser la psychanalyse dans Le mystère de la cape espagnole. *La psychanalyse, qui depuis a accompli les ravages que l'on sait dans la littérature et le cinéma américains !*

Ici, c'est une psychose de bon ton, qui nous apitoie sur l'adorable Paula Paris, l'échotière la plus redoutée et la mieux informée d'Hollywood.

Pour une cause qui nous demeurera d'ailleurs inexpliquée — ô grand Queen qui effleure mais n'appuie jamais ! — Paula Paris est atteinte d'agoraphobie et s'est toujours refusée à quitter son cher petit home.

Un psychiatre parviendrait peut-être à déterminer que Paula, enfant, avait été perdue par ses parents dans la foule d'un meeting d'aviation... Quoi qu'il en soit, l'adorable, le séduisant, l'irrésistible Ellery, sans faire appel à Freud, utilisera la meilleure des thérapeutiques : la guérison par l'amour ! Quoi de plus joli, de plus touchant, de plus poétique ?

Voilà le grand mot lâché : la poésie. Pour la première fois, je pense qu'on peut l'utiliser sans rire à propos d'une aventure d'Ellery.

Ceci constitue la seconde révolution accomplie par ce livre.

L'auteur n'a quand même pas abandonné la totalité de ses procédés; il eût alors risqué de dérouter son innombrable public. Pour les amateurs de personnages insolites, il reste l'Ermite de la Montagne, vieil original qui attend la mort dans un nid d'aigle où l'on ne peut accéder que par avion. (On reconnaîtra la variante favorite de Queen au problème du local clos, déjà utilisée à peu de chose près dans Le mystère des frères siamois.) *Pour les amateurs de mystère, il y a des meurtres inexplicables, et un assassin épistolier qui envoie par la poste une série de menaçantes cartes à jouer ! Frémissez, doux lecteur, vous en aurez pour votre argent, je le jure !*

Mais, outre les révolutions énumérées plus haut, voici qu'apparaît quelque chose de rigoureusement nouveau chez Queen : la satire.

Queen avait déjà procédé à des études de milieux, mais on le sentait parfois mal à l'aise dans la description de gens qu'il n'avait fréquentés que de loin. Or, il connaît maintenant à fond le monde du cinéma hollywoodien, qu'il ne faisait que découvrir timidement dans Le mystère de la rapière.

Et il se défoule.

Comme un jeune chien farceur, il s'ébroue, et fait des trous dans les plates-bandes. Avec vigueur, mais sans trop de férocité, il dépeint les mœurs du cinéma, dévoile les combines, les trucs publicitaires, les mariages bidon, bref, procède avec une joie iconoclaste à une démythification totale du star-system.

Hollywood-Mecque ? Hollywood-Babylone ? Non. Hollywood-Charenton.

Je vous recommande la description qu'il fait d'un enterrement de vedette. J'ai rarement lu pages aussi hilarantes, même dans le célèbre Mort aux acteurs *de Ben Hecht. C'est férocement drôle, drôlement brillant, et brillamment enlevé.*

Voici la troisième révolution accomplie par ce livre.

Comme je le laissais entendre en commençant, les puristes du roman-problème, les spécialistes du Queen première manière risquent de faire la fine bouche. Le roman manque d'orthodoxie, soit.

Mais n'oublions pas que ce livre date d'une trentaine d'années. Le miracle s'accomplit alors. Il aurait pu être écrit aujourd'hui, en prenant pour sujet des idoles de la chanson (celles du cinéma s'étant transformées en petits-bourgeois pantouflards), sans rien perdre de son tonus et de son mordant.

C'est cela, le talent.

Des œuvres plus parfaites disparaîtront, figées à jamais dans leur intemporalité. Celle-ci demeurera car, indépendamment d'une intrigue policière ni meilleure ni pire qu'une autre, elle apporte un témoignage documentaire, à la fois sociologique et historique, sur un grand moment de l'histoire d'Amérique : Hollywood.

Michel LEBRUN

PREMIÈRE PARTIE

Une providence pour Hollywood

Il est bien connu que quiconque est exposé pendant plus de six semaines à l'atmosphère de Hollywood devient — soudainement et définitivement — dingue.

Mr Ellery Queen avança la main vers la bouteille de scotch qui se trouvait sur la valise ouverte.

— A Hollywood, la ville des piqués ! Noyons-la ! (Il siffla le fond de la bouteille et se remit à faire sa valise.) Adieu, Californie, je te quitte, sans larmes, sans honneurs et sans fanfares ! Mais que m'importe !

Alan Clark eut ce sourire de Joconde qui permet de reconnaître du premier coup d'œil un imprésario de Hollywood, qu'il soit gros ou maigre, grand ou petit, qu'il ait l'œil humide ou sec. C'est le sourire de pure sagesse du sage, du saint et du cynique.

— Vous êtes tous pareils au début. Ceux qui tiennent le coup enlèvent le morceau. Les autres perdent courage et retournent en gémissant d'où ils viennent.

— Si vous essayez d'éveiller mon courroux, Alan, gronda Ellery en donnant un coup de pied dans ses crosses de golf, laissez tomber. Vous savez ce que j'en fais, de vos tactiques et de vos intrigues...

— Qu'est-ce que vous espériez ? Une mission de première classe le jour de votre arrivée, et un dîner de gala au Cocoanut Grove ?

— Du travail, dit Ellery, déraisonnablement.

— Pouah ! Du travail ? Il s'agit d'art. Rembrandt

n'a pas commencé par la chapelle Sixtine ! Il faut d'abord apprendre les ficelles !

— En me suçant le pouce dans cette espèce de mausolée qu'ils m'ont donné en guise de bureau ? Merci.

— Allons, allons, dit Clark sur un ton conciliant. C'est l'argent de Magna, pas le vôtre. Le studio vous paie pendant six semaines à ne rien faire; vous croyez qu'ils ne savent pas ce qu'ils font ?

— Vous me le demandez ? dit Ellery en jetant quelques affaires dans sa valise. Eh bien, je vous réponds : non !

— Il faut d'abord se mettre dans le bain, Queen, avant de pouvoir toucher à un scénario. Vous n'êtes pas payé à la page ! Vous êtes un écrivain, un artiste, un... une plante sensible.

— Tout ça, c'est des boniments aux petits oignons.

— D'accord, d'accord, mais pourquoi tant de hâte ? Un grand avenir vous attend ici. Vous avez des idées, et c'est ce qui paie. Ils ont besoin de vous.

— Logique typiquement hollywoodienne. J'ai un contrat de six semaines qui expire aujourd'hui, ils ne le renouvellent pas, et cela signifie qu'ils ont besoin de moi !

— Ça arrive tout le temps. Ils n'aiment pas le contrat qui a été établi à New York, par conséquent ils le laissent expirer pour vous en proposer un nouveau. Vous verrez.

— On m'a fait venir ici pour écrire le scénario et les dialogues d'un western. Qu'ai-je fait depuis six semaines ? Rien. Personne ne s'est occupé de moi. Pas une seule fois, je n'ai pu parler à Jacques Butcher... Savez-vous combien de fois j'ai tenté de lui téléphoner, Alan ?

— Il faut avoir de la patience. Butch est l'enfant chéri d'Hollywood et vous n'êtes qu'un pauvre diable d'... enfin, un auteur.

— Impossible à prouver, Alan, parce que je n'ai rien écrit. Non, monsieur, je rentre chez moi.

— Bien sûr, bien sûr. Tenez, vous oubliez votre polo mauve. Je vous comprends. Vous nous haïssez jusqu'au dernier. On ne peut se fier à personne ici. Ils sont tous prêts à vous marcher dessus dès que vous avez tourné la tête. Je sais...

— Illogique !

— Non, artistique.

— Synthétique !

— Nous jetons notre argent par les...

— La loi de la jungle !

— Oui, fit Clark en souriant. Mais cela ne fait rien. Vous apprendrez à l'aimer. Tous finissent par là. Et vous gagnerez cent fois plus d'argent en écrivant pour le cinéma qu'en essayant de découvrir qui a décapité Cadwallader Swithin avec un couperet de boucher dans la chambre 202. Croyez-moi, Queen, restez...

— Voilà comment je vois les choses, dit Ellery, la période d'incubation dure six semaines. Après cela, l'infection est irrémédiable. Je m'en vais avant qu'il ne soit trop tard.

— Vos billets pour New York sont encore valables dix jours...

— Dix jours ! S'il n'y avait pas eu l'assassinat de Walter Spaeth, il y a longtemps que je serais rentré.

— Je me disais bien qu'il y avait quelque chose de suspect dans la façon dont Glücke se couvrait de fleurs, fit Clark, dont les yeux s'agrandirent.

— Aïe... j'ai parlé trop vite. Gardez cela pour vous, Alan. J'ai promis à l'inspecteur Glücke...

L'imprésario retint à peine un cri d'indignation.

— Vous voulez dire que vous avez résolu l'affaire de la rapière[1] et que vous n'avez même pas eu droit à la première page des journaux ?

1. Ces six semaines d'« inaction » furent rapportées dans *Le mystère de la rapière* paru avant-guerre dans la collection « L'Empreinte ».

— Qu'est-ce que vous voulez que ça me fasse ? Je me demande bien où mettre ces richelieus vernis.

— Avec cette publicité, vous auriez pu poser vos conditions à n'importe quel studio d'Hollywood ! (Clark se calma, et lorsque Ellery leva la tête il vit le sourire de la Joconde.) Ecoutez, dit Clark, j'ai une idée délicieuse.

Ellery laissa tomber les chaussures.

— Doucement, Alan.

— Faites-moi confiance. Je vous garantis...

— Je vous dis que j'ai donné ma parole à Glücke !

— Qu'est-ce que... Bon, bon d'accord. Je dirai que je l'ai appris ailleurs. Vous serez l'innocent, le...

— Non !

— Je pense... oui, je pense que je vais d'abord essayer la Metro.

— Quand j'ai dit non, c'est non !

— Je pourrais peut-être aussi téléphoner à la Paramount et à la Twentieth Century Fox... La Magna viendra manger dans ma main ! (Il tapa sur l'épaule d'Ellery.) Je vous aurai 2 500 dollars par semaine !

Au beau milieu de cette crise morale, le téléphone sonna.

Ellery s'y accrocha comme à une bouée de sauvetage.

— Mr Queen ? Ne quittez pas, s'il vous plaît. Je vous passe Mr Butcher.

— Mr *qui* ?

— Mr Butcher.

— *Butcher ?*

— Butcher ! s'exclama Clark en s'enfonçant le chapeau jusqu'aux oreilles. Vous voyez ? Qu'est-ce que je vous avais dit ? Butcho le Grand ! Vous avez un deuxième appareil ? Ne parlez pas tout de suite de fric. Prenez d'abord la température. Oh, boy !

— Mr Queen ? dit une voix jeune, nerveuse et coupante dans l'oreille d'Ellery. Ici, Jacques Butcher.

— Avez-vous bien dit Jacques Butcher ? marmonna Ellery.

— Cela fait quatre jours que j'essaie de vous joindre à New York. Votre père a fini par nous donner votre adresse. Que faites-vous à Hollywood ? Passez donc me voir dans la journée.

— Ce que je fais... (Ellery s'arrêta.) Pourriez-vous répéter ?

— Comment ? Je disais : comment se fait-il que vous soyez sur la côte. En vacances ?

— Excusez-moi, mais êtes-vous bien Jacques Butcher, vice-président exécutif en charge de la production des studios Magna à Melrose, Hollywood, Californie, Etats-Unis d'Amérique ? (Après une pause, il ajouta :) Planète Terre ?

Après un silence, la voix reprit :

— Comment ?

— Vous n'êtes pas le gagman ?

— Comment ? Allô ? Mr Queen ? (Un autre silence, comme si Mr Butcher feuilletait un mémorandum.) Je parle bien à Mr Ellery Queen, Queen, celui qui écrit des romans policiers ? Mais où donc... Madge ! MADGE ! Vous m'avez donné un faux numéro ?

— Attendez, dit Ellery. Madge vous a bien passé le bon numéro, mais mon cerveau ne fonctionne pas très bien ces jours-ci, Mr Butcher. Vous m'avez bien demandé si j'étais à Hollywood en *vacances* ?

— Allô ? Je ne vous entends pas bien, dit Mr Butcher d'une voix déjà bien moins coupante. La ligne ne fonctionne pas. Vous ne vous sentez pas bien, Queen ?

— Comment ? gronda Ellery, les joues en feu. Je suis dans une forme terrible ! Espèce de crétin, cela fait six interminables semaines que je suis employé par vos studios, et vous me demandez si je suis en vacances ?

— Quoi ! hurla le producteur. Vous êtes chez nous depuis six semaines ? MADGE !

— J'ai téléphoné à votre bureau deux fois par jour,

six jours par semaine, abruti — ce qui fait soixante-douze fois sans compter les dimanches, espèce de justification bâtarde d'une association d'imbéciles ! Et vous télégraphiez à New York pour obtenir mon adresse !

— Mais... pourquoi... personne... ne me *dit* ces choses ?

— Pendant que je pourrissais, rugit Ellery, dans ce palais de doge où vos mignons m'ont mis pour que j'y somnole — pendant un mois et demi, vous m'entendez ? —, à perdre du poids, à me faire un souci monstre, à mourir à petit feu à moins de trente mètres de votre bureau — vous me cherchiez à New York ! (La voix d'Ellery se fit terrible.) Je deviens fou. Je *suis* fou. Vous savez pourquoi, Mr Butcher ? Allez vous faire voir, et même, allez-y deux fois...

Ce disant, il lança majestueusement le téléphone loin de lui.

Clark se frottait les mains.

— Oh ! magnifique, magnifique ! Ça y est, ça marche !

— Allez-vous-en ! dit Ellery, puis il ajouta d'une voix grinçante : *quoi ?*

— Ça ne s'est pas fait depuis la dernière interview de Garbo à *Screen Squeejees*, dit l'imprésario avec allégresse. Lui raccrocher au nez ! Magnifique ! Nous irons loin !

— Nous... dit Ellery en se tâtant le front, nous irons... loin ?

— Un type formidable, Butch. Le plus grand producteur du monde. Quelle chance ! Prenez votre chapeau.

— Mais... mais... Où allons-nous ?

— Hein ? Chez Butch, bien sûr ! Allons, venez !

Et l'imprésario se précipita vers la porte. Il semblait merveilleusement satisfait de la vie, du monde et de la marche confuse et orageuse des événements.

Un moment durant, Ellery resta assis sans bouger.

Mais, lorsqu'il prit conscience qu'il posait une allumette sur sa tête, qu'il prenait le bord du chapeau entre les dents et qu'il frottait frénétiquement une cigarette sur sa chaussure, il émit un son plaintif et inarticulé et suivit son représentant personnel avec l'air embrumé d'un homme qui ne comprendra jamais.

A Hollywood, chaque studio a son enfant prodige, mais — même les autres enfants prodiges le reconnaissaient — Jacques Butcher était le plus prodigieux de tous les enfants prodiges.

Ce parangon occupait un bungalow-bureau de quatre pièces au cœur des bâtiments administratifs des studios Magna. Ce bungalow, pensa Ellery horrifié, était la conception qu'un génie architectural inconnu aurait d'un édifice espagnol qu'un réalisateur espagnol chargé de la production de films espagnols se ferait construire dans son Espagne natale dans le sang, les mutilations innombrables et le bruit du canon. Il était en stuc très jaune, de style mauresque et avec des arcades. Les tuiles, le toit et les patios devaient sortir du cauchemar d'un hidalgo cocaïnomane. En un mot, c'était colossal.

Toujours dans le même esprit, le bureau de la seconde secrétaire était la réplique fidèle de l'intérieur d'un harem de prince arabe.

Ellery fit la grimace en regardant ce nougat de plâtre et de soie. Sans doute, le sultan de la production se vautrait-il sur un trône d'améthyste en fumant le narguilé et en dictant à deux houris en cache-sexe. Quant à Mr Alan Clark, son enthousiasme diminuait au fur et à mesure que Mr Queen devenait de plus en plus froid et digne.

— Mr Butcher va vous recevoir dans un moment, Mr Queen, dit la seconde secrétaire d'une voix pitoyable. Prenez la peine de vous asseoir.

— Vous êtes Madge sans doute ? dit Mr Queen sur un ton très déplaisant.

— Oui, monsieur.

— Ah, fit Mr Queen. Je serais en effet très désireux de m'asseoir.

Ce qu'il fit. La seconde secrétaire mordit ses lèvres sensuelles. Elle semblait au bord des larmes.

— Nous ferions peut-être mieux de revenir demain, murmura l'imprésario. Si vous continuez à avoir cette attitude...

— Permettez-moi de vous rappeler, Alan, que c'est vous qui avez voulu venir ici. Je me réjouis d'avance de cette entrevue. Je le vois d'ici : d'énormes poches sous les yeux, habillé comme les dactylos s'imaginent que Robert Taylor s'habille, assis entre une manucure et un eunuque...

— Un autre jour, dit Clark en se levant. Demain, peut-être...

— Asseyez-vous, mon ami, dit Mr Queen.

Clark se rassit et commença à se mordiller les ongles comme une tortue à la torture. Une porte s'ouvrit. Il se leva en sursaut, mais ce n'était qu'un mâle pâlichon, évidemment le premier secrétaire.

— Mr Butcher va vous recevoir, Mr Queen.

Mr Queen sourit. La seconde secrétaire semblait sur le point de s'évanouir, le premier secrétaire pâlit encore davantage et Clark s'épongea le front.

— C'est très aimable à lui, murmura Mr Queen en entrant dans le domaine du premier secrétaire. Ah ! exactement ce que je supposais. Le pire *mauvais goût*.

— Oui, Mr Queen, dit le premier secrétaire. Je voulais dire...

— A propos, quel est le cérémonial d'usage ? Faut-il faire une génuflexion et baiser la main royale, ou une courbette suffira-t-elle ?

— Plutôt un coup de pied au cul, dit une voix lugubre. *Kamerad !*

Mr Queen se retourna. Un jeune homme se tenait

dans l'encadrement d'une porte. Il portait un pantalon de toile taché, des sandales de cuir à ses pieds nus, et une chemise de lainage largement ouverte sur le torse. Mieux encore, il fumait une pipe en terre qui répandait une odeur affreuse, ses doigts étaient tachés d'encre et, à en juger par son apparence, il ne s'était pas rasé depuis au moins trois jours.

— Je croyais... commença Mr Queen.

— J'ai certainement marqué un point, dit l'Enfant Prodige. Voulez-vous me passer un savon maintenant, ou préférez-vous que nous parlions d'abord ?

Mr Queen avala sa salive.

— Vous *êtes* Butcher ?

— Touché. Dites donc, c'est la plus extraordinaire imbécillité que j'aie jamais vue ici, et pourtant il y en a eu de belles. (Il lui donna une poignée de main sèche et nerveuse.) Hello, Clark. Vous êtes l'imprésario de Queen ?

— Oui, Mr Butcher.

— Entrez tous les deux, dit l'Enfant Prodige en les précédant. Ne vous inquiétez pas de la fausse magnificence de ce trou, Queen. C'est un héritage. C'est le vieux Sigmund qui l'a fait construire au temps des repas à l'œil, lorsqu'il fichait l'argent des actionnaires par la fenêtre comme un marin en escale. Néanmoins, j'ai essayé de rendre mon bureau habitable. Entrez.

Ellery entra. Un peu plus, il aurait dit : « Oui, monsieur. »

Ce n'était pas juste ! Avec ses yeux verts et perçants, ses cheveux roux, son sourire de gosse et ses vêtements beaux et ordinaires, Butcher ressemblait à un être humain normal. Et le saint des saints ! Après ce qui avait précédé, on était en droit de s'attendre à une exubérance orientale, avec des tapisseries, des carrelages et de délicates marqueteries. Mais nul drapé n'obscurcissait le soleil. Les murs avaient été recouverts de sapin naturel. Un vieux bureau de chêne vacillant, couvert de traces de cigarettes et de chaussures à clous, était entouré d'honnêtes et confortables fauteuils; on y voyait les témoins d'une journée de travail : des feuilles de papier jaunâtre couvertes d'écriture, une maquette représentant une salle de bal, une vieille machine à écrire, des photographies, un rouleau de film. Partout, des livres, et qui avaient l'air d'être lus. A côté du bureau, un bar portatif débordant de bouteilles.

— J'ai tout fichu aux ordures, dit l'Enfant Prodige sur un ton enjoué. Vous auriez dû voir ça ! Asseyez-vous, les gars. Qu'est-ce que vous buvez ?

— Ce n'est pas juste, gémit Mr Queen en se blottissant dans un fauteuil.

— Comment ?

— Il dit qu'il étouffe, se hâta de dire Alan Clark.

— Ça ne m'étonne pas, après la façon dont on l'a traité, dit le jeune homme en ouvrant toutes les fenêtres. Un coup de scotch vous fera du bien, Queen.

— Cognac, murmura Mr Queen.

— Cognac ! (Cela parut le satisfaire.) Enfin un homme qui ne boit pas n'importe quoi. Ça finit par porter au cœur, mais c'est si agréable d'attendre la thrombose coronaire. Je vais sacrifier deux bouteilles de fine Napoléon — 125 années d'âge — que je voulais garder pour mon mariage. Entre amis.

Pendant que Mr Queen hésitait entre le démon du préjugé et le sourire irrésistible de l'Enfant Prodige, le tentateur ouvrit la bouteille poussiéreuse et versa le liquide couleur d'or.

C'était trop tentant. Le vengeur en puissance accepta le verre rebondi et enfouit son nez dans les vapeurs séduisantes du vieux cognac.

— A la vôtre, dit Mr Queen une bouteille plus tard.

— Non, non, à la *vôtre*, dit Mr Butcher.

Un soleil amical tapait sur les studios Magna, on se sentait bien dans la fraîcheur tout aussi amicale de la pièce, le cognac était divin et ils étaient de vieux, vieux amis.

— C'est ma faute, Butchie, dit Mr Queen avec ferveur.

— Non, non, dit Butchie en se frappant la poitrine, c'est *ma* faute, mon vieux.

L'Enfant Prodige avait donné congé à Clark, qui était parti non sans inquiétude, car la magie des méthodes de Butchie était légendaire à Hollywood, et le consciencieux imprésario avait des scrupules à laisser son client en tête à tête avec le magicien.

Non sans raison. Déjà, son client était prêt à faire n'importe quoi pour la bonne vieille Magna.

— Je ne comprends pas comment j'ai pu aussi mal vous juger, Butch, dit Mr Queen, au bord des larmes. Je vous prenais pour un beau salaud, ma parole.

— Je *suis* un salaud, dit Butch. Quelle histoire ! On va rire de moi !

Mr Queen empoigna férocement son verre.

— Le premier qui rira, j'lui casse les dents !

— T'es un vrai copain.

— Mais personne ne le saura, Butch. Personne n'est au courant, sauf nous et Alan Clark. (Mr Queen fit claquer ses doigts.) Zut, alors, *il* va parler.

— Bien sûr qu'il va parler. Saviez pas que tous les imprésarios sont des rats ? A mort les imprésarios !

— Les putois, dit Mr Queen férocement, en se levant. *Variety* en sera plein demain matin.

Mr Butcher eut un regard mauvais.

— Assis, ami Queen. Je lui ai fait son affaire.

— Non ! Comment ?

— J'ai donné l'histoire à *Variety* moi-même juste avant votre arrivée.

Mr Queen poussa des hurlements admiratifs et donna de grandes claques sur le dos de l'Enfant Prodige. L'Enfant Prodige donna de grandes claques sur le dos de Mr Queen. Puis, ils se tombèrent dans les bras.

Une demi-bouteille plus tard, le premier secrétaire les découvrit allongés par terre au milieu d'un millier de feuilles de papier jaunâtre, mettant au point avec une intense sobriété un film de mystère et d'épouvante dans lequel le fameux détective Ellery Van Christie assassine le fameux producteur Jacques Bouchèrre et met le crime sur le dos d'un certain Alan Clarkwell qui passe sa vie à rendre impossible celle des pauvres auteurs.

Une conférence

Le premier secrétaire conféra avec la seconde secrétaire puis, tandis que la seconde secrétaire allait chercher des œufs, de la sauce Worcestershire et du jus de tomate, le premier secrétaire traîna les deux amis dans les toilettes pré-Butcheriennes du vieux Sigmund, les convainquit de se déshabiller, les poussa respectueusement sous la douche, ouvrit l'eau froide et se retira sous une avalanche d'insultes pour aller téléphoner au masseur du studio.

Une heure plus tard, ils sortirent des toilettes gavés de jus de tomate et semblables à des corps rejetés par la mer. Ellery se cramponna de toutes ses forces à la première chaise venue puis la prit dans ses mains comme s'il craignait de la voir s'envoler.

— Que s'est-il passé ? gémit-il.

— Je crois que la maison s'est écroulée, dit le producteur. Howard, trouvez-moi Lew Bascom. Il doit être en train de jouer aux dés au 12. (Le premier secrétaire disparut.) Oh, ma tête !

— Alan Clark va m'étriper, dit Ellery. Espèce de démon, vous m'avez fait signer quelque chose ?

— Comment voulez-vous que je le sache ? grogna l'Enfant Prodige.

Ils se regardèrent avec un sourire de connivence.

Un long moment durant, ils souffrirent en commun, puis Butcher se leva et se mit à faire les cent pas. Ellery, peiné par cette vitalité surhumaine, ferma les yeux. Lorsqu'il les rouvrit en entendant sa voix, il vit que les yeux verts et lucides étaient fixés sur lui.

— Ellery, j'ai besoin de vous.

— Allez au diable, dit Ellery.

— Je vous promets que vous travaillerez comme un nègre.

— Sur un scénario ? dit Ellery avec une grimace. Je ne connais pas la différence entre un travelling et un fondu enchaîné. Ecoutez, Butch, vous m'êtes très sympathique et tout ça, mais ce n'est pas ma branche. Laissez-moi rentrer à New York.

L'Enfant Prodige sourit.

— J'ai réellement besoin de types comme vous; vous êtes honnête. Bon Dieu, j'ai une douzaine de scénaristes qui ne savent même plus l'ABC du métier.

— Pourquoi voulez-vous de moi alors ?

— J'ai lu vos livres et suivi vos enquêtes. Vous avez un don remarquable. Vous combinez l'imagination créatrice avec une logique impitoyable. Et vous avez une fraîcheur que les anciens, saturés de tradition et de technique, ont perdue depuis longtemps. En un mot, mon travail consiste à dénicher le talent là où il se trouve, et je pense que vous avez un talent inné pour mettre des intrigues sur pied. Faut-il que je continue ?

— Encore, soupira Ellery. Encore.

— Vous connaissez Lew Bascom ?

— J'ai entendu son nom. Un scénariste, hein ?

— C'est ce qu'il croit. Il a plutôt des idées. Des idées de films. Par crises. Il a trouvé la plus formidable — Warner l'a achetée 25 000 dollars et en a retiré 2 millions — en jouant au poker un soir où il était tellement rond qu'il ne pouvait plus distinguer un as d'un roi. Cette magnifique caboche l'a donnée à un de ses partenaires pour payer une dette de 100 dollars...

Bon. Vous allez travailler avec Lew. Vous allez la traiter ensemble.

— Traiter quoi ?

— Une histoire qu'il vient de me vendre. Si je le mets tout seul dessus, il va me sortir l'histoire la plus invraisemblable que l'on ait jamais vue — s'il en fait quoi que ce soit, ce qui est douteux. Je voudrais donc que vous travailliez avec lui sur l'intrigue.

— Sait-il que vous lui imposez un collaborateur ? fit Ellery sèchement.

— Il doit être au courant. On ne peut pas tout garder secret dans un studio. Ne vous inquiétez pas à propos de Lew. Instable, noble, dégénéré, dingue, une merveilleuse imagination plastique, absolument indigne de confiance, joueur, coureur, dipsomaniaque : un type formidable.

— Hmm, fit Ellery.

— Mais ne vous laissez pas avoir. Lorsque vous le chercherez pour vous mettre au travail, il sera sans doute en train de jouer à Las Vegas. Lorsque vous le trouverez, il sera probablement saoul comme une bourrique. Personne ne l'a jamais vu à jeun... Excusez-moi. (Butcher appuya sur le bouton de l'interphone.) Oui, Madge ?

La seconde secrétaire dit avec lassitude :

— Mr Bascom vient juste de passer par ici, Mr Butcher, et il a de nouveau pris le couteau qui me sert à ouvrir les lettres. Je pensais que vous préféreriez être au courant.

— A-t-elle dit couteau ? dit Ellery, alarmé.

Vif comme l'éclair, un gros homme entra en tournoyant. Il portait des vêtements informes, ses joues étaient soufflées, son nez ressemblait à un oignon bouilli, sa moustache était frisée, ses cheveux anarchiques, ses paupières trop fatiguées pour se tenir bien ouvertes, et il avait un teint rouge qui ne devait rien à l'exposition au grand air.

L'apparition s'arrêta brusquement, mima une

danse symbolisant l'indignation, et brandit un long couteau. Puis il sautilla derrière le bureau, devant Mr Queen pétrifié, et lui brandit la lame sous le nez.

— Vous voyez cela ? (Mr Queen fit un signe d'assentiment, bien à regret.) Vous savez ce que c'est ?

— Un couteau, articula péniblement Mr Queen.

— Vous savez où je l'ai trouvé ?

Mr Queen secoua la tête. Le gros homme enfonça la lame dans le bureau de Jacques Butcher.

— Dans mon dos ! hurla Mr Bascom. Et savez-vous qui l'y a mis... le salaud ? (Mr Queen recula sa chaise de quelques centimètres.) Vous, perfide écrivain new-yorkais ! aboya Mr Bascom.

Il prit la bouteille de scotch dans le bar et la porta à ses lèvres charnues.

— Il s'agit certainement du second épisode d'un très, très mauvais rêve, dit Mr Queen.

— Lew est bien toujours le même, dit Mr Butcher d'un air absent. C'est ainsi au début de chaque production. Ecoutez, Lew, il doit y avoir une erreur — Ellery Queen, Lew Bascom.

— Comment allez-vous ? dit Queen.

— Terrible, dit Lew dans la bouteille.

— Queen va vous aider à mettre ça sur pied, Lew ! Mais c'est toujours votre boulot, et bien sûr, vous toucherez les honoraires maximaux.

— Exactement, dit Ellery avec un sourire charmeur. Juste un petit peu d'aide, mon vieux Lew.

Les lèvres humides de Mr Bascom s'ouvrirent en un sourire de pure camaraderie.

— Cela change tout, dit-il d'un ton avenant. Un verre, camarade. Deux verres. Vous aussi, Butch. Deux verres chacun.

Le doux Alan Clark, la paix et le calme des rues tranquilles de New York, le milieu des gens normaux, semblaient à des années-lumière. Mr Queen, gueule de bois et tout, empoigna le scotch de Mr Bascom avec le courage artificiel du désespoir. Il y avait un bureau libre derrière celui de l'Enfant Prodige. Il sentait légèrement le désinfectant et était meublé avec le luxe d'une cellule de moine amateur de flagellations.

— C'est là que je vais lorsque je veux penser, expliqua Butcher. Vous pouvez l'utiliser tant que vous travaillerez sur ce projet. Je veux vous avoir sous la main.

Ellery, à la pensée d'être enfermé entre quatre murs nus avec un gentleman dont les lubies semblaient proches de la manie homicide, jetait des regards tristes et suppliants à l'Enfant Prodige. Butcher lui ferma la porte au nez en souriant.

— Ça va, ça va, dit Bascom avec nervosité. Accroupissez-vous et écoutez. Vous avez l'honneur de vous trouver avec le lauréat du prix de l'Académie de l'année prochaine.

Un œil sur la porte menant au patio — seule sortie de secours —, Ellery s'accroupit sur le sol. Lew s'allongea et cracha avec une précision étonnante par la fenêtre ouverte.

— Je vois déjà la foule, les projecteurs, les discours puants...

— Laissez cette salade, dit Ellery. Au fait.

— Que diriez-vous, continua rêveusement Lew, si la M-G-M faisait un film sur la vie de Garbo ? *Hein ?*

— Vous devriez vendre l'idée à la M-G-M.

— Vous n'y êtes pas du tout. Avec *Garbo* dans le rôle principal ! Sa propre vie ! (Lew fit une pause triomphale.) Hé, qu'est-ce qui ne va pas ? Vous ne visualisez pas ? Sa chaste adolescence en Suède, la rencontre avec le génial Stiller, le contrat à Hollywood ; tous fous de Garbo, on oublie Stiller, Garbo grande star, Stiller casse sa pipe, la romance avec Gilbert, le cœur brisé mais la tête haute — du tonnerre !

— Croyez-vous que miss Garbo consentira ? murmura Ellery.

— Ou alors, continua Lew en l'ignorant, si la Paramount mettait John et Lionel et Ethel Barrymore ensemble dans un film sur *leurs* vies ?

— Ça ne serait pas mal, dit Ellery.

Lee sauta sur ses pieds.

— Vous voyez ce que ça donnerait ? Eh bien, j'ai mieux que ça ! Vous savez quoi ? Les vies des plus grands, des plus majestueux, des plus vénérables noms de Hollywood ! Les dynamos de la tragédie ! Les cinglés de l'écran ! Les plus grandes familles ennemies de Hollywood !

— Je suppose, dit Ellery, que vous faites allusion aux Royle et aux Stuart ?

— Pardi ! Vous imaginez ça ? D'un côté, Jack Royle et son caniche — de l'autre, Blythe Stuart et sa fille Bonnie. L'ancienne et la nouvelle génération. Quel cirque !

Emporté par l'enthousiasme, Lew sortit en vacillant pour revenir un moment plus tard avec le reste de scotch.

Ellery se mordillait la lèvre inférieure. C'était une idée, bien sûr. Il y avait suffisamment d'éléments dramatiques dans les vies des Royle et des Stuart pour faire deux films, et il resterait encore de quoi monter une revue de première classe à Broadway.

Avant la guerre[1], lorsque Jack Royle et Blythe Stuart dominaient la scène new-yorkaise, leurs amours orageuses faisaient parler toute la ville. On eût dit deux chats sauvages se faisant la cour. Ils se donnaient des coups de griffe de New York à San Francisco, entre des performances éblouissantes et des représentations à bureaux fermés. Néanmoins, nul ne doutait qu'ils finiraient par se marier et fonder une nouvelle dynastie.

Curieusement, après cette furieuse passion, ils ne firent rien de la sorte. Quelque chose se passa. Jusqu'à ce jour, les chroniqueurs ont en vain essayé de trouver quoi. Quelle qu'en fût la cause, leur idylle prit fin — mais avec tant de larmes, de hurlements, de récrimi-

1. Il s'agit évidemment de celle de 14. *(N.D.T.)*

nations, de sorties théâtrales et de professions d'inimitié que le continent entier en fut troublé.

Immédiatement après la débâcle, chacun d'eux épousa quelqu'un d'autre. Jack Royle pressa contre son sein une vigoureuse débutante originaire de l'Oklahoma, qui était venue à New York pour y faire du théâtre — à la place, elle donna un fils à Royle, puis fustigea publiquement son mari un mois plus tard, pour une raison inexpliquée mais que l'on imagina aisément et mourut, peu après, la nuque brisée, après une chute de cheval.

Blythe Stuart, elle, se fit enlever par son agent de publicité, qui devint le père de sa fille Bonnie, puis vola et mit au clou le collier de perles dont Jack lui avait fait cadeau lors de leurs fiançailles sans lendemain, prit la fuite en se faisant envoyer comme correspondante de guerre en Europe et mourut dans un bistrot parisien d'une crise de delirium tremens.

Lorsque Hollywood s'en mêla, la bataille continua, bien que son origine fût depuis longtemps oubliée, par l'intermédiaire de leur progéniture qui avait hérité du tempérament fougueux de ses parents. Ainsi, l'hostilité de Bonnie Stuart, qui était une des premières *ingénues* du moment, pour Tyler Royle, qui était le principal jeune premier de la Magna, devint presque aussi splendide que celle de leurs parents.

La bataille faisait rage. On put dire que le vieux Sigmund, qui avait eu Jack et Blythe sous contrat, était mort non d'une hémorragie cérébrale mais d'une indigestion nerveuse consécutive à ses vains efforts pour faire régner la paix entre eux. Et l'on disait que les quelques cheveux gris qui parsemaient la nuque de Jacques Butcher étaient dus à ses efforts similairement inutiles concernant leur progéniture. Un bel esprit prétendit que l'Enfant Prodige avait demandé la main de Bonnie Stuart, partant de la théorie que l'amour accomplit parfois des miracles.

— Très bien, dit Ellery. Butch et Bonnie sont fiancés, n'est-ce pas ?

— C'est tout ce que vous trouvez moyen de dire ? grogna Lew en brandissant la bouteille.

Butcher passa la tête par la porte entrouverte.

— Alors, Ellery, qu'en pensez-vous ?

— Ce que j'en pense *vraiment* ?

— Si vous me dites quoi que ce soit d'autre, je vous fiche à la porte.

— Selon mon opinion, dit Ellery, cela ne dépassera pas le stade préliminaire.

— Vous voyez, s'écria Lew, c'est un traître !

— Qu'est-ce qui vous fait dire cela ?

— Comment comptez-vous les convaincre de travailler dans le même film ? Ce sont des ennemis mortels.

Lew jeta un regard meurtrier à Ellery.

— L'idylle du siècle, la lutte la plus acharnée de ces vingt dernières années, de quoi remplir toutes les salles pendant des années, tout le suc de l'intérêt humain — et *il* nous donne une douche froide !

— Ça va comme ça ! dit l'Enfant Prodige. C'est bien entendu notre principal problème, El. Ce n'est pas la première fois qu'on essaie de les faire jouer ensemble, mais ça n'a jamais marché. Mais cette fois, je crois bien que ça sera différent.

— Ah, l'amour ! soupira Lew. La future Mrs Butcher ne voudrait pas déplaire à son chéri, n'est-ce pas ?

— Fermez ça, dit Butcher en rougissant. Lew aussi a un atout : il est le second cousin de Blythe; en dehors de son père, elle n'a aucun parent et je pense qu'elle a suffisamment d'affection pour ce cinglé pour écouter ce qu'il lui dit.

— Si elle ne veut pas, grimaça Lew, je lui tords le cou.

— De plus, tous les quatre sont fauchés, comme

toujours. Je vais leur offrir des contrats astronomiques. Ils ne vont pas pouvoir se permettre le luxe de refuser.

— Ecoutez, dit Lew. Je vais leur présenter cela sous un jour tellement alléchant — leurs vies à nu devant des millions de spectateurs — qu'ils vont se précipiter sur les contrats. L'affaire est dans le sac.

— Je m'occupe de Bonnie et de Ty, dit l'Enfant Prodige sur un ton sans réplique, pendant que Lew travaillera sur Blythe et Jack. Sam Vix, notre chef de publicité, s'occupera de la presse.

— Et moi ?

— Suivez Lew. Faites connaissance avec les Stuart et les Royle. Rassemblez le maximum de documents sur leurs vies privées. Le plus dur, ce sera de faire le tri, bien sûr. On se revoit dans quelques jours pour comparer les notes.

— *Adios*, dit Lew, et il sortit avec la bouteille sous le bras.

Un homme très grand, très bronzé, avec un bandeau noir sur l'œil, entra.

— Vous vouliez me voir, Butch ?

— Je vous présente Ellery Queen. Il va travailler avec Lew Bascom sur l'imbroglio Royle-Stuart. Queen, voici Sam Vix, chef de publicité.

— Dites donc, j'ai entendu parler de vous, dit Vix. Vous êtes le gars qui a travaillé six semaines pour nous sans que personne soit au courant. Une histoire sensationnelle !

— Je ne vois pas ce que ça a de sensationnel, dit Ellery sur un ton acide.

Vix le regarda sans comprendre.

— C'est de la publicité, non ? A propos, que pensez-vous de l'idée de Lew ?

— Je pense...

— Splendide ! Jamais entendu parler du père de Blythe ? Quel personnage ! Tolland Stuart. Je parie que Blythe n'a pas vu le vieux fossile depuis deux ou trois ans !

— Excusez-moi, dit l'Enfant Prodige, et il disparut.

— Autant vous donner quelques tuyaux puisque vous êtes dans le coup, dit Vix. Stuart est un millionnaire excentrique — il est dingue, quoi, mais avec son fric c'est de l'excentricité, vous pigez ? Il l'a fait dans le pétrole. Bref, il a une propriété d'un million de dollars sur une grosse colline dans les montagnes de Chocolat — un peu au-dessous de la chaîne San Bernardino dans l'Imperial County — quarante pièces, un vrai palais, et pas âme qui vive sauf lui-même et un docteur du nom de Junius qui lui sert de pousse-pilules, de torche-nez, de hachoir à viande et de garde du corps...

— Excusez-moi, dit Ellery, mais je crois que je ferais bien d'aller voir ce que Lew...

— N'y pensez plus. Il reviendra tout seul dans deux, trois jours. On en dit des choses sur le vieux Stuart. Hypocondriaque jusqu'aux narines, et des habitudes plutôt... Une sorte d'ermite, voué à la mortification de la chair. On le dit fort comme un cheval.

— Ecoutez, Mr Vix...

— Appelez-moi Sam. Il faudrait être un Indien ou une chèvre pour y aller. Doc Junius fait venir le ravitaillement par avion. Ils ont un terrain d'atterrissage, là-haut; je l'ai vu plusieurs fois, d'avion. Je suis pilote, vous savez. Perdu un œil dans une bataille aérienne au-dessus de Boileau. C'est une des raisons pour lesquelles je m'intéresse à ces deux cinglés qui volent autour de leur nid d'aigle comme dans un conte des mille et une nuits.

— Ecoutez, Sam, dit Ellery, j'adorerais que vous me racontiez des contes de fées, mais ce que j'aimerais savoir avant tout c'est qui, dans cette ville, sait tout sur tout le monde.

— Paula Paris, répondit promptement le chef de publicité.

— Paris ? Déjà entendu ce nom quelque part.

— Hein ? D'où est-ce que vous sortez ? Elle est seulement dans cent quatre-vingts journaux, d'une côte à l'autre. Les fameux potins de *Seeing Stars*, c'est elle ! Déjà entendu quelque part ?

— Elle doit être un ouvrage de référence idéal sur les Royle et les Stuart.

— Je peux arranger un rendez-vous, si vous voulez. Vous verrez, rencontrer Paula pour la première fois, c'est une expérience dont on se souvient.

— Ces femelles sur le retour me laissent froid, dit Ellery.

— Ce n'est pas une femelle sur le retour, mon cher; c'est une œuvre d'art délicate et frémissante.

— Oh ! Jolie ?

— Différente. Vous lui succomberez comme tous les autres, des comtes russes aux gars de la Western Union. Une chose, cependant : ne lui demandez pas de sortir avec vous.

— Ah ! exclusive ! A qui appartient-elle ?

— A personne. Elle souffre d'agoraphobie.

— Quoi ?

— Elle a peur de la foule. Elle n'est pas sortie de chez elle depuis qu'elle est arrivée en Californie dans sa voiture-salon gardée, il y a six ans.

— Stupide.

— Vrai. Les gens lui flanquent la frousse. Elle ne reçoit jamais plus d'une personne à la fois.

— Je ne comprends pas — comment fait-elle pour être au courant de tout ?

— Elle a un millier d'yeux qui voient pour elle — ceux des autres. (Vix fit rouler son unique œil dans son orbite.) Elle serait inestimable pour un studio. Je lui téléphonerai pour vous.

— Entendu, fit Queen en se prenant la tête dans les mains.

Vix sortit, et Ellery resta assis sans bouger. Un lugubre

carillon résonnait à ses oreilles, et d'incroyablement belles taches de couleur dansaient devant ses yeux.

Le téléphone sonna.

— Mr Queen ? dit la seconde secrétaire. Mr Butcher a dû se rendre à la salle de projection pour voir les rushes tournés aujourd'hui. Il aimerait que vous téléphoniez à votre imprésario et que vous lui demandiez de rappeler Mr Butcher pour parler du contrat. Vous êtes d'accord ?

— Si je suis... Bien sûr, certainement.

« Contrat. Lew. Paula. Le vieil homme de la montagne. Fine Napoléon. Butch. La bataille des Royle et des Stuart. Agoraphobie. Les montagnes de Chocolat. Haute pression. Super-spectacle. Rushes... *Seigneur,* pensa Ellery, *est-il trop tard ?* »

Il ferma les yeux. Il était trop tard.

Mr Queen voit des étoiles

Après avoir essayé en vain pendant deux jours de coincer quelqu'un sur une chaise entre quatre murs, Mr Queen avait l'impression de vouloir attraper des poissons rouges avec les mains.

L'Enfant Prodige donnait des conférences durant la journée entière derrière des portes fermées, touches finales avant le lancement de sa superproduction *La Terre Nourricière*. La terre, semblait-il, avait enseveli Lew Bascom. Tous les efforts d'Ellery pour rencontrer les Royle mâles et les Stuart femelles se heurtaient dans un cas à la voix nasillarde et britannique d'un majordome nommé Louderback, et dans l'autre à l'accent français presque incompréhensible d'une dame du nom de Clotilde. Ni l'un ni l'autre ne paraissaient se rendre compte de la marche implacable du temps.

Une fois, il s'en était fallu de peu. Ellery arpentait les

allées des studios Magna en compagnie d'Alan Clark, qui tentait en vain de lui faire retrouver son équilibre. Au coin de la rue « A » et de la 1re Avenue, ils aperçurent une grande fille en pantalon de satin noir avec un chapeau mou qui lui donnait très mauvais genre, en grande conversation avec Roderick, le cireur noir du studio.

— Voyez la blonde ? dit l'imprésario. C'est Bonnie. Quelle fille ! Bonnie ! cria-t-il, je voudrais vous présenter...

La star se retourna, frotta le dos bossu de Roderick — ça porte chance — et s'engouffra dans un roadster écarlate.

— Attendez ! rugit Ellery, hors de lui. Damnation...

Un sourire aveuglant lancé par-dessus l'épaule au moment où elle prenait le virage de la rue « B » sur deux roues fut sa dernière vision de Bonnie Stuart ce jour-là.

— Il ne manquait plus que ça ! s'étrangla Ellery en jetant son panama sur le pavé. J'abandonne.

— Déjà essayé d'attraper une mouche ? C'est ça, Bonnie.

— Mais *pourquoi* ne voulait-elle pas...

— Ecoutez, El, allez voir Paula Paris, dit l'imprésario avec diplomatie. Sam Vix vous a procuré un rendez-vous pour aujourd'hui. Elle vous en dira davantage sur ces oiseaux-là qu'ils n'en savent eux-mêmes.

— Quinze cents dollars par semaine, murmura Ellery.

— Butcher n'a pas voulu monter plus haut, s'excusa Clark. J'ai essayé d'obtenir davantage...

— Je ne me plains pas du salaire, espèce d'idiot. Depuis hier, j'en ai gagné près de six cents et je n'ai toujours rien fait, absolument rien !

— Allez voir Paula, dit Clark en lui tapant sur l'épaule, elle a ce qu'il vous faut.

Sans cesser de grommeler, Ellery s'engagea dans les collines de Hollywood.

Il trouva la maison presque par intuition. Quelque chose lui disait que ce serait un bâtiment sain, normal.

Et en effet, il vit une placide façade, blanche, de style colonial. Au milieu des atrocités pseudo-hispano-mauresques, elle faisait l'effet d'une nonne parmi les filles.

Dans le parloir, une jeune fille assise derrière un bureau le reçut en souriant :

— Entrez, Mr Queen. Miss Paris vous attend.

Ellery entra, suivi par les regards incrédules de la foule, qui représentait un bon échantillonnage de la mouvante population d'Hollywood — extra dans une mauvaise passe, représentants, domestiques, observateurs professionnels de la scène célèbre. Il était impatient de rencontrer la mystérieuse miss Paris, qui concoctait ses articles savoureux à l'aide de ce salmigondis.

Mais la pièce dans laquelle il entra était un autre parloir dans lequel une autre jeune fille prenait note de ce qu'un homme d'aspect affamé, mais vêtu de façon immaculée, lui murmurait à l'oreille.

« Le processus d'élimination, pensa-t-il, fasciné. Et il faut qu'elle prenne garde à la diffamation. »

Et, sur un signe de la seconde jeune femme, il entra dans une troisième pièce — une chambre aux murs tapissés, avec des meubles en érable et du soleil, de hautes portes vitrées donnant sur une terrasse au-delà de laquelle il pouvait voir des arbres, des massifs de fleurs et un très haut mur de pierre couvert de poinsettias.

— Comment allez-vous, Mr Queen ? dit un son pur et harmonieux.

Peut-être la soudaine lumière affectait-elle la vision de Mr Queen, toujours est-il qu'il dut ciller. Et le son semblable à celui d'un orgue résonnait toujours à ses oreilles. Enfin, il se rendit compte que ces sons harmonieux étaient une voix de femme, et que celle-ci était assise, les jambes croisées, dans un rocking-chair et fumait une cigarette russe en lui souriant.

Instantanément, Mr Queen eut conscience que Paula Paris était sans le moindre doute la femme la plus belle qu'il eût rencontrée à Hollywood. Non, la plus belle de tout l'univers.

Mr Queen, il faut le savoir, s'était toujours considéré immunisé contre la grande passion; même les représentantes les plus attirantes du beau sexe n'avaient jamais signifié pour lui autre chose que des personnes à qui l'on ouvrait les portes ou que l'on aidait à descendre de taxi. Mais, en ce moment historique, l'armure de la misogynie craqua inexplicablement et tomba à ses pieds, le laissant nu et sans défense.

Confus, il tenta de revêtir l'habit de l'observation et de l'analyse objective. Il y avait un nez — un nez, oui, et une bouche, une peau blanche... oui, oui, très blanche, et deux yeux — comment les qualifier ? — une intéressante traînée grise dans la laque noire des cheveux... oui, oui, bien sûr. Il eut également conscience d'une robe — était-ce Lanvin ou Patou ? — , un dessin sur la robe de soie; oui, un dessin, et une jupe tombant du genou en un plissé digne de Praxitèle, et un parfum, ou plutôt un effluve qui émanait de sa personne, pareil au souvenir du chèvrefeuille de l'an dernier... Mr Queen faillit en glousser. Chèvrefeuille ! Fichue analyse. C'était une femme. Non — Femme, sans l'article vulgaire. Ou... était-ce... *la* Femme ?

— Allons, allons, dit Mr Queen pris de panique, et presque à voix haute. Ça suffit comme ça.

— Lorsque vous aurez fini de m'inspecter, dit Paula Paris avec un sourire, en se levant, vous prendrez peut-être un siège ? Voulez-vous un whisky-soda ? Vous avez des cigarettes à côté de vous.

Mr Queen s'assit, très raide, sans même regarder le siège.

— A vrai dire, murmura-t-il, je suis... muet, muet de stupéfaction. Paula Paris. Paris. Un nom remarquable. Non merci, pas de whisky. Splendide ! Cigarette ? (Il s'adossa en croisant les bras.) Dites quelque chose, je vous en prie.

Lorsqu'elle faisait la moue, une fossette apparaissait

au coin gauche de sa bouche — pas une fossette grosse, ordinaire, non, mais une ombre, une touche imperceptible. Elle était visible en ce moment.

— Vous parlez remarquablement pour un homme muet, Mr Queen, mais je dois avouer que cela ne veut pas dire grand-chose. Etes-vous un disciple linguistique de Dali ?

— C'est parfait. Encore, s'il vous plaît. Jéhovah, tu m'as donné la paix qui dépasse l'entendement.

Ah ! l'inquiétude, les sourcils légèrement froncés, la tension de ce corps froid et immobile. Ciel ! Qu'y a-t-il ?

— Etes-vous malade ? demanda-t-elle avec anxiété. Ou...

— Ou soûl. Vous alliez dire soûl. Oui, je suis soûl. Non, je délire. J'ai éprouvé le même sentiment au bord du Grand Canyon, face à l'infini. Non, non, ce serait vous rendre piètre justice. Miss Paris, si vous ne me parlez pas, je vais devenir complètement fou.

Elle parut amusée, et pourtant il sentit un léger recul, comme celui d'un petit animal dans le noir.

— Vous parler ? Je croyais que c'était vous qui désiriez me parler.

— Non, non. Tout cela est si trivial. J'ai besoin d'entendre votre voix. Elle me baigne. Dieu sait que j'ai besoin de consolation après ce que j'ai souffert dans cette ville démoniaque. Vous a-t-on jamais dit que le son de l'orgue avait été conçu à l'imitation de votre voix ?

Miss Paris détourna brusquement la tête et, un moment plus tard, s'assit. Une rougeur passagère apparut sur son visage.

— *Et tu, Brute,* dit-elle en riant, mais ses yeux démentaient son rire. Parfois, je pense que les hommes me disent d'aussi gentilles choses parce que...

— Au contraire ! s'exclama Ellery avec exubérance. Vous êtes une créature fabuleuse, fabuleuse. Il est hors de doute que vos ennuis proviennent d'un sentiment d'infériorité aigu...

— Mr Queen !

Il vit ce que c'était alors, ce quelque chose dans ses yeux. C'était la peur. « Agoraphobie », avait dit Sam Vix. Cela lui avait paru invraisemblable. Androphobie aussi, peur morbide de l'homme... Mr Queen saisit la situation en un clin d'œil. Cet instant de terreur avait suffi à lui faire peur, à lui aussi.

— Je suis désolé. Excusez-moi, je vous en prie. J'ai agi ainsi... à la suite d'un pari. Stupide de ma part.

— Je vous crois.

Sans cesser de regarder ses mains immobiles.

— C'est le détective en moi, sans doute... cette analyse maladroite.

— Dites-moi, Mr Queen, commença-t-elle abruptement. Que pensez-vous d'un film biographique sur les Royle et les Stuart ?

Terrain dangereux, bien sûr. Quel *âne* il était !

— Comment le saviez-vous ? Oh ! je suppose que Sam Vix vous l'a dit.

— Pas du tout. J'ai de meilleures sources d'information. (Elle rit alors, et Ellery ferma les yeux. Superbe, superbe !) Je sais tout de vous, murmurait-elle. Vos six semaines d'horreur à la Magna, vos efforts futiles, votre orgie avec Jacques Butcher, qui est un trésor...

— Je commence à croire que vous feriez un fort bon détective, vous aussi.

Elle secoua imperceptiblement la tête et dit :

— Sam m'a dit que vous désiriez des renseignements. (Ellery reconnut la barrière.) Lesquels ?

— Les Royle et les Stuart. (Il se leva et marcha de long en large; il ne fallait pas la regarder trop longtemps.) Qui sont-ils ? Leurs vies, leurs pensées, leurs secrets...

— Ciel, est-ce tout ? Il me faudrait un mois pour cela, et j'ai trop de travail.

— Vous savez tout sur eux, pourtant ?

— Plus que quiconque. Rasseyez-vous, Mr Queen. Je vous en prie.

Ellery la regarda. Il sentait une série de petites crispations le long de sa colonne vertébrale. Il s'assit, arborant un sourire parfaitement imbécile.

— La question est intéressante, bien sûr, continua-t-elle, c'est pourquoi Jack Royle et Blythe Stuart ont rompu avant la guerre. Et personne ne le sait.

— J'avais cru comprendre que vous saviez tout.

— Pas tout à fait tout, Mr Queen. Je ne suis toutefois pas d'accord avec ceux qui disent que c'est une autre femme, ou un autre homme.

— Vous avez donc une opinion.

De nouveau, la fossette.

— Une ridicule trivialité, une querelle d'amoureux parfaitement banale.

— Avec de pareilles conséquences ? demanda Ellery sèchement.

— Il est évident que vous ne les connaissez pas. Ce sont des lunatiques, charmants, irresponsables, insouciants. Pendant plus de vingt ans, tous deux ont gagné des fortunes, et pourtant, ils sont complètement fauchés. Jack ? — un coureur, un joueur, un matamore qui se permet les escapades les plus stupides; un grand acteur, bien sûr. Blythe ? — un garçon manqué, magnétique, que tout le monde adore. C'est tout simple : ils sont capables de n'importe quoi, aussi bien de rompre leurs fiançailles sans raison valable que de mener pendant vingt ans une vendetta impitoyable.

— Je vois. Des corsaires sans foi ni loi...

Elle rit.

— Une fois, Jack avait signé un contrat avec le vieux Sigmund — cinq mille dollars par semaine, durée prévue pour le tournage, dix semaines. Quelques heures après la signature du contrat, il perdit cinquante mille dollars à Tia Juana. Il travailla donc pendant dix semaines pour rien, empruntant de l'argent pour les pourboires, et ce fut le rôle le plus brillant de sa carrière. Voilà Jack Royle.

— Continuez.

— Blythe ? Elle n'a jamais porté de gaine, ne boit que des dry, dort nue, et il y a trois ans elle a donné six mois de salaire au Fonds d'entraide des acteurs parce que Jack en avait donné trois. Et voilà Blythe.

— Je suppose que la nouvelle génération est encore pire que les parents ? C'est généralement le cas.

— Oh, nettement ! C'est une haine tellement profonde qu'un psychologue, je crois, y verrait quelque mécanisme de frustration, une compensation... L'amour piétiné, vous voyez.

— Mais Bonnie est fiancée à Jacques Butcher !

— Je sais, dit Paula calmement. Néanmoins — souvenez-vous de ce que je vous dis — piétiné, il se relèvera. Le pauvre Butch en sera pour sa peine. Et je crois qu'il s'en rend compte, le pauvre trésor.

— Tyler et la fille ne s'adressent pas la parole ?

— Oh, mais si ! Attendez de les entendre. Bien sûr, ils ont commencé à faire du cinéma en même temps et sont horriblement jaloux l'un de l'autre. Il y a deux mois, Ty fit sensation en se battant avec un ours dompté. Quelques jours plus tard, Bonnie adopta un bébé panthère et parada en sa compagnie dans les studios; un jour, Ty sortit d'un décor entouré d'une bande de filles et puis — tout à fait par hasard, bien sûr — la petite panthère s'échappa et se mit à mordiller les mollets de Ty, qui s'enfuit épouvanté, avec l'animal à ses trousses. Ça a pas mal compromis sa réputation d'homme fort.

— Ils sont mignons, hein ?

— Vous les adorerez tous les quatre, vous verrez. Blythe et Bonnie doivent beaucoup tenir de Tolland, le père de Blythe, et le grand-père de Bonnie.

— Vix m'en a pas mal parlé.

— Curieux bonhomme — complètement cinglé. Non, pas mentalement; il est suffisamment sain d'esprit pour avoir fait fortune dans le pétrole. Simplement gaga. Il a dépensé un million de dollars pour sa propriété des montagnes de Chocolat, et il n'a même pas un jardinier pour arracher les mauvaises herbes. Il a payé quarante mille dollars pour faire sauter le sommet d'une montagne voisine, parce qu'elle lui rappelait le profil d'un blanc-bec qui l'avait battu dans une transaction.

— Charmant, dit Ellery en regardant sa silhouette.

— Il ne boit l'eau froide qu'à la petite cuiller et publie des pamphlets bourrés de statistiques pour lutter contre les stimulants (tabac, café et thé compris) et pour dire que le pain blanc mène à la tombe.

Elle parla interminablement et Ellery l'écoutait, enthousiasmé moins par les informations que par leur source. C'était, de loin, l'après-midi le plus agréable qu'il eût passé à Hollywood.

Il revint brusquement à la réalité. Une ombre de plus en plus visible planait sur le visage de Paula.

— Seigneur Dieu ! s'écria-t-il en se levant, les yeux sur sa montre. Pourquoi ne me mettez-vous pas à la porte, miss Paris ? Tous ces gens qui attendent...

— Les filles se chargent de la plus grande partie d'entre eux, et c'est si reposant de parler, Mr Queen. Vous êtes un auditoire merveilleux. (Elle se leva à son tour et lui tendit la main.) Je crains de n'avoir guère pu vous aider.

— Guère ? dit Ellery. Oh, si ! Vous m'avez rendu un service incommensurable. A propos, pourriez-vous me suggérer un moyen de coincer ces quatre-là ?

— Nous sommes vendredi... bien sûr. Allez demain soir au *Horseshoe Club*, Wilshire Boulevard.

— *Horseshoe Club* ? répéta Ellery interrogativement.

— Vous ne connaissez pas ? C'est la boîte de jeu la plus chic d'Hollywood. Elle est dirigée par Alessandro, un monsieur très habile au passé très obscur. Vous les y trouverez.

— Alessandro, dit Ellery. Oui.

— Voyons... (Elle détourna légèrement la tête pour éviter son regard insistant.) Pas de première demain soir — oui, ils y seront, j'en suis certaine.

— Me laissera-t-on entrer ? Je suis inconnu ici.

— Voulez-vous que je m'en charge ? Je donnerai un coup de fil à Alessandro. Nous avons un petit accord.

— Vous êtes vraiment merveilleuse. (Il ajouta hâtivement :) Je le pense... Ecoutez, miss Paris. Ou Paula ? Vous permettez que je vous appelle Paula ? Voudriez-vous — je veux dire, pourriez-vous vous résoudre à m'accompagner...

— Bonsoir, Mr Queen, dit Paula avec l'ombre d'un sourire.

— Me feriez-vous l'honneur...

— C'était très agréable. Passez me voir un de ces jours.

Cette satanée phobie !

— Vous regretterez peut-être toute votre vie d'avoir refusé, dit-il tristement.

A demi aveuglé, Mr Queen regagna la rue.

« Quelle belle journée ! » pensa-t-il en s'imprégnant du ciel et des arbres, et même des belles demeures hispano-mauresques entourant ce cottage suprêmement beau où vivait dans une réclusion volontaire la plus belle des Juliette, la plus belle des héroïnes romantiques.

Soudain, il se souvint de la remarque cynique de Vix : « Vous lui succomberez comme tous les autres. » Tous les autres... cela impliquait une foule d'admirateurs. Pas possible. Elle était délectable et piquante comme un condiment exotique. Et de quoi avait-il l'air, lui, dans ce pays de beaux hommes bronzés et musclés ?

Toute beauté s'évanouit.

Effondré, Mr Queen regagna sa voiture.

Samedi soir, il se retrouva au *Horseshoe Club*, en habit, maudissant ses années de célibat et les pensées trop prises par un certain cottage blanc de style colonial pour se soucier de trouver sa proie.

— Où pourrais-je trouver Mr Alessandro ? demanda-t-il à un barman.

— Dans son bureau.

L'homme lui montra la direction à suivre, et Ellery longea le bar en forme de fer à cheval, se fraya un chemin à travers la piste de danse bourrée, puis passa derrière le quartette vocal qui hululait une chanson d'amour, s'engagea dans un couloir et parvint à une porte en acier au chrome.

Ellery frappa. Elle s'ouvrit immédiatement sur un dur en habit qui lui jeta un regard de dur.

— Ouais ?

— Alessandro ?

— Qu'est-ce que vous lui voulez ?

— Oh ! laissez tomber, dit Ellery en le poussant de côté.

Un petit homme aux joues rebondies et aux yeux d'un bleu de porcelaine lui sourit par-dessus un bureau en forme de fer à cheval. Il portait un énorme diamant en forme de fer à cheval à la main gauche.

— Mon nom est Queen. Paula Paris m'a dit de venir vous voir.

— Elle m'a téléphoné, en effet. (Alessandro se leva et lui tendit une petite main grasse et rose.) Les amis de Paula sont les bienvenus ici.

— J'espère, dit Ellery sans grand espoir, qu'elle vous a donné de bonnes références.

— Excellentes. Vous voulez jouer, Mr Queen ? Nous pouvons vous offrir roulette, faro, baccara, dés, poker — toutes les mises sont acceptées.

— Je crains que ma limite ne vous intéresse guère, grimaça Ellery. En fait, je suis venu pour voir les Royle et les Stuart. Sont-ils là ?

— Ils ne sont pas encore arrivés. Mais ils viendront. Comme tous les samedis soir.

— Puis-je les attendre... ?

— Par ici, Mr Queen.

Alessandro appuya sur un mur nu et le mur s'ouvrit, révélant une pièce enfumée et silencieuse malgré la foule.

— Jolie mise en scène, dit Ellery, amusé. Croyez-vous ce mystère nécessaire ?

Le joueur sourit.

— Mes clients s'y attendent. Vous savez... Hollywood ! Ils en veulent pour leur argent.

— Vous n'étiez pas à New York il y a quelques années ? demanda Ellery en observant ses traits affables et innocents.

— Moi ? dit le petit homme et, faisant un signe à un autre dur qui se trouvait dans le passage secret : D'accord, Joe, montre le chemin à monsieur.

— Excusez l'erreur, murmura Ellery en entrant dans la salle de jeu.

Mais ce n'était pas une erreur. Le vrai nom d'Alessandro n'était pas Alessandro, et il avait fui New York après y avoir acquis une certaine célébrité. On disait que la disparition de cette rose petite personne était consécutive à une extraordinaire période de chance au cours de laquelle il avait méchamment abîmé quatre bookmakers, deux bandes de joueurs de dés et une clique de joueurs de poker composée de Siciliens drogués, sans compter un avocat général, un juge, un membre de la Chambre de commerce et le gros Solly. Et maintenant, il avait une boîte à Hollywood. « Hé, hé, pensa Ellery, le monde est petit. »

En inspectant les lieux, il vit immédiatement que Mr Alessandro avait monté dans l'échelle sociale. A une petite table séparée, deux types impassibles jouaient aux cartes avec le président d'une compagnie cinématographique, un des plus célèbres metteurs en scène d'Hollywood et un comédien de la radio connu pour ses cachets fabuleux. Les tables de dés — « comme c'est curieux », pensa Ellery — étaient monopolisées par des scénaristes et des gagmen. Quant aux tables de roulette, on ne les voyait plus tellement il y avait de stars, manifestant une variété d'émotions qui aurait soulevé d'enthousiasme les metteurs en scène présents s'ils avaient été dans un état leur permettant d'apprécier leur réalisme.

Dans la foule, Ellery aperçut Lew Bascom, dans un smoking impeccable. D'une main, il agrippait une poignée de jetons, et de l'autre le cou d'une brunette.

— Ah ! vous voilà, dit Ellery. Ne me dites pas que vous vous cachez ici depuis trois jours !

— La paix ! dit Lew. C'est ma nuit de chance.

Il y avait une montagne de jetons devant la brunette.

— Parfaitement, dit la brunette en jetant un regard meurtrier à Ellery.

Ellery prit Lew par le bras.

— Je veux vous parler.

— Pas moyen d'avoir la paix ! Tiens, chérie, accroche-toi à la rente de papa. (Et il laissa tomber sa poignée de jetons dans le décolleté de la brunette.) Bon. Qu'est-ce que vous me voulez ?

— Vous restez avec moi jusqu'à ce que les Royle et les Stuart arrivent, dit Ellery fermement. Ensuite, vous me présentez. Après ça, vous pourrez faire ce qui vous chante.

— Quel jour sommes-nous ? grommela Lew.

— Samedi.

— Mais où est donc passé vendredi ? Tiens, voilà Jack Royle. Venez, je peux pas faire attendre la roulette toute la nuit.

Il entraîna Ellery vers un grand homme aux cheveux gris de fer, qui écoutait en riant ce qu'Alessandro lui disait. Pas de doute, c'était Jack Royle en chair et en os. Un enfant l'aurait reconnu.

— Jack, ce gars-là, c'est Ellery Queen. Donnez-lui un autographe et laissez-moi retourner jouer.

— Mr Queen, dit la fameuse voix de baryton, avec le fameux sourire caché par la fameuse moustache, ne vous inquiétez pas de ce faible d'esprit; il a sans doute bu, comme toujours. Tous les Stuart sont grossiers. Excusez-moi un instant. (Il se retourna vers Alessandro.) Ça va, Alec. Ça suffit pour ce soir. (Le petit bonhomme s'inclina sèchement et disparut.) Alors, Mr Queen, vous aimez travailler pour la Magna ?

— Butcher vous a dit ? Savez-vous que cela fait trois jours que j'essaie de vous joindre, Mr Royle ?

Le fameux sourire était cordial, mais les fameux yeux noirs ne restaient pas en place.

— Louderback a dit quelque chose... Trois jours ! Trois, avez-vous dit ? C'est une idée, Queen. Un instant, je vais briser le cœur d'Alessandro.

Il se précipita vers la cage du caissier pour échanger une poignée de billets contre une pile de jetons bleus, puis fendit la foule pour accéder à la table.

— Cinq cents sur le trois, annonça-t-il triomphalement.

Fasciné par cette attaque scientifique des lois du hasard, Ellery laissa Lew filer. Le numéro 3 ne sortit pas. Royle sourit, jeta un coup d'œil sur la pendule, remarqua qu'il était neuf heures cinq, et joua promptement le 9 et le 5. La bille s'arrêta devant le 7.

Blythe Stuart fit son entrée, magnifique dans une robe du soir noire, suivie par un Hindou en habit au visage impassible surmonté d'un turban. Immédiatement, elle fut entourée.

— Blythe ! Qui est votre nouvel ami ?

— Je parie que c'est au moins un prince ou un rajah.

— Présente-moi, chérie.

— Je vous en prie, protesta l'actrice en riant. C'est Ramdu Singh, et c'est un Swami venu des Indes, je crois. Il est doué de seconde vue, je crois. Il m'a dit des choses étonnantes sur moi-même. Le Swami va m'aider à jouer.

— Passionnant !

— Lew chéri ! s'exclama Blythe en le voyant. Je vais te montrer comment on joue. Venez, Mr Singh.

Lew regarda le Swami avec des yeux chassieux et haussa les épaules.

— C'est votre argent, Blythe.

Un metteur en scène russe offrit son siège à l'actrice et

le Swami resta derrière elle, ignorant les regards de la foule. Le croupier les regarda avec surprise puis tourna les yeux vers Alessandro, qui se contenta de hausser les épaules en souriant.

— Faites vos jeux, dit le croupier.

A cet instant précis, les regards de Jack Royle et de Blythe Stuart se rencontrèrent. Ni l'un ni l'autre ne cilla.

Avec une expression énigmatique, Royle choisit un numéro. Le Swami murmura à l'oreille de Blythe, qui s'abstint de jouer, comme s'il lui avait conseillé d'attendre pour qu'il puisse saisir toutes les émanations psychiques. La roue tourna, la bille s'arrêta devant un numéro, le croupier commença à ratisser les jetons.

— Vous permettez, dit Jack Royle poliment, et il lui prit le râteau des mains, puis en donna un coup sur le turban du Swami.

Le turban tomba, et l'on vit son crâne reluire dans la forte lumière des lampes — chauve, poli comme un œuf, blanc et rose.

L'« Hindou » se précipita sous la table pour récupérer le turban. On entendit un cri étouffé. Blythe Stuart regardait le crâne nu avec horreur.

Royle rendit le râteau au croupier avec un salut.

— Cela, dit-il sur un ton aimable, est Arthur William Park, l'acteur. Vous souvenez-vous de son Polonius dans l'*Hamlet* de Menzies, en 1920 ? Il jouait merveilleusement alors — et il joue toujours merveilleusement, à ce que je vois.

Park se releva, le foudroyant du regard.

— Pardon, mon vieux, murmura Royle. Je sais que ça va mal, mais je ne veux pas que mes... amis vous servent de victimes.

— Vous occupez le haut du pavé, Royle, dit Park d'une voix étranglée, le maquillage luisant de sueur. Attendez d'avoir soixante-cinq ans, sans trouver un seul rôle honnête, malade comme un chien, avec une femme et un fils infirme à charge. Attendez.

Alessandro fit signe à deux de ses hommes.

— Allez, viens, mon pote, dit l'un d'eux.

— Un instant, dit Blythe d'une voix couverte, les yeux brillant comme des topazes d'Orient. Alessandro, appelez un agent de police.

— Allons, miss Stuart, dit Alessandro. Je ne veux pas d'ennuis ici...

Park poussa un cri et essaya de courir; les deux hommes le rattrapèrent par le bras.

— Non ! Non !

Le sourire de Royle s'évanouit.

— Ne vous en prenez pas à ce pauvre garçon simplement parce que vous m'en voulez. Laissez-le partir.

— Je ne me laisserai pas humilier en public !

— Mère ! Que se passe-t-il ?

Bonnie Stuart, étincelante dans une cape d'hermine, ses boucles blondes iridescentes, apparut en compagnie de Jacques Butcher. Elle lâcha son bras et courut vers Blythe.

— Oh ! chérie, ce monstre a fait déguiser cet homme en Swami, et il m'a accompagné ici et... et... le monstre a démasqué le Swami en disant que c'était un acteur ou je ne sais quoi, sanglota Blythe. Je n'ai jamais été aussi humiliée de ma vie. (Se reprenant, elle tapa du pied.) Alessandro ! Vous appelez un agent ou faut-il que j'y aille ? Je vais les faire arrêter !

— Allons, allons, dit Bonnie, en caressant affectueusement les épaules de sa mère. Il a l'air assez déprimé, et je ne pense pas que tu aimerais le voir en prison. (Elle fit un signe de tête à Alessandro, qui poussa un soupir de soulagement et dit à ses hommes de le faire sortir.) Quant à Mr Jack Royle, continua Bonnie en durcissant son regard, c'est une autre histoire...

— Bonnie, dit l'Enfant Prodige sur un ton d'avertissement.

— Non, Butch. Il serait temps que quelqu'un lui dise...

— Ma chère Bonnie, dit Royle avec un sourire

étrange, je vous assure que ce n'est pas moi qui ai donné à Park l'idée de cette mascarade. Je n'y suis pour rien.

— Pas avec *moi*, sanglota Blythe. Je vous connais, Jack Royle. Oh, je serais capable de vous tuer !

Et, soulevant les lourds plis de sa jupe, elle courut vers la sortie en versant des larmes amères. Bonnie se précipita à sa suite, suivie par l'Enfant Prodige, qui était rouge d'embarras.

Royle haussa les épaules avec une forfanterie qui passa inaperçue. Il mit quelques billets dans la main de Lew Bascom en désignant la porte. Lew sortit avec l'argent.

— Faites vos jeux, dit le croupier d'un ton las.

Longtemps après, Lew revint.

— Quelle nuit ! On dirait qu'il y a une conspiration pour m'empêcher de jouer ! Juste quand j'avais de la veine !

— Je suppose, soupira Ellery, que tout est bien qui finit bien ? Personne n'a été assassiné ?

— De justesse. Dehors, je suis tombé sur Ty Royle qui arrivait. Les durs d'Alec lui ont expliqué ce qui s'était passé et il a voulu donner du fric à Park. Il distribue plus d'argent aux acteurs dans la dèche que la moitié des bureaux de bienfaisance d'Hollywood. Le vieux a accepté, d'ailleurs. Ils sont tous dehors maintenant, et ils font un grabuge de tous les diables.

— Ce n'était donc pas un coup monté ?

— Non ! Mais je parierais que Jack est désolé de ne pas y avoir pensé !

— J'en doute, dit Ellery sèchement en jetant un coup d'œil dans la direction de Royle.

L'acteur était assis au bar, devant une rangée de six cocktails, le dos courbé.

— Park a un cancer ou quelque chose de ce genre; plus de boulot depuis deux ou trois ans. Qu'est-ce qu'il a bien pu venir faire ici ? Ma soirée est fichue à cause de ce vieux démon ! Je l'ai amené au bistrot du coin et je lui ai payé un verre. Mais il n'a pas voulu accepter l'argent de Jack.

— Curieuse éthique. Blythe Stuart n'a pas dû passer une très bonne soirée, elle non plus.

— Elle est complètement maboule ! Elle se fait avoir par le premier diseur de bonne aventure venu. Elle n'accepte jamais un rôle sans s'être fait lire les lignes de la main.

Bonnie revint d'un pas majestueux, le visage rageur. L'Enfant Prodige, l'air accablé, la tenait par le bras. Il lui parlait avec sérieux, mais elle ne prenait pas garde à lui. Elle aperçut Jack Royle assis au bar comme un bouddha et fit un pas vers lui.

— Un instant, ma belle, dit une voix traînante, et elle s'arrêta net, comme si elle avait touché un fil électrique.

Un homme jeune et grand, entouré par quatre jeunes beautés, apparut devant l'entrée. Ellery trouva qu'Alessandro avait l'air très malheureux.

— Encore vous ? dit Bonnie avec un mépris tellement phénoménal que, à la place du jeune homme, Ellery aurait cherché un tapis sous lequel se cacher. Epargnez-moi votre haleine d'alcoolique. Il l'a voulu et il l'aura.

— Si c'est la bagarre que vous voulez, dit Ty Royle sur un ton glacial, pourquoi ne vous en prenez-vous pas à moi ? Je suis plus près de votre âge et papa n'est plus jeune.

Bonnie le regarda des pieds à la tête.

— A tout prendre, dit-elle doucement, il est plus viril que vous. Au moins, il n'impose pas son harem à la vue des honnêtes gens.

Les quatre beautés ouvrirent la bouche tout grand, et Ellery crut un moment qu'il y aurait une bataille générale, causant pour le moins la destruction d'un certain nombre de coûteuses coiffures.

— Ty ! Bonnie ! s'exclama l'Enfant Prodige en s'interposant. Pas ici, pour l'amour du ciel. Ici... (Il regarda désespérément autour de lui.) Queen ! Quelle chance ! Chérie, je te présente Ellery Queen.

— Si Butch s'imagine que je vais laisser ce héros prétentieux, cette idole de toutes les boniches, dit Bonnie, ses magnifiques yeux fumant d'indignation, m'empêcher de dire à son père ce que je pense de lui...

— Etes-vous sûre que ce serait sage ? se hâta d'intervenir Ellery. Je...

— Ma pauvre mère est positivement *honteuse* ! Bien sûr, c'est de sa faute si elle écoute le premier charlatan venu, mais ce n'est pas très décent de le dévoiler ainsi devant tous les gens qu'elle connaît. Elle est vraiment la plus charmante et la plus adorable des femmes, Mr Queen. Mais elle n'a pas beaucoup de sens pratique, et si je ne m'occupais pas d'elle comme une nounou, elle s'attirerait des tas d'ennuis, surtout avec ces détestables Royle qui n'attendent que ça !

— Quand même pas Tyler ? Il a l'air si gentil...

— Gentil ! Il est répugnant ! Mais j'admets qu'il n'embête pas maman — il n'en veut qu'à ma peau, mais j'en fais mon affaire. Quant à Jack Royle... Oh ! je suis sûre que maman va pleurer toutes les larmes de son corps ce soir. Je vais sûrement passer toute la nuit à mettre des compresses vinaigrées sur sa pauvre tête.

— Ne croyez-vous pas que vous feriez mieux de rentrer chez vous dans ce cas ? dit Ellery, sautant sur l'occasion. Après tout...

— Oh ! non, dit Bonnie sauvagement. J'ai encore quelque chose à faire ici, Mr Queen.

Ellery chercha désespérément à détourner la conversation.

— Je me sens tout à fait comme un martyr innocent livré à une jeune lionne particulièrement adorable.

— *Comment ?* dit Bonnie, regardant Ellery vraiment en face pour la première fois.

— Il m'arrive de parler ainsi, dit Ellery.

Elle finit par éclater de rire.

— Où étiez-vous, Mr Queen ? C'est la chose la plus

gentille que l'on m'ait jamais dite — sauf sur scène. Vous êtes écrivain, au moins ?

— Oui. Butch ne vous a-t-il pas dit mon nom ?

— C'est probable.

Elle le prit par le bras. Ellery rougit légèrement. Son corps était incroyablement doux, et elle répandait une odeur délicieuse. Pas tout à fait aussi délicieuse que Paula Paris, bien sûr, mais suffisamment pour qu'il se demande s'il n'était pas en train de devenir un parfait débauché.

— Vous me plaisez. Amenez-moi à la table de roulette.

— Avec plaisir.

— Ah ! C'est vous qui étiez avec Alan Clark, hier !

— Vous vous en souvenez, donc !

— Bien sûr. Je vous prenais pour un agent d'assurances. Vous a-t-on déjà dit que vous ressembliez à un agent d'assurances ?

— A la roulette ! gronda Ellery, avant que je vous rappelle ce que vous avez vu dans votre dernier cauchemar.

Il lui trouva une chaise. Butch, l'air heureux, s'empressa de déposer deux poignées de jetons devant Bonnie. Il fit un clin d'œil à Ellery, s'essuya le visage et déposa un baiser sur la nuque de Bonnie.

Ellery soupira en pensant à une dame nommée Paris. Au diable, les ermites femelles !

Il vit Tyler Royle se diriger vers le bar, passer un bras autour des épaules de son père et lui dire quelque chose avec une expression de contentement. Jack Royle se retourna un instant, et Ellery le vit esquisser un sourire. Ty lui tapota affectueusement le dos et revint à la table de roulette, entouré de sa cour féminine; il s'assit juste en face de Bonnie, faisant tout son possible pour l'ignorer. Il murmura quelque chose à ses compagnes qui pouffèrent de rire.

Bonnie fit la moue et se retourna vers Butcher pour lui dire quelque chose; Butch eut un rire dénué de gaieté tandis qu'elle faisait de nouveau face à la table pour faire son jeu. Le jeune Mr Royle, regardant la roulette d'un air railleur, choisit également un numéro. Miss Stuart sourit. Mr Royle se renfrogna. Miss Stuart se renfrogna. Mr Royle sourit.

Le croupier parla. La roue tourna. Les jetons cliquetèrent. Jack Royle s'imbibait toujours de cocktails au bar, regardant silencieusement sa propre réflexion dans le miroir. Bonnie paraissait absorbée par son jeu. Ty Royle jouait avec un air dégagé.

Ellery commençait à se sentir mieux lorsqu'un braiment vint offenser son oreille gauche. Il leva les yeux sur un Lew Bascom hilare comme un Pan obèse.

— C'trop calme, murmura Lew. Regardez bien.

Ellery eut un funeste pressentiment. La lueur des yeux chassieux de Lew ne promettait rien de bon pour la cause de la paix.

Les joueurs faisaient leurs jeux. Bonnie avait placé une pile de jetons bleus sur le 19 et, regardant à peine ce qu'il faisait, Ty poussa une pile similaire vers le même numéro. Au même instant, Alessandro faisait entrer une grande dame de l'écran qui avait récemment épousé le prince Youssov dont la lignée royale remontait, disait-on, jusqu'au Trône Céleste; le prince, en grande tenue, l'accompagnait. Tous les yeux, y compris ceux du croupier, quittèrent la table pour admirer le splendide couple.

Lew prit calmement les jetons de Bonnie et les mit au 9.

« Mon Dieu, se dit Mr Queen, si c'est le 19 qui gagne... ! »

— 19, annonça le croupier.

Les mains de Ty et de Bonnie se rencontrèrent sur la pile de jetons qui revenait au vainqueur. Bonnie ne retira pas sa main.

— Quelqu'un, dit-elle sur un ton glacial, serait-il assez aimable pour dire à ce monsieur que ce sont mes jetons ?

Ty laissa sa main sur celle de Bonnie.

— Je m'en voudrais de discuter avec une dame, mais personne ne peut-il la détromper ?

— Il essaie de faire de l'humour. Ils sont à moi.

— Elle n'en serait pas capable. Ils sont à moi.

— Butch ! Tu m'as vue jouer le 19, n'est-ce pas ?

— Je ne regardais pas. Ecoute, chérie...

— Croupier ! dit Ty. M'avez-vous vu jouer le 19 ?

Le croupier parut pris en faute.

— Je suis désolé, je n'ai pas vu...

— C'est à Ty, dit une de ses compagnes.

— Non, c'est à Bonniiie. Je l'ai vue les mettrrre, dit le metteur en scène russe.

— Mais je vous dis que j'ai vu Ty...

— Bonnie...

La table était en émoi. Ty et Bonnie se regardaient avec une haine non déguisée. L'Enfant Prodige avait l'air suprêmement irrité. Alessandro accourut.

— Mesdames, messieurs, s'il vous plaît ! Vous gênez les autres joueurs. Que se passe-t-il ?

Ty et Bonnie essayèrent d'expliquer en même temps.

— Ce n'est pas vrai, ragea Bonnie. Lâchez ma main !

— Désolé, aboya Ty, mais je ne vois pas pourquoi je lâcherais. Si c'était quelqu'un d'autre, je le croirais sur parole...

— Comment osez-vous ?

— Oh ! cessez de gueuler ! Ce n'est pas la grande scène du trois.

— Moi, gueuler ? hurla Bonnie. Espèce de... *comédien* !

Ty applaudit.

— Continuez ! Excellent !

— Bellâtre !

Cela le toucha au vif.

— Vous mériteriez une gifle...

— Vous m'avez volé mes mots !

Et Bonnie lui donna une claque retentissante.

Ty devint pâle. Bonnie avait peine à retrouver son souffle. Butcher, l'air sévère, lui murmura quelque chose à l'oreille. Alessandro dit quelques mots secs à Ty.

— Je m'en fiche. Si elle croit qu'elle s'en tirera à si bon compte... dit Ty, les narines frémissantes.

— Le jeune insolent ! dit Bonnie d'une voix étranglée. M'accuser de tricher...

— Vous le paierez, même si je dois y laisser ma peau ! cria Ty par-dessus l'épaule d'Alessandro.

— Si vous en revoulez, vous n'avez qu'à approcher, Ty Royle !

— S'il vous plaît ! tonna Alessandro. Je vous crédite tous deux avec les gains de ce jeu. Et je demande instamment à miss Stuart et Mr Royle de bien vouloir se calmer, ou de sortir immédiatement.

— Sortir ? dit Bonnie, d'une voix stridente. Plus vite je quitterai l'air contaminé qui entoure cette coqueluche des vieilles dames, mieux ça vaudra !

Elle s'arracha à l'emprise de l'Enfant Prodige et vola vers la porte. Ty bouscula Alessandro et courut à sa suite. L'Enfant Prodige se précipita après eux.

Tous disparurent dans un vacarme de hurlements et d'aboiements.

— Ça, dit Ellery à Lew Bascom, c'est un vilain tour à jouer, mon folâtre ami.

— N'est-ce pas la pure vérité ? soupira Lew. Viens, poupée, allons regarder l'épilogue.

Et il entraîna sa brunette vers la porte où le trio venait de disparaître.

Ellery resta pensif un instant. Quelque chose le fit se retourner vers Jack Royle. Le vieil acteur était toujours au bar, dans la même position, comme s'il n'avait rien vu de ce qui venait de se passer.

Mais, dans le miroir, Ellery vit le reflet de ses lèvres. Elles étaient tordues en un sourire amer.

Bataille de Royle, bataille royale

Les sept jours qui suivirent cette paisible soirée chez Alessandro passèrent aux oreilles de Mr Ellery Queen comme des balles sifflantes. Il se trouvait dans le *no man's land* entre deux armées en bataille. A la fin de la semaine, il avait rassemblé un énorme tas de notes ainsi que plusieurs lésions du système nerveux.

Il étudiait une masse de coupures de journaux dans la bibliothèque du studio lorsqu'il fut interrompu par un chasseur lui demandant de se rendre dans le bureau de Jacques Butcher.

L'Enfant Prodige paraissait épuisé, mais triomphant.

— *Mirabile dictu.* Nous avons atteint le nombril du monde.

— C'est merveilleux, la paix, sourit Lew. Merveilleux.

— Ils sont d'accord ? demanda Ellery, incrédule.

— Absolument.

— Je me refuse à le croire. Comment avez-vous fait ? Hypnose ?

— J'ai fait appel à leur vanité. Je savais qu'ils succomberaient.

— Pour Blythe, ça n'a pas été facile, dit Lew, mais quand je lui ai dit que Jack ne voulait pas d'elle et exigeait Cornell, elle a été obligée d'accepter.

— Et Jack ?

— Ç'a été fait en un tournemain. Cornell, c'était bien sûr du bluff. On aurait dit qu'il *tenait* à jouer avec Blythe.

— Il avait l'air plutôt pâlot cette semaine, dit Ellery songeusement.

— Eh, il n'a pas bu un verre depuis cinq jours ! Il y a de quoi vous mettre à plat. Je vous le dis, Jack n'est plus le même.

— N'examinons pas de trop près les mystères de la

providence, dit l'Enfant Prodige pieusement. Le principal, c'est qu'ils aient signé.

— Je ne pense pas que ç'a été aussi facile avec les jeunes, Butch.

Le producteur frissonna.

— Je vous en prie... Ty a fini par céder parce que j'ai réussi à le convaincre que le public exigeait un rôle vécu — la biographie est en vogue. Vous savez ce qu'il a dit ? « Ils veulent du vécu ? Je leur en donnerai, du vécu, lorsque je serrerai mes mains autour du cou de lis de votre fiancée ! »

— Pas encourageant, dit Ellery.

— Affreux, gloussa Lew.

— Bonnie, dit l'Enfant Prodige tristement, Bonnie, ce fut encore pire. La seule condition qu'elle ait posée, c'est que le scénario contienne au moins une scène dans laquelle elle ait à gifler, griffer et boxer Ty jusqu'à l'évanouissement.

— Qui va mettre en scène ? demanda Lew.

— Sans doute Corsi. Pourquoi ?

— C'est bien ce que je pensais, dit Lew d'un air songeur, ça va être amusant. Corsi est le metteur en scène le plus méticuleux du monde. Comme il mettra deux ou trois jours à mettre cette scène au point, Bonnie aura tout le temps de s'amuser. Elle lui arrachera au moins une livre de chair...

La cérémonie historique de la Grande Signature eut lieu le lundi suivant, le 11. Les préparatifs dont Ellery fut témoin lui firent penser à un avion en difficulté qui tente un atterrissage de fortune sur un aérodrome, avec les pompiers et les ambulances prêts à faire face à toute éventualité.

Tout compte fait, les contrats furent signés sans que la catastrophe prévue eût lieu. La paix fut sauvegardée par un expédient très simple : les signataires n'ouvrirent pas la bouche. Jack Royle, plus élégant que jamais, regarda par la fenêtre jusqu'à ce que ce soit à lui de signer; il s'exécuta, sourit aux photographes, et sortit calmement, sans plus de cérémonie. Blythe, royale dans un costume garni de renard argenté, garda un silence hautain. Bonnie, il faut le dire, ne cessa de regarder le cou de Ty durant toute la cérémonie. Mais Ty, préalablement amadoué par Butch, ignora la provocation.

Les reporters et photographes étaient visiblement désappointés.

— C'est dégoûtant, dit Lew, lorsqu'ils furent partis, on a raté une belle publicité gratuite.

— Tant qu'ils n'avaient pas signé, dit Butch calmement, le risque était trop gros. Il ne faut pas faire d'erreur, lorsqu'on joue au rugby avec de la dynamite.

— Alors, on peut mettre le feu aux poudres maintenant, Butch ? demanda Sam Vix.

— On met les gaz, Sam.

Sam Vix mit les pleins gaz. Ellery ne sut jamais exactement ce qui se passa — il suspecta une complicité entre Vix et Lew — mais, ce même lundi soir, Bonnie et Ty tombèrent l'un sur l'autre au bar du *Clover Club*. Lew, qui était là comme par hasard, tenta, avec une gravité suspecte, d'opérer une réconciliation pour « cette bonne vieille Magna ». Bonnie, qui était en compagnie d'un richissime Argentin, s'enflamma. Ty aussi. Le gentilhomme argentin trouva le ton de Ty déplaisant; Ty trouva le ton du gentilhomme argentin déplaisant; le gentilhomme argentin tordit vigoureusement le nez de Ty; et Ty projeta le gentilhomme argentin pardessus la tête du barman, sur le miroir du bar, lequel ne résista pas au choc. Ce sur quoi Bonnie fit arrêter Ty pour voie de fait. Libéré par son père dans les premières heures de la journée de mardi, Ty jura vengeance en présence de la moitié des journalistes d'Hollywood.

Le visage de Sam Vix s'éclaira à la vue des journaux du mardi.

— Même Goldwyn, dit-il modestement à Ellery, eût été satisfait.

Le vendredi suivant, Mr Sam Vix n'était plus du tout content. Frémissant d'indignation, il fit irruption dans le bureau de l'Enfant Prodige, où Lew et Ellery étaient en train de s'engueuler devant un Butcher impassible.

— Nous sommes coulés, haleta Vix. Ne vous fiez jamais à un acteur. Paula Paris vient de me mettre au courant. Ils l'ont fait !

— Qui a fait quoi ? demanda Butch.

— Jack et Blythe. La seule chose qui puisse fiche le film en l'air. Ils se sont réconciliés !

Il s'effondra dans un fauteuil. Lew et Ellery le regardaient stupidement, trop surpris pour réagir. Butcher leur tourna le dos et regarda par la fenêtre.

— Continuez, dit Lew d'une voix pâteuse. C'est comme si vous annonciez que Trotski et Staline jouaient à la belote avec J.P. Morgan.

— C'est pire que cela, gémit Vix. *Ils vont se marier !*

— Cré nom d'une pipe ! s'écria Lew. Tout est fichu !

L'Enfant Prodige fit un saut vers l'interphone.

— Madge ? Donnez-moi Paula Paris.

— *Requiescat in pace,* soupira Ellery. Quelqu'un connaît l'heure du prochain train pour New York ?

Lew déclamait, les yeux levés vers le plafond.

— Et pouf ! En l'air, l'idée géniale à laquelle je travaille depuis vingt ans ! Non ! Ils ne peuvent pas me faire ça, à moi !

Le téléphone sonna.

— Paula ? Jacques Butcher. Est-ce que ce que Sam Vix me dit sur Jack et Blythe est vrai ?

— Ils ont décidé d'oublier ce qui s'est passé mercredi soir. Je l'ai appris hier soir. Il semble que Jack ait vu la lumière après l'incident avec l'acteur Park, au *Horseshoe Club*. Depuis, il ne cesse de se reprocher sa perversité. Il semble qu'ils s'aiment vraiment, Mr Butcher. Ils ont décidé de hâter le mariage.

— Que s'est-il passé entre eux ?

— Je n'en sais pas plus que vous.

— Bien. Je compte sur vous pour célébrer ça comme il faut dans votre colonne.

— N'ayez crainte, Mr Butcher, roucoula Paula. Je n'y manquerai pas.

Lew le regarda avec méfiance.

— C'est arrangé ?

Et Ellery lui demanda :

— Elle... elle vous a parlé de moi ?

— Oui à votre question, non à la vôtre. (L'Enfant Prodige se rassit confortablement.) Alors, les enfants, pourquoi cette panique ?

— Je me meurs, sanglota Lew, et il fait de l'esprit !

— C'est couru d'avance, dit Sam Vix, ce mariage met un point final à leur rivalité. Où est notre publicité maintenant ? S'ils y tenaient tellement, ils auraient au moins pu attendre la sortie du film !

— Ecoutez, dit le producteur patiemment. Qu'est notre histoire ? Celle de quatre personnages pris dans un conflit romantique. Pourquoi ?

— Parce qu'ils sont dingues ! s'écria Lew. La preuve finale en est faite.

— Non, espèce de gros bêta. Parce qu'ils s'aiment d'amour. Vous avez écrit une histoire d'amour, messieurs, bien que vous ne sembliez pas vous en rendre compte. Ils s'aiment, ils rompent, ils deviennent ennemis acharnés, et après vingt ans ils se retrouvent.

— C'est illogique, protesta Ellery.

— Et pourtant, c'est ce qui vient de se passer. Vous ne vous rendez pas compte que vous avez le dénouement naturel de votre film ! La fiction suit fidèlement la réalité. Après vingt ans de lutte sanguinaire, *ils se réconcilient*.

— Oui, mais pourquoi ?

— Comment voulez-vous que je le sache ? C'est à vous et à Lew de trouver la réponse à cette énigme romantique. Pourquoi croyez-vous que je vous paie ?

— Aïe ! fit Sam Vix.

— Quant à vous, Sam, vous avez un meilleur angle publicitaire que jamais.

— Ils se sont réconciliés, dit Sam Vix avec révérence.

— Oui, aboya Butch. Et tous les passionnés de cinéma se demanderont pourquoi diable ils ont agi ainsi. A vous de trouver le reste, Sam. Au travail !

Sam tapa du poing sur la table.

— Bien sûr !... Pourquoi se sont-ils réconciliés après s'être arraché les yeux pendant vingt ans ? *Allez voir le film et vous le saurez !*

— Vous y êtes enfin. Dire que vous parliez de retarder leur mariage ! Mais non ! Le plus tôt sera le mieux, et il y aura un battage tel que vous n'en avez jamais entendu.

— Comptez sur moi, dit Vix en se frottant béatement les mains.

— Nous en ferons le mariage du siècle, avec feux d'artifice, orchestres, toutes les associations de presse... C'est une chance folle pour notre production.

— Attendez, murmura Lew en se grattant vicieusement le nez. J'ai une idée.

— Oui ?

— Tous les mariages se ressemblent. Il faut que nous trouvions autre chose. L'église, le prêtre... le public s'en fiche. C'est toujours pareil.

Il fit une pause.

— Alors ?

— Voilà le gag. Offrez-leur Reed Island pour leur lune de miel.

— Reed Island ? demanda Ellery.

— J'y ai une maison, expliqua Butcher. C'est juste un rocher dans le Pacifique — au sud-ouest de Catalina — avec un village de pêcheurs. Continuez, Lew.

— J'y suis ! s'écria Lew. Ils iront en avion. Rien qu'eux deux, seuls avec l'amouououour... MAIS, juste avant de décoller, qu'est-ce qui se passe ? Ils sont unis par les liens du mariage, sur l'aéroport ! Le père Erminius fera parfaitement l'affaire. On peut mettre un million de spectateurs dans un aéroport ! C'est cent fois plus grand qu'une église !

— Hmm, dit l'Enfant Prodige. Cela mérite considération.

— Je pourrais les y descendre dans mon avion, dit Lew. Je me suis toujours vu dans le rôle de Cupidon. Ou alors, Sam...

— J'ai une meilleure idée, dit Vix. Et si c'était *Ty Royle* qui les pilotait ? Le fils pardonne au père et bénit l'union du célèbre duo...

— Cela semble parfait, dit l'Enfant Prodige songeusement. Je crois qu'on peut y aller. Et dignes, avec ça. Ils veulent être seuls. Ils vont passer leur lune de miel dans un trou solitaire au milieu du Pacifique, loin de la foule, loin des journalistes... Ha ha ! Reed Island ressemblera à Broadway un samedi soir. Lew, c'est d'accord.

Lew leva une bouteille.

— A la mariée !

— A bientôt, messieurs, dit Vix, et il fila vers la porte.

— Excusez-moi, dit Ellery, mais n'êtes-vous pas un peu trop optimistes ? Et si les amoureux refusent de se laisser exploiter ? Et si Ty Royle voit d'un mauvais œil son père fumer le calumet de la paix ?

— Laissez-moi faire, dit Butcher sur un ton conciliant. Les soucis, c'est mon travail. Le vôtre, c'est de me faire une adaptation qui me plaise et qui leur plaise. Si possible, la première séquence prête avant leur retour. Au travail !

— C'est vous le patron, dit Ellery. Vous venez, Lew ?

Lew brandit la bouteille.

— Vous ne voyez pas que che chélèbre le mariache ?

Ellery se mit donc en quête tout seul.

Après quelques coups de téléphone, il monta dans sa voiture de location et se dirigea vers Beverly Hills. La propriété des Royle se trouvait tout près du Los Angeles Country Club — un énorme château de style médiéval anglais, complet avec fossé et pont-levis.

Celui-ci était ouvert, ainsi que les portes. Se fiant à son ouïe, il atteignit un hall d'où provenaient les sons d'une vive querelle. Il y trouva les serviteurs, groupés devant une porte dans des attitudes exprimant l'intérêt et le plaisir.

Ellery tapa sur l'épaule d'un Anglais émacié.

— Puisque le spectacle est public, lui dit-il, vous n'avez sans doute aucune objection à ce que j'entre ?

Un homme se retourna avec surprise, l'Anglais rougit de confusion et les autres se retirèrent avec des mines coupables.

— Excusez-moi, mais Mr Royle...

— Ah ! dit Ellery, vous êtes Louderback, sans doute ?

— Oui, monsieur, dit Louderback avec style.

— Je suis heureux d'apprendre que votre loyauté bien connue est mêlée d'une curiosité bien humaine. Laissez-moi passer, Louderback.

Ellery entra dans une chambre princière, prêt à tout. Néanmoins, il fut surpris. Bonnie Stuart était assise, les jambes croiées, sur un piano à queue, regardant tragiquement le calme visage de sa mère. A l'autre extrémité de la pièce, Jack Royle buvait tranquillement un cocktail tandis que son fils allait et venait en agitant les bras comme un pingouin apeuré.

— ... ne le tolérerai pas, gémissait Bonnie.

— Chérie, *tu* ne le toléreras pas ?

— ... du ciel ! disait Ty. Papa, as-tu perdu la raison ? C'est... c'est de la trahison !

— Mais non, Ty, je la retrouve. Blythe, je t'aime.

— Je t'aime, Jack.

— Maman !

— Papa !

— Oh, c'est affreux !

— ... ne mettrais même pas les *pieds* dans cette maison, criait Bonnie. (Blythe se leva et avança comme dans un rêve vers son fiancé. Bonnie sauta du piano et la suivit.) Maman chérie... je ne serais jamais venue ici, mais Clotilde m'a dit que tu y allais pour voir... cet homme, et...

— Faut-il que tu l'épouses ? plaidait Ty. Après tant d'années ? Regarde toutes les femmes que tu aurais pu avoir !

— Blythe chérie. (Jack Royle se leva aussi, et son fils se mit lui aussi à la suivre. Ellery, qui les observait sans être vu, se dit qu'ils auraient bientôt besoin d'un agent de la circulation, si l'on voulait éviter les collisions.)... Assez vieux pour faire ce qui me plaît, Ty !

— Parmi tant de femmes...

— Pour moi, c'est la seule. (Jack prit Blythe dans ses bras.) Deux contre le monde entier, n'est-ce pas, amour ?

— Oh, Jack, je suis si heureuse !

— Ciel !

— ... après tout ce que tu as *dit* de lui, maman, j'aurais *honte* à ta place.

— Bonnie, Bonnie. Nous avons pris notre décision. Nous étions fous...

— Etions ? dit Bonnie, prenant le plafond à témoin. Fous, fous !

— Qui est fou ?

— Ne réagis pas.

— C'est ma mère, et je l'aime, et je ne la *laisserai* pas gâcher sa vie avec le père d'un inutile, d'un joli garçon, d'un méprisable... *Turc !*

— Vous pouvez parler; comme si on ne connaissait pas votre faible pour les joueurs de polo argentins !

— Ty Royle, je vous giflerai encore !

— Essayez. Je vous jure que je tannerai votre douce peau — et sur le derrière, encore !

— Ty !

— Bonnie, ma chérie...

— Tiens, hello, Queen ! dit Jack Royle. Prenez donc un fauteuil de ring. Ty, je te demande de cesser. Je suis assez vieux pour savoir ce que je fais. Blythe et moi sommes faits l'un pour l'autre...

— Page quatre-vingt-quinze du scénario, ricana Ty. On tourne la scène demain. Pour l'amour du ciel, papa !

— Qui est cet homme ? murmura Blythe en regardant Queen. Allons, Bonnie, ça suffit. Tu devrais te remettre du rouge à lèvres.

— Je m'en fiche ! Oh ! maman, maman, comment *peux*-tu ?

— Jack chéri, un dry. Très sec. Je meurs de soif.

— Mr Queen, gémit Bonnie, est-ce que ce n'est pas une vraie *disgrâce* ? Ils se réconcilient pour de bon ! Maman ! Je ne le permettrai pas ! Tu m'entends ? Si tu persistes...

— Mais enfin, ce n'est pas toi qui te maries, dit Blythe en riant.

— Je... je vais te déshériter, oui, voilà ce que je vais faire ! Je ne veux pas de ce pantin en chemise de celluloïd comme beau-frère.

— *Me* déshériter, Bonnie ? Tu es un peu folle.

— C'est la première chose sensée que j'entends dire à cette espèce de gorgonzola femelle au nez de travers et au menton pointu ! cria Ty à son père. Moi aussi. Si tu fais cela, c'est fini entre nous, papa... Oh, Queen, je suis désolé ! Vous êtes bien Queen, n'est-ce pas ? Servez-vous donc quelque chose à boire. Allons, papa, réveille-toi. Ce n'est qu'un mauvais rêve.

— Ty, c'est assez, dit Jack Royle d'un ton sec. Il y a des cigares dans l'humidificateur, Queen. C'est une affaire réglée, Ty, et si ça ne te plaît pas, tant pis pour toi.

— Maman, dit Bonnie d'une voix sourde, est-ce que tu vas quitter cette détestable maison tout de suite avec moi, ou non ?

— Non, ma chérie, dit Blythe. Et maintenant, sois gentille et dépêche-toi pour ne pas rater ton rendez-vous avec Zara. Ta coiffure est dans un état terrible.

— Ah ? dit Bonnie, alarmée. (Puis elle prit une voix tragique :) Maman, c'est la *fin*. Au revoir. J'espère qu'il ne te battra pas, bien que j'en sois sûre. Souviens-toi que tu pourras toujours revenir chez moi, parce que je t'aime vraiment, moi. Oh, maman !

Et, en larmes, Bonnie tituba vers la porte.

— Maintenant, tu en es aux cocktails, dit Ty avec amertume, mais après un an avec *elle*, ce sera l'absinthe et l'opium. Adieu, papa.

Ainsi donc, le prince et la princesse de ces dynasties royales firent tout leur possible pour effectuer simultanément leurs dramatiques sorties, et ce faisant, cognèrent l'une contre l'autre leurs jeunes têtes royales.

— Rustre ! dit Bonnie entre deux sanglots.

— Vous feriez mieux de regarder où vous allez.

— Quelle galanterie ! On se demande où vous avez été élevé.

— Je vous demande de quitter ma maison, dit Ty froidement. Et le plus vite possible !

— *Votre* maison ! Je croyais que vous veniez d'y renoncer à jamais ? En fait, Tyler Royle, je suis sûre que c'est vous qui avez manigancé tout cela, espèce de... Machiavel !

— Moi ? Je préférerais voir mon père devenir souffleur chez Minsky plutôt que le voir lié à votre famille ! C'est plutôt vous qui êtes à l'origine de cet abominable projet.

— Moi ? Et pourquoi aurais-je agi de la sorte ?

— Parce que Blythe et vous êtes sur la pente descendante, tandis que notre dernier film...

— J'ai lu les rapports délirants du *Motion Picture Herald*, et les chiffres encourageants...

— Je vois que vous faites partie de notre public.

— Quel public ?

— Bluffeuse !

— Exhibitionniste !

En ce moment palpitant, alors que Ty et Bonnie se regardaient sadiquement devant la porte ouverte, que Jack et Blythe s'enlaçaient de façon provocante devant la cheminée, et que Mr Queen soupirait, le nez dans son verre de vieux cognac, Louderback toussota et entra majestueusement, portant un plateau d'argent.

— Excusez, dit Louderback, les yeux fixés sur le Fragonard du mur d'en face, une personne française vient d'apporter cette lettre pour miss Blythe Stuart. La personne a dit que la lettre venait d'arriver au domicile de miss Stuart avec la mention *urgent*.

— Clotilde ! s'écria Bonnie en avançant la main vers l'enveloppe. Vous, faire suivre votre courrier *ici* ! Mère, n'avez-vous donc aucune pudeur ?

— Bonnie, mon enfant, dit Blythe calmement en prenant la lettre. Depuis quand lis-tu mes lettres ? Je croyais que tu me quittais pour toujours ?

— Et toi, Ty, gloussa joyeusement Jack Royle en sautillant vers eux. Tu as aussi changé d'avis ?

Blythe Stuart poussa un « Oh ! » étouffé en regardant le contenu de l'enveloppe. Elle avait deux rectangles de bristol coloré dans la main, et secouait vainement l'enveloppe, mais rien d'autre ne venait.

— Oh ! répéta-t-elle.

Mr Queen, que l'on avait oublié, s'approcha doucement et jeta un coup d'œil. Les deux rectangles de bristol étaient, pour autant qu'il put s'en rendre compte, des cartes à jouer parfaitement ordinaires. L'une était le deux de trèfle, et l'autre le dix de pique. Lorsque Blythe les retourna, il vit que leur dos était bleu et orné d'un fer à cheval doré.

— Qu'y a-t-il, maman ? demanda Bonnie avec inquiétude.

Blythe se retourna. Elle était souriante.

— Rien, rien du tout. Une plaisanterie stupide. Te soucies-tu vraiment tellement de ta pauvre vieille maman, que tu viens d'abandonner pour toujours ?

— Oh ! maman, que tu es pénible..., et Bonnie, faisant virevolter ses boucles blondes, sortit non sans renifler très fort en passant devant Mr Tyler Royle.

— A tout à l'heure, papa, dit Ty lugubrement, et il la suivit.

— Une bonne chose de faite, dit Jack avec soulagement. (Il prit Blythe dans ses bras.) Ce n'était pas si terrible que ça, n'est-ce pas, chérie ? Ces stupides enfants ! Embrasse-moi.

— Jack ! Nous avions complètement oublié Mr Queen. (Blythe lui adressa un sourire radieux.) Que devez-vous penser de nous, Mr Queen ! Et je ne crois pas que l'on nous ait présentés. Mais Jack m'a parlé de vous, de même que Butch...

— Désolé, dit l'acteur. Chérie, je te présente Ellery Queen, qui travaille avec Lew Bascom sur notre scénario. Alors, que pensez-vous de nous, Queen ? Un peu timbrés, hein ?

— Je pense, dit Ellery en souriant, que vous menez une vie horriblement intéressante. Il y a même des gens qui vous envoient des cartes à jouer, rendez-vous compte ! Curieuse notion de l'humour. Puis-je les voir, miss Stuart ?

— Ce n'est rien, vous savez... commença Blythe, mais, avant qu'elle eût le temps de protester, les deux cartes et l'enveloppe se retrouvèrent dans les mains de Mr Queen, qui les examina attentivement.

— Le *Horseshoe Club*, bien sûr, murmura Ellery. J'avais remarqué ce signe distinctif sur leurs cartes l'autre nuit. Et notre farceur a été très prudent, je vois. L'adresse est écrite en lettres d'imprimerie avec une encre d'un bleu délavé qui est caractéristique de nos bureaux de poste. Postée ce matin. Hum ! Est-ce la première fois que vous recevez ce genre d'envoi, miss Stuart ?

— Vous ne pensez pas... commença Jack Royle en jetant un regard inquiet vers Blythe.

— Je vous ai dit... (Blythe s'interrompit, puis reprit :) Ce n'est rien du tout, Mr Queen. Dans notre métier, on reçoit souvent les lettres les plus fantaisistes.

— Mais vous en *avez* reçu d'autres ?

Blythe se renfrogna. Ellery lui sourit. Elle haussa les épaules et alla chercher son sac à main, qui était resté sur le piano. Elle l'ouvrit et en sortit une enveloppe similaire.

— Blythe, cela cache quelque chose, marmonna Royle.

— Oh ! Jack, il n'y a pas de quoi en faire une histoire. Je ne comprends pas pourquoi cela intéresse tellement Mr Queen. J'ai reçu la première mardi dernier, le lendemain de la signature du contrat.

Ellery l'examina intensément. Tout était identique à la première, même la couleur de l'encre. Elle était timbrée de lundi soir, au bureau de poste d'Hollywood. Elle contenait deux cartes à jouer frappées du fer à cheval : le valet et le sept de pique.

— J'ai toujours aimé les devinettes, dit Ellery, et, puisque vous n'accordez aucune valeur à ces babioles, vous ne verrez sûrement aucun inconvénient à ce que je me les approprie ? (Il les glissa dans sa poche.) Et maintenant, continua Ellery sur un ton enjoué, venons-en à l'objet réel de ma visite. Au studio, Sam Vix venait de nous apporter la nouvelle de votre réconciliation...

— Déjà ? s'exclama Blythe.

— Mais nous n'en avons parlé à personne, protesta Royle.

— Vous connaissez Hollywood. La question est : comment se fait-il ?

Jack et Blythe échangèrent un regard.

— Je suppose que Butch nous sautera dessus d'ici peu, autant tout expliquer maintenant, dit Jack. C'est on ne peut plus simple, Queen. Blythe et moi avons décidé que nous avions suffisamment fait les idiots. Nous nous aimons depuis plus de vingt ans, et seul un orgueil stupide nous a séparés. Voilà tout.

— Quand je pense à toutes ces années perdues ! soupira Blythe. Chéri, nous avons bien gâché nos vies, n'est-ce pas ?

— Mais ça ne fera pas une bonne histoire, s'écria

Ellery. Il faut trouver une meilleure intrigue que cela ! Il n'y a pas assez de complications ! Où est l'autre homme, ou l'autre femme ? On ne peut pas en rester là !

— Oh ! si, on peut, dit Royle en souriant. Ah ! le téléphone... Oui, Butch... Tout est vrai, oui. Oh ! un instant... Ah ! merci, Butch. C'est trop... Un moment, Blythe voudrait vous parler, elle aussi...

Déjoué, Mr Queen partit.

En sortant du château fort des Royle, Mr Queen aperçut, à son grand étonnement, le jeune Mr Royle et la jeune miss Stuart assis sur le rebord du pont-levis, balançant leurs jambes au-dessus de l'eau noire des douves. Comme de vieux amis ! Enfin, pas tout à fait... Il entendit la voix de Mr Royle s'enfler et allait s'élancer vers eux, craignant que Mr Royle n'eût l'intention de pousser son adorable compagne dans les eaux infestées de crapauds.

Il s'arrêta net. La colère de Mr Royle était apparemment dirigée plus contre lui-même que contre miss Stuart.

— Je sais que je suis une poire d'agir ainsi, grondait-il, mais je ne peux pas laisser tomber le vieux. Louderback est impossible, et l'imprésario ne pense qu'à l'argent. Si je n'étais pas là, il y a longtemps qu'il serait tombé aussi bas que le vieux Park.

— Evidemment, dit Bonnie, le regard perdu dans l'eau.

— Que voulez-vous dire ? Il a plus de talent dans son petit doigt que tous ces gars-là n'en auront jamais. Non, je veux dire qu'il n'a aucun sens pratique, qu'il fiche tout son fric en l'air.

— Et vous, murmura Bonnie, vous êtes si malheureux... Vous avez des *millions*.

— Ne parlons pas de cela, dit Ty en rougissant. Il a besoin de moi. C'est pourquoi j'ai consenti.

— Je vous en prie, ne m'expliquez rien, dit Bonnie froidement. Je ne m'intéresse ni à vous ni à votre père ni à quoi que ce soit qui vous concerne... La seule raison pour laquelle *j'ai* consenti, c'est que je ne veux pas blesser maman. Je ne peux pas l'abandonner.

— Pourquoi m'expliquez-vous tout cela ? ricana Ty.

Bonnie se mordit les lèvres.

— Je me demande même pourquoi je parle avec vous. Je vous déteste, et...

— Vous avez un bas qui file, dit Ty.

Bonnie croisa les jambes afin de dissimuler son bas.

— Horrible individu ! cela vous ressemble bien.

— Excusez-moi, je ne voulais pas... balbutia Ty. Vous avez de très jolies jambes et vos pieds sont petits pour une grande fille comme vous. (Il jeta un caillou dans le fossé et regarda avec un intérêt passionné les rides qui se formèrent sur l'eau.) Vous êtes bien faite, aussi — dans votre genre, je veux dire.

Bonnie le regarda, la bouche ouverte. Ellery remarqua sa pâleur et sa timidité soudaines. Il remarqua aussi qu'elle mouillait subrepticement un de ses doigts et le passait sur la maille qui filait, et regardait désespérément son sac à main, comme si elle mourait d'envie de l'ouvrir pour y prendre un miroir afin d'y regarder ses lèvres — avaient-elles vraiment besoin de rouge ? —, et aussi qu'elle se passait les doigts dans ses cheveux de miel; bref, qu'elle se mettait à agir comme une femelle normale.

— Très bien faite, murmura de nouveau le jeune Mr Royle, en jetant un autre caillou dans le fossé.

— Ça alors ! s'exclama Bonnie, arrangeant ses cheveux dans un de ces gestes adroits que les hommes ne remarquent jamais.

— Ainsi donc, continua Ty, changeant de sujet, nous allons être amis. Jusqu'au mariage, je veux dire. D'accord ?

A ce moment dramatique, Mr Queen, malgré tous ses efforts, ne put se retenir de tousser.

Les deux jeunes gens sursautèrent comme s'ils avaient entendu un coup de feu. Ty rougit jusqu'aux oreilles et se leva brusquement. Bonnie prit un air coupable, se mordit les lèvres, ouvrit puis referma mécaniquement son sac, puis prit une voix glaciale :

— Non, pas d'accord. Oh ! hello, Mr Queen. Plutôt devenir copain avec un chat de gouttière. Non, ça ne marche pas, mon bel ami. Je sais comment vous êtes avec les femmes. Simplement, je ne me battrai pas avec vous en public jusqu'à ce que maman et votre père soient mariés.

— Hello, Queen ! Vous avez déjà vu une femme aussi désagréable ? Jamais un mot gentil. Bon, comme vous voulez. Ce que j'en disais, c'était à cause de papa, rien de plus.

— Si ce n'était à cause de maman, jamais je n'aurais consenti à vous adresser la parole. Pourriez-vous m'aider, Mr Queen ?

— Voilà, je... dit Ty.

— Mr Queen ? insista Bonnie.

Sans un mot, Mr Queen l'aida à quitter son perchoir, pendant que Ty les regardait avec des yeux qui lançaient des éclairs.

— D'accord, s'il le faut, grogna Ty. Jusqu'au mariage.

— Que vous êtes chevaleresque, mon beau monsieur !

— Est-ce de ma faute si je suis né beau ? s'écria Ty.

Sur ce, ils partirent dans des directions opposées.

Mr Ellery Queen les regarda partir, la mâchoire pendante. C'en était trop pour lui. Sa pauvre cervelle abandonnait la partie.

Autant en emporte le vent

Samedi matin, Paula Paris annonça la nouvelle à un monde assoiffé de nouveautés. Samedi après-midi, les studios Magna durent doubler la garde à la porte principale. Les chiens hurlaient autour de la demeure de Jack Royle. Blythe s'était enfermée dans sa simili-mosquée de Glendale, dont la porte était défendue par la silencieuse et sévère Clotilde. Ty et Bonnie, jouant leurs étranges rôles, accordèrent une interview commune à une presse stupéfaite, au cours de laquelle on les photographia en train de se sourire.

— Tout est en ordre, dit Sam Vix à Ellery à la fin d'une journée harassante. (Il s'essuya le visage.) Mais, oh la la ! Demain ! Demain !

— Bonnie les accompagne ? demanda Ellery.

— Elle en avait envie, mais je l'ai découragée. Je craignais qu'ils ne s'étranglent dans l'avion, en revenant de Reed Island.

— C'est merveilleux comme Jack et Blythe ont été coopératifs, s'exclama l'Enfant Prodige. Et Ty qui les pilote ! C'est fantastique, n'est-ce pas, Sam ?

— Oh ! maman, maman, dit Lew Bascom béatement. Passez-moi cette bouteille.

— Mes gars se chargeront d'organiser la foire à l'aéroport, dit Sam Vix. Moi, il faut que j'aille à Reed Island pour préparer la réception. Nous nous reverrons donc demain soir.

— Sans moi, s'empressa de dire Butcher. Je déteste ces sauteries. J'ai dit à Jack et Blythe que mon docteur m'a recommandé du repos, et Bonnie me comprend parfaitement. Je vais à Palm Springs pour me dorer au soleil. Conférence lundi matin.

Dimanche à midi, Ellery et Lew Bascom se rendirent à l'aéroport dans le coupé d'Ellery. Los Feliz Boulevard était complètement embouteillé. Ils mirent une heure pour arriver au croisement de Riverside et une autre pour traverser Griffith Park. Après avoir perdu un quart d'heure pour essayer de garer sa voiture, Ellery la laissa où elle était et ils se frayèrent un chemin à travers la foule.

— Trop tard, ronchonna Lew. Erminius est déjà à l'œuvre.

Le monoplan rouge et or de Ty resplendissait au soleil entre un double cordon de policiers. Les Royle et les Stuart, tous les quatre bras dessus, bras dessous, souriaient au centre d'un maelström de photographes, de journalistes de la radio et d'amis dont le vacarme couvrait celui de la fanfare. Le Dr Erminius, ses longs favoris flottant dans le vent, distribuait des sourires pardessus son livre de prières en s'approchant peu à peu des caméras.

— Bravo, doc ! cria quelqu'un.

— Vous appelez ça une cérémonie religieuse ?

— Bien, bien, doc Erminius !

— Il ne m'épousera jamais !

— On dirait le Jour du Jugement, ricana Lew. Hé, laissez-nous passer ! Venez, Queen. Jack ! Blythe !

La fanfare cessa de jouer la *Marche Nuptiale* et entonna *Californie, mon beau pays*.

— Lew ! Mr Queen ! Laissez-les passer, officier !

— Bonnie ! Bonnie Stuart ! Par ici, s'il vous plaît. Souriez à Ty.

— Quelques mots pour nos chers auditeurs, Jack ?

— Dr Erminius, quelques photos ?

— Oui, mon fils, s'empressa de dire le digne homme, se mettant entre Jack Royle et les caméras.

— Jack ! Blythe ! Un gros plan sur vos mains jointes, avec les alliances !

— Empêchez-les de toucher à l'avion, nom de nom !

— Miss Blythe ! Miss Blythe ! cria une voix aiguë, et une dame française d'un certain âge, coquettement vêtue, franchit le barrage en brandissant une enveloppe.

— Clotilde ! cria Blythe.

Elle était radieuse, les bras chargés de fleurs, le chapeau légèrement de travers. Mais, lorsqu'elle vit l'enveloppe, elle pâlit. Puis elle l'arracha des mains de Clotilde par-dessus l'épaule d'un brigadier de police et l'ouvrit avec des gestes nerveux. Ellery la vit fermer les yeux, puis froisser l'enveloppe et la jeter par terre.

Puis elle reprit son sourire et fit face à ses obligations.

Ellery avança précautionneusement entre les corbeilles de fleurs et de fruits qui jonchaient le sol et parvint à ramasser l'enveloppe sans se faire remarquer. C'était une enveloppe identique aux précédentes. Cette fois, elle avait été envoyée par exprès. Elle contenait les deux moitiés déchirées du huit de pique.

Déchirée en deux. Ellery était certain que Blythe ne l'avait pas déchirée... Curieux. Avec une grimace, il empocha l'enveloppe et son contenu. Clotilde s'était évanouie dans la foule.

— Ty ! Embrassez Bonnie pour les actualités !

— Qu'est-ce que c'est que ça ? cria quelqu'un en brandissant un ravissant panier en osier.

— Un cadeau, sans doute, cria Jack Royle.

— Ouvrez-le !

Bonnie sortit deux énormes bouteilles thermos du panier. Jack ouvrit l'une d'elles et la renifla.

— Mon cocktail préféré ! rugit Jack Royle. Merci, ami anonyme ! Comment connaissez-vous ma faiblesse ?

— Et le dry que j'adore ! s'exclama Blythe, le nez dans l'autre thermos. N'est-ce pas le plus gentil des cadeaux ?

— Buvons aux jeunes mariés !

Les thermos passèrent de main en main. On se battait pour en boire. Lew, après une lutte farouche avec une grosse dame, parvint à les récupérer tous les deux et versa une nouvelle tournée dans des gobelets en carton qui étaient apparus comme par magie.

— Hé, laissez-nous-en ! cria Jack.

— Cela ne vous suffit pas d'être ivre d'amour ?

— Vous n'allez pas me dire que vous avez besoin d'un *stimulant* ?

— Laissez-nous-en ! hurla Jack en riant.

Lew remit à regret les bouteilles dans le panier, après

les avoir soigneusement rebouchées, puis posa le panier près de la pile de bagages qui attendait à côté de l'avion. Ellery s'assit sur le panier en soupirant :

— Je comprends que Butch ait préféré aller à Palm Springs.

— Qui m'a fauché mon casque ? hurla Ty Royle. Mac ! Essaie les moteurs pendant que je vais en chercher un autre !

Et il se précipita vers le hangar.

— Qu'est-ce qui se passe ici ? dit une voix haletante. C'est la révolution ?

Ellery, tout en remettant son chapeau en forme, se retourna et vit Alan Clark, son imprésario, qui lui souriait.

— Rien qu'un paisible dimanche à Hollywood, Alan. Ils sont presque prêts à décoller.

— Je veux embrasser la mariée, hurlait Lew frénétiquement.

Il réussit à accrocher Blythe et à lui donner deux baisers sonores sur les joues tandis que Jack Royle, souriant, commençait à mettre divers objets dans la cabine. Bonnie, époustouflante dans son manteau de léopard de Russie, s'apprêtait à servir à son tour de victime à Lew lorsqu'un homme arriva en courant.

— Miss Bonnie Stuart ! Mr Tyler Royle vous demande d'aller le voir dans le hangar.

Bonnie fit une grimace, sourit aux caméras, puis le suivit.

Bonnie entra dans le hangar. Il paraissait vide. Elle se retourna pour interroger l'homme qui lui avait transmis le message de Ty, mais il avait disparu.

— Ty ? appela-t-elle, surprise.

Le toit de tôle lui renvoya l'écho de sa voix.

— Je suis ici !

Elle se guida sur le son de sa voix et le découvrit derrière un biplan, en train de fouiller dans un coffre d'acier.

Ty la regarda avec surprise.
— Qu'est-ce que vous me voulez ?
— Ce que *je* vous veux ! Qu'est-ce que *vous* me voulez ?
— Moi ? Rien, rien du tout, vous pouvez me croire !
— Ecoutez-moi bien, Ty, j'en ai assez supporté aujourd'hui pour ne pas avoir envie de jouer à cache-cache avec vous. Vous venez de m'envoyer un messager. Qu'est-ce que vous voulez ?
— Moi, vous envoyer un messager ? Jamais de la vie !
— Ty Royle, ce n'est pas le moment de faire de l'esprit !
Ty serra les poings.
— Oh ! Dieu, si seulement vous n'étiez pas une femme !
— Vous aviez l'air fort content que je sois une femme tout à l'heure, lorsque vous m'avez embrassée !
— Le caméraman l'avait demandé.
— Depuis quand faites-vous ce que les caméramen vous disent ?
— Ecoutez-moi, s'emporta Ty, même si je n'avais pas touché une femme depuis cinq ans, je ne vous embrasserais pas pour mon plaisir. Vos lèvres ressemblent à du caoutchouc vulcanisé, et ont le même goût. Je ne sais pas comment vos partenaires font pour vous embrasser devant la caméra... On devrait leur décerner une médaille pour héroïsme devant l'ennemi !
Bonnie devint blafarde.
— Vous... vous... commença-t-elle.
Derrière eux, quelqu'un toussa. Ils se retournèrent et n'en crurent pas leurs yeux.
Un homme grand, portant une lourde combinaison d'aviateur, avec casque et lunettes, et épais gants de fourrure, les regardait en silence, jambes écartées. Il tenait un revolver braqué sur eux.
— Allez-y, dit Ty. Expliquez-moi le gag.
Le revolver balaya lentement l'air, dans un geste qui

signifiait évidemment : *Silence*. Ty et Bonnie se mordirent simultanément les lèvres.

Le personnage désigna une chaise avec le revolver, puis le pointa sur Ty. Ty s'assit sur la chaise. Bonnie était médusée.

Un paquet de cordages atterrit aux pieds de Bonnie. Le revolver désigna Bonnie, puis les cordages, puis Ty.

Ty se leva brusquement. Immédiatement, le revolver le couvrit.

— Ty, dit Bonnie, ne faites pas de bêtises.

— Vous ne vous en tirerez jamais, dit Ty d'une voix sourde. Qu'est-ce que vous voulez ? De l'argent ? Tenez...

Un mouvement du revolver le fit taire. Bonnie se baissa, prit les bouts de corde et commença à attacher Ty au dossier et aux pieds de la chaise.

— Je comprends tout maintenant, grogna Ty. C'est une de vos petites plaisanteries. Mais cette fois, vous êtes allée trop loin, je vous le jure. Cela vous mènera en tôle.

— Ce revolver n'est pas une plaisanterie, murmura Bonnie, et j'y vais des fois un peu fort, mais pas avec des armes. Il ne rigole pas, je vous assure. Je ne serrerai pas les nœuds.

Bonnie sentit le museau du revolver la chatouiller entre les omoplates et serra davantage les nœuds. Un bâillon apparut dans la main gantée. Elle bâillonna Ty.

Tout devint confus. C'était absurde — ce silence de mort, ce personnage muet, la menace du revolver. Elle ouvrit la bouche et hurla. Seul, l'écho lui répondit.

Immédiatement, l'individu fut sur elle, lui fourrant la main gantée sur la bouche. Il l'assit de force sur une autre chaise. Elle se débattit, donna des coups de pied, mordit. Mais elle se retrouva bientôt aux côtés de Ty, solidement ficelée et bâillonnée. Le personnage muet s'affairait autour de Ty, vérifiant la solidité de ses liens, et en ajoutait quelques-uns.

Puis, sans un mot, l'inconnu empocha le revolver, leva le bras en un salut moqueur et disparut.

Ty, les yeux exorbités, se débattit contre les cordes, mais ne réussit qu'à faire tomber la chaise en arrière. Son crâne rencontra le sol de béton avec un bruit sourd qui retourna l'estomac de Bonnie.

Il resta dans cette position, immobile, les yeux fermés.

— Le voilà ! cria Jack, la main sur l'épaule de Blythe, devant l'échelle mobile donnant accès à l'avion. Ty ! Dépêchez-vous !

— Où est Bonnie ? cria Blythe. Bon-NIE !

— Elle a été prise par la foule. Ty !

Le grand homme en tenue de pilote traversa la foule et se mit à entasser le reste des bagages dans l'avion. Ellery se leva et, pour l'aider, lui tendit le panier. Blythe et Jack entrèrent dans la cabine. Le pilote fit un dernier geste d'adieu à la foule en agitant le panier, et monta à son tour. La porte se ferma.

— Bon voyage ! Bon atterrissage ! hurla Lew.

Blythe et Jack pressèrent leurs visages contre un des hublots et la fanfare attaqua la *Marche Nuptiale* de *Lohengrin*.

Tous reprirent en chœur.

Bonnie regardait avec affolement autour d'elle. Puis, elle retint sa respiration. Par la fenêtre la plus proche, elle vit le grand personnage en tenue d'aviateur courir vers l'avion de Ty. Pour la première fois, elle se rendit compte qu'il était vêtu d'une combinaison identique à celle de Ty. Jack... Blythe... De la musique, des cris... Le vacarme des moteurs...

Et, devant ses yeux écarquillés, elle vit l'avion rouge et or prendre de la vitesse, s'élever... s'élever dans le ciel...

La dernière chose que Bonnie vit avant de perdre

conscience fut le mouchoir blanc que sa mère agitait derrière le hublot en signe d'adieu.

Des siècles plus tard, Bonnie ouvrit les yeux sur un monde de grisaille. Peu à peu, elle discerna des détails. Elle était allongée sur le côté, par terre. Près d'elle, il y avait Ty, blanc comme un linge... Mort ? Ty !

Elle bougea, et des milliers d'épingles s'enfoncèrent dans ses muscles engourdis. La douleur la réveilla entièrement. Blythe... Blythe était partie.

Elle s'était évanouie. Combien de temps s'était écoulé depuis ? Quelle heure était-il ?

Blythe. Blythe, disparue dans le ciel...

Dans sa chute, le bâillon avait été arraché.

Et Ty était mort.

Maman...

Bonnie hurla. Ses hurlements lui furent renvoyés par les parois du hangar.

Ty gémit.

Bonnie rampa péniblement jusqu'à lui, traînant toujours la chaise à laquelle elle était attachée. Ty ouvrit des yeux injectés de sang.

— Ty, haleta Bonnie, ils ont été kidnappés ! Jack et maman... Cet homme, il a piloté l'avion, il s'est fait passer pour vous !

Ty ferma les yeux. Lorsqu'il les rouvrit, Bonnie fut effrayée par leur couleur rouge. Il essaya en vain de parler, mais ne réussit qu'à mordre dans le bâillon.

Mettant son visage contre le sien, Bonnie dénuda les dents et commença, comme une souris, à grignoter le bâillon. Sa joue était froide.

— Bonnie. (Enfin ! Mais sa voix était méconnaissable.) Défais mes liens.

Un instant durant, leurs souffles se mêlèrent et leurs regards se rencontrèrent. Puis Bonnie se détourna et Ty se retourna. Avec un gémissement plaintif, elle approcha son visage de ses mains enflées et attaqua la corde.

Heureusement, Ellery et ses deux compagnons n'avaient pas encore quitté l'aéroport. Après un coup d'œil sur les milliers de voitures qui essayaient de sortir du parking, Queen avait sagement suggéré d'attendre. Avec Lew et Alan Clark, ils étaient allés prendre des sandwiches et un café au restaurant de l'aéroport.

Ils furent tirés d'une discussion oiseuse sur le scénario par des cris et des bruits de pas précipités. A côté d'un des hangars, ils tombèrent sur une nuée d'officiels, de pilotes, de mécaniciens et de policiers qui entouraient Ty, qui frottait ses poignets meurtris, et Bonnie, qui était assise dans une attitude de complet désespoir, plus blanche que le mouchoir qu'elle tenait devant ses lèvres.

— Mon père est dans cet avion, dit Ty. (Il avait une grosse bosse sanguinolente derrière le crâne, et paraissait fort mal en point.) Queen ! Enfin quelqu'un de connu. Et Lew ! Appelez Butch ! Téléphonez à Reed Island ! Faites quelque chose !

— Inutile de téléphoner à Reed Island, dit Ellery à Lew. S'il y a un endroit où il ne les a *pas* amenés, c'est bien celui-là. Je me demande...

— Ils ont pris maman, dit Bonnie simplement.

Une infirmière voulut l'emmener, mais elle secoua obstinément la tête.

Ellery appela les renseignements, puis se fit donner le numéro du domaine de Tolland Stuart. Après une longue attente, une voix sèche et agressive lui parla.

— C'est Mr Tolland Stuart ?

Il sembla à Ellery que la voix se faisait circonspecte.

— Non, c'est le Dr Junius. Qui demande Mr Stuart ?

Ellery expliqua ce qui était arrivé et demanda si le monoplan de Ty était passé au-dessus des montagnes de Chocolat. Mais le médecin personnel de Tolland Stuart le démentit catégoriquement.

— Pas un seul avion de la journée. Ne croyez-vous pas que Mr Royle et miss Stuart n'aient agi ainsi que pour échapper à la foule ? Pour passer une lune de miel paisible ? Ce serait parfaitement naturel.

— Et ils auraient engagé quelqu'un pour réduire Ty et Bonnie à l'impuissance et pour voler l'avion ? dit Ellery sèchement. Cela me paraît exclu, docteur.

— Tenez-moi au courant de ce qui se passe, dit le Dr Junius. Mr Stuart est parti à la chasse au lièvre depuis ce matin et n'est pas encore rentré.

Ellery le remercia, raccrocha et demanda Palm Springs, mais on ne parvint pas à retrouver Jacques Butcher. Ellery laissa un message et téléphona à Reed Island. Sam Vix n'était pas là — il était parti dans son avion, pour une destination imprécise.

— L'avion de Mr Royle n'a donc pas atterri à Reed Island ?

— Non. Nous attendons. Y a-t-il un ennui ? Ils devraient être là depuis un moment...

Ellery raccrocha en soupirant.

Un détachement de la police du comté arriva, entouré d'une nuée de journalistes pareils à des sauterelles. En peu de temps, la foule devint plus dense qu'au cours de la cérémonie. La police dut faire venir des renforts. Des avions de sauvetage du terrain militaire le plus proche commencèrent à noircir le ciel. La plupart se dirigeaient vers le sud-ouest, dans la direction qu'avait prise l'avion rouge et or.

L'après-midi tirait en longueur. Peu avant le coucher du soleil, un petit biplace atterrit, venant de l'ouest. Jacques Butcher sauta hors du cockpit et courut vers le hangar.

Il prit Bonnie dans ses bras. Elle sanglota sur son épaule tandis que Ty allait et venait en fumant cigarette sur cigarette.

Un fonctionnaire de l'aéroport arriva en courant.

— On les a retrouvés ! cria-t-il. Un chasseur de l'armée vient de repérer un monoplan rouge et or sur un plateau désolé des montagnes de Chocolat ! Il n'y a aucun signe de vie !

— Une épave ? demanda Ty, la gorge serrée.

— Non. Il semble avoir atterri normalement.

— Curieux, murmura Ellery, mais il n'ajouta rien de plus en voyant l'expression de Bonnie.

Il n'avait vu une telle expression que sur le visage de condamnés à mort graciés à la dernière minute.

Une petite flottille fut rassemblée, et les avions décollèrent, étincelants dans les dernières lueurs du couchant.

Dans la nuit, ils traversèrent la chaîne San Bernardino, puis passèrent au-dessus des collines, vers le sud. Ils atterrirent sur un plateau désertique, sur une piste délimitée par des feux.

Des hommes de l'armée les accueillirent, revolver à la main. Ils semblaient curieusement réticents à parler, sur ce plateau aride et désolé, à la froide lumière des étoiles.

— Mon père... commença Ty, puis il se mit à courir.

Entouré par des soldats, l'avion rouge et or était à l'autre extrémité du plateau.

— Maman ! s'écria Bonnie, se précipitant à sa suite.

Un officier casqué dit quelques mots à voix basse à Jacques Butcher, qui se retourna avec un sourire forcé. Il fit un signe à Ellery et à Lew, puis appela Bonnie :

— Bonnie ! Un moment !

Bonnie s'arrêta net, se retournant à moitié dans la lumière blafarde, essayant en vain de dissimuler sa peur. Ty aussi s'arrêta net, comme si un mur infranchissable était venu se dresser devant lui.

Ellery et Butcher entrèrent dans la cabine de l'avion de Ty. Un sous-officier referma la porte derrière eux.

Dehors, à quelques pas l'un de l'autre, Ty et Bonnie semblaient pétrifiés, mais on aurait cru qu'ils allaient éclater sous la force de leurs émotions. Muets, ils regardaient la porte fermée de l'avion. Personne ne s'approcha d'eux.

« Le ciel paraît si proche dans la montagne, la nuit, pensa Bonnie, si proche, si proche ! »

La porte de la cabine s'ouvrit et Jacques Butcher en sortit d'un pas lourd, comme un scaphandrier au fond de la mer. Il alla vers Bonnie et Ty; il passa son bras droit autour des épaules de Bonnie et son bras gauche autour des épaules de Ty et dit d'une voix qui sifflait comme le vent dans le silence de la montagne :

— Le pilote a disparu. Bonnie, Ty, que puis-je dire ? Jack et Blythe sont dans l'avion...

— Dans l'avion... répéta Bonnie en avançant d'un pas. Dedans ? dit-elle comme un petit enfant qui ne comprend pas. Pourquoi ne... sortent-ils... pas ?

Ty se détourna et avança de quelques pas. Puis il s'arrêta, sa grande silhouette noire et immobile se détachant sur le ciel étoilé.

— Bonnie... Chérie, dit Butcher, mais les mots ne voulaient pas sortir.

— Butch... (Bonnie reprit sa respiration.) Ils... ne sont pas... ?

— Ils sont morts tous les deux.

Le ciel est si proche !

DEUXIÈME PARTIE

Les montagnes de Chocolat

Le ciel était si proche. Si proche, parce qu'il tombait en une chute vertigineuse de millions de milliards de kilomètres. Si proche, parce qu'il était plus bas que les étoiles, parce qu'il pesait de tout son poids sur la tête de Bonnie.

Titubant comme une aveugle, elle porta la main à ses yeux.

— Je ne le crois pas. Je ne le crois pas... C'est impossible. Pas Blythe. Pas maman.

— Bonnie... Chérie, je t'en prie !

— Elle disait qu'elle ne vieillirait jamais, qu'elle vivrait un million, un million d'années.

— Bonnie, viens.

— Elle ne voulait pas mourir. Elle avait peur de la mort. Parfois, la nuit, elle criait dans son sommeil; alors, je venais dans son lit et elle se serrait contre moi comme si elle était un petit enfant.

— Viens, je vais te faire ramener à Los Angeles par un des pilotes de l'armée...

Bonnie laissa retomber ses mains.

— C'est une affreuse plaisanterie, dit-elle lentement, et vous êtes tous dans le coup.

Tyler Royle revint vers eux, le visage sans expression.

— Venez, Bonnie, dit-il en passant, comme si eux seuls existaient dans un monde où tout était mort.

Bonnie se détourna de Butch et suivit Tyler du pas mécanique d'un somnambule.

Lew Bascom s'approcha de Butcher.

— Comment on se tire d'ici ?

— Il faudrait des ailes.

— J'en peux plus. Butch, il faut que je parte de ce sacré plateau. Je ne tiens plus le coup. Il me faut quelque chose à boire.

— Laissez-moi tranquille.

— Je n'ai jamais pu supporter la vue d'un macchabée. Est-ce qu'ils... est-ce qu'ils sont...

Butcher s'éloigna. Ty et Bonnie semblaient flotter dans la lumière surnaturelle des feux et des étoiles, au-dessus du plateau parsemé d'ajoncs.

Lew, les mains croisées sur le ventre, frissonnait dans le vent qui agitait les herbes folles. Il avança vers un avion militaire dont l'hélice venait de se mettre à tourner.

— Vous vous tirez ? hurla-t-il par-dessus le bruit du moteur.

Le pilote fit un signe affirmatif et Lew grimpa dans le cockpit arrière. Son chapeau s'envola. Tremblant de tous ses membres, il s'assit dans le fauteuil. L'avion se mit à rouler.

Dans l'avion rouge et or, un homme en combinaison de pilote disait :

— Kidnappés par un homme qui n'a épargné aucun effort pour ne pas être reconnu... et puis cela. Cela me paraît drôle, Mr Queen.

— Drôle ? dit Mr Queen en lui jetant un regard furieux. Les Grecs avaient un autre mot pour cela.

Jack Royle et Blythe Stuart étaient mi-assis, mi-allongés dans les fauteuils de l'avion. Les bagages, les corbeilles de fleurs et le panier d'osier étaient entre eux, dans le passage. Le couvercle du panier était ouvert. Sur le sol de la cabine, au-dessous de la main pendante de Royle, on pouvait voir la moitié d'un sandwich au jambon, à côté de la bouteille thermos contenant le cocktail. Le bouchon-gobelet vide était encore coincé entre ses genoux. Ses traits étaient détendus, comme s'il dormait.

La seconde bouteille thermos avait évidemment échappé à la main droite de Blythe : elle avait atterri dans les fleurs à demi fanées d'une corbeille de roses. Un morceau de papier qui avait visiblement contenu un sandwich était sur ses genoux. Le bouchon de l'autre thermos était tombé entre ses pieds. Elle aussi, sereine, les yeux fermés, paraissait avoir sombré dans le sommeil.

— Ce qui est incroyable, dit le lieutenant en étudiant leurs visages, c'est qu'ils soient morts presque en même temps.

— Je ne vois pas ce que cela a d'incroyable.

— Aucune trace de balle, de coup de couteau, ni de strangulation. Pas le moindre signe de violence. C'est pourquoi je disais... Mais une double crise cardiaque... c'est une coïncidence peu banale.

— On pourrait aussi bien dire, rétorqua Ellery, qu'un homme qui a été réduit en purée par un marteau-pilon est mort d'une crise cardiaque. Regardez, lieutenant.

Il se pencha au-dessus du corps de Royle et souleva sa paupière gauche. La prunelle était contractée au point d'être presque invisible. Puis, il alla vers le corps de Blythe et fit de même.

— Les pupilles sont extrêmement contractées. Et remarquez cette pâleur caractéristique — la cyanose. Ils sont morts empoisonnés par de la morphine.

— Jack Royle et Blythe Stuart *assassinés* ? s'exclama le lieutenant. Ça alors...

— Assassinés ! (Bonnie Stuart apparut à l'entrée de la cabine.) Non ! Oh, non !

Elle s'affala en sanglotant sur le corps de sa mère. Ty Royle entra à son tour, et regarda son père. Après un moment, il dut se soutenir contre la paroi de la cabine, mais pas un instant il ne cessa de regarder son visage de marbre.

Bonnie se releva soudain et regarda fixement ses mains qui avaient touché le corps de la morte. Bien qu'il n'y eût aucune marque sur sa peau blanche, Ellery savait qu'elle regardait la tache invisible, la souillure impalpable, l'émail glacial de la mort.

— Oh non ! murmura Bonnie avec dégoût.

Ty dit futilement : « Bonnie », et il avança gauchement vers elle.

Mais Bonnie se redressa et hurla : « Oh non ! » et, immobile mais affolée, le teint gris, la poitrine se soulevant spasmodiquement, elle tournoya lentement et sembla se refermer comme le soufflet d'un accordéon, les yeux révulsés.

Lorsqu'elle s'écroula, Ty la rattrapa.

Un vent glacial balayait le plateau. Butch prit Bonnie des bras de Ty et la porta vers un avion de l'armée, après l'avoir couverte d'un manteau de fourrure.

— Alors, qu'est-ce que nous attendons ? dit Ty d'une voix rauque. La mort par congélation ?

Le lieutenant lui répondit :

— Patience, Mr Royle.

— Qu'attendons-nous ? cria Ty. Il y a un assassin en liberté ! Vous n'allez pas le traquer ?

— Patience, Mr Royle, patience, répéta le lieutenant.

Ty piétina l'herbe, allant et venant comme un animal en cage.

Ellery demanda à un pilote :

— Où sommes-nous exactement ?

— A l'extrémité nord des montagnes de Chocolat.

Il emprunta une torche électrique et commença à examiner les alentours de l'avion de Ty. Mais, si le mystérieux aviateur qui avait conduit Jack et Blythe à leur mort avait laissé des traces, elles avaient depuis longtemps été effacées par les pieds bottés des soldats. Ellery s'aventura jusqu'au bord du plateau.

Il se rendit bientôt compte qu'il serait impossible de retrouver la moindre trace du mystérieux pilote. Des centaines de traces menaient du plateau à la plaine, à travers une forêt de pins clairsemés, surtout de chevaux. Il essaya de se souvenir de la topographie des environs. Black Butte devait se trouver à l'est; au nord-ouest s'étendait la face sud de la chaîne San Bernardino; à l'ouest, la vallée que suivait la voie du *Southern Pacific Railroad* et, au-delà, la mer de Salton et la chaîne de San Jacinto. Le pilote avait pu prendre la fuite dans n'importe laquelle de ces directions, à travers des contrées peu habitées. Il faudrait des jours pour que des traqueurs expérimentés retrouvent sa trace, et alors il serait bien trop tard.

Ellery retourna à l'avion. Le lieutenant était revenu, lui aussi.

— Quel fichu désordre ! Nous avons pris contact par radio avec les autorités. Ils arrivent.

— Qu'est-ce qui ne va pas ?

— Nous nous trouvons entre Riverside County et Imperial County. L'avion est passé au-dessus du Los Angeles County, bien sûr, mais aussi par le San Bernardino County. Ils ont pu trouver la mort au-dessus de trois comtés différents.

— Et les représentants de la loi des divers comtés se battent pour arracher ce morceau de choix, dit Ellery sans sourire.

— Ça les regarde. En ce qui me concerne, ma responsabilité prendra fin dès qu'un représentant de la loi mettra le pied ici.

Butcher intervint sèchement :

— J'ignore quelle est votre position légale, lieutenant, mais il faut faire quelque chose pour miss Stuart. Elle prend une mauvaise pente.

— Je *suppose* que je pourrais vous faire reconduire à l'aéroport municipal, mais...

— Que se passe-t-il ? dit Ty d'une voix aiguë.

Ellery fut effrayé par son visage hagard. Ses lèvres étaient bleues et il tremblait comme une feuille, mais ce n'était pas à cause du vent.

— Bonnie s'est évanouie, Ty. Il lui faut un docteur.

— Oui, bien sûr, dit Ty. Bien sûr. Je peux l'amener avec mon avion...

Il n'alla pas plus loin.

— Excusez-moi, dit le lieutenant, mais l'avion ne partira certainement pas d'ici avant l'arrivée de la police.

— Oui, évidemment, marmonna Ty. Evidemment. (Soudain, il hurla :) Nom d'un chien !

— Allons ! dit Ellery en le prenant par le bras. Vous n'êtes pas en bien meilleur état qu'elle. Lieutenant, avez-vous une idée de la distance à laquelle nous sommes du domaine de Tolland Stuart ? C'est quelque part dans les montagnes de Chocolat, dans l'Imperial County.

— C'est juste au sud, à quelques minutes d'avion.

— Alors, nous allons l'y mener, grinça Butcher. Si vous voulez bien mettre un avion à notre disposition.

— Je ne sais pas si j'en ai le droit.

— On nous y trouvera si jamais on a besoin de nous.

Le lieutenant paraissait malheureux, puis il haussa les épaules et cria :

— Garms ! Mettez-vous à leur disposition !

Un pilote salua et grimpa dans le cockpit d'un gros avion de transport de l'armée. Les moteurs commencèrent à cracher. Ils se mirent tous à courir vers l'avion.

— Où est Lew ? hurla Ellery dans le vacarme infernal.

— Pas pu tenir le coup, lui cria Butcher. Est retourné avec un pilote militaire.

Quelques minutes plus tard, ils mettaient le cap sur le sud-est.

Les feux disparurent au loin derrière eux. Butcher

serrait Bonnie contre lui. Elle avait les yeux fermés. Ty était assis seul, à l'avant, tête basse. Il semblait somnoler. Mais, une seule fois, Ellery vit un éclair sauvage dans ses yeux.

Ellery frémit et se détourna, essayant de distinguer le paysage montagneux au-dessous de lui.

Moins de dix minutes plus tard, ils survolaient un rectangle lumineux aménagé entre des rochers abrupts. Le terrain ne paraissait pas plus grand qu'un timbre-poste, et Ellery se surprit à penser à son âme immortelle.

Il serrait convulsivement les bras de son fauteuil. Au-delà du terrain illuminé, il aperçut des bâtiments massifs. Puis, ils roulèrent sur l'étroit terrain, droit vers le hangar terriblement proche.

Miraculeusement, l'avion s'arrêta à quelques mètres du hangar, et Ellery rouvrit les yeux.

Un homme très grand et émacié se tenait devant le hangar. Il regardait l'avion en abritant ses yeux de la lumière des puissantes lampes à arc. Ellery trouva la rigidité de l'homme curieuse, comme s'il avait été pétrifié à la vue de l'avion.

Puis, il se détendit et courut vers l'appareil.

Ellery secoua la tête pour se réveiller et tapa sur l'épaule de Ty.

— Hé, Ty ! (Ty sursauta.) Nous sommes arrivés.

Ty se leva et se frotta les yeux comme s'il sortait d'un rêve.

— Comment va-t-elle ?

Butcher secoua la tête.

— Aidez-moi, là.

A eux deux, ils parvinrent à sortir Bonnie de l'avion. Elle était complètement flasque, comme si ses os avaient fondu; ses yeux étaient ouverts, mais ils ne voyaient rien, ni Ty ni Butcher, rien que l'espace vide.

Ellery s'arrêta au passage pour échanger quelques

mots avec le pilote, puis sauta sur la piste. Il entendit l'homme émacié s'exclamer d'une voix affligée :

— Mais c'est parfaitement affreux. C'est à peine croyable ! Quand est-ce arrivé ?

— Nous parlerons plus tard, lui répondit Butcher catégoriquement. Miss Stuart a avant tout besoin de vos soins, Dr Junius.

— Epouvantable, dit le docteur. La pauvre enfant. C'était trop pour elle, bien sûr. Par ici, s'il vous plaît.

L'avion repartit tandis qu'ils passaient devant le hangar, dans lequel Ellery remarqua un avion petit mais puissant. Ils s'engagèrent dans un chemin bordé d'arbres qui grimpait vers une sombre bâtisse. Ils montèrent longtemps; le sentier suivait maintenant la paroi surplombant le terrain d'atterrissage.

— Attention, le chemin est mauvais, dit le Dr Junius en les éclairant avec une torche électrique. Prenez garde aux marches.

Montant en silence, Ellery finit par apercevoir une large entrée ouverte. Au-delà, ce qui semblait être une sombre caverne. Le Dr Junius les y précéda. La lumière s'alluma.

Ils se trouvaient dans une immense salle sentant le renfermé, avec de solides poutres au plafond, de massifs meubles de chêne, et une cheminée monumentale.

— Sur le canapé, dit le Dr Junius en courant pour refermer la porte.

Après lui avoir jeté un regard pénétrant, le docteur ne prêta plus attention à Ellery.

La peau du médecin était jaunâtre et tellement tendue qu'il n'y avait aucune trace de rides. Son regard était intelligent et inamical. Il était légèrement courbé, et encore plus maigre qu'Ellery ne l'avait cru au début. Il portait des pantalons de velours déformés et de solides bottes de bûcheron, ainsi qu'une veste de tweed gris-vert, très usée. Il paraissait incroyablement vieux — une créature vieillie par un processus de déshydratation. Son attitude générale semblait celle d'un chien qui cherche à éviter les coups.

Ty et Butch déposèrent doucement Bonnie sur le canapé.

— Nous n'attendions pas de visiteurs, dit le Dr Junius sur un ton plaintif. Mr Royle, voudriez-vous avoir l'amabilité d'allumer le feu ?

Il sortit par le fond de la pièce, tandis que Ty grattait une allumette qu'il jeta sur le papier et le petit bois qui étaient préparés dans la cheminée, sous quelques grosses bûches.

Butch frotta ses mains glacées en regardant sombrement le visage exsangue de Bonnie. Lorsque les flammes s'élevèrent dans un grand craquement, elle poussa un gémissement plaintif.

Le Dr Junius revint, ployant sous une pile de couvertures et une sacoche noirâtre portant des traces de moisissure.

— Si vous voulez bien vous écarter, messieurs. Est-ce que l'un de vous pourrait aller surveiller le café ? La cuisine est au bout du couloir. Il y a aussi du cognac.

— Où est Mr Tolland Stuart ? demanda Ellery.

Le Dr Junius, qui était agenouillé devant le canapé, occupé à border la silhouette agitée de Bonnie, leva les yeux sur lui avec un sourire surpris et enjôleur à la fois.

— C'est vous qui m'avez téléphoné de l'aéroport cet après-midi, n'est-ce pas ? Je reconnais votre voix. Nous avons des choses urgentes à faire, Mr Queen. Nous discuterons des excentricités de Mr Stuart plus tard.

Les trois hommes suivirent le couloir et se retrouvèrent dans une gigantesque cuisine, mal éclairée par une seule ampoule nue. Un pot de café chauffait sur un vieux réchaud à gaz.

Ty se laissa tomber sur une chaise et se prit le visage

dans les mains. Butch chercha dans tous les placards et finit par dénicher une bouteille de cognac poussiéreuse.

— Tenez, Ty, buvez cela.

— Fichez-moi la paix.

— Buvez.

Ty obéit avec lassitude. L'Enfant Prodige sortit avec la bouteille et un autre verre. Il revint, les mains vides. Pendant un long moment, ils restèrent assis en silence. Ellery éteignit le gaz sous le café. Un calme surnaturel régnait dans la maison.

Le Dr Junius rentra en coup de vent.

— Comment va-t-elle ? demanda Butch, la gorge serrée.

— Il n'y a pas de quoi s'alarmer. Elle a eu un gros choc, mais cela va déjà mieux.

Il sortit en courant avec le café. Faute de mieux, Ellery fit le tour de la cuisine et de l'office. La première chose qu'il vit fut une caisse de cognac. Il se souvint alors d'une rougeur suspecte sur le nez du Dr Junius, et haussa les épaules.

Longtemps après, le Dr Junius les appela et ils revinrent dans le living-room.

Bonnie était assise près du feu, buvant son café à petites gorgées. Ses joues avaient retrouvé un peu de couleur et ses yeux, quoique fort cernés, avaient une expression presque normale.

Elle mit sa main dans celle de Butcher et murmura :

— Je suis désolée d'avoir fait tant d'histoires.

— Ne dis pas de bêtises, dit Butch rudement. Et bois ton café.

Sans tourner la tête, elle dit :

— Ty... Ty, c'est si difficile à dire... Ty, je suis désolée.

— Pour moi ? (Ty éclata de rire. Le Dr Junius eut l'air inquiet.) Moi aussi, je suis désolé. Pour vous. Pour papa. Pour votre mère. Pour tout ce putain de monde !

Il cessa abruptement de rire et se jeta sur le tapis, aux pieds de Bonnie, enfouissant son visage dans ses mains.

Bonnie baissa les yeux vers lui. Ses lèvres se mirent à trembler. Elle reposa sa tasse de café.

— Allons, Bonnie... commença Butch misérablement.

Le Dr Junius murmura :

— Laissez-les. Le mieux, c'est de les laisser tranquilles. Le choc et l'hystérie diminueront d'eux-mêmes. Une bonne crise de larmes fera le plus grand bien à Bonnie, et le garçon me semble réagir sainement.

Bonnie pleura silencieusement et Ty resta allongé sans bouger devant le feu. L'Enfant Prodige poussa un juron et se mit à arpenter la pièce, projetant sur les murs des ombres épileptiques.

— Encore une fois, Dr Junius, dit Ellery, où se cache Tolland Stuart ?

— Je suppose que vous trouverez cela curieux. (Les mains du docteur tremblaient et Ellery se dit que la condamnation que Tolland Stuart portait contre l'alcool devait paraître particulièrement dure à son médecin personnel.) Il est au premier étage, en train de construire une barricade.

— Hein ?

Junius eut un sourire, comme pour s'excuser.

— Oh ! il est parfaitement sain d'esprit.

— Il a dû entendre notre avion arriver. N'a-t-il donc aucune curiosité ?

— Mr Stuart est... bizarre. Il en veut au monde entier depuis tant d'années qu'il déteste la simple vue des gens. Et puis il est hypocondriaque, et curieux de bien des façons. Je suppose que vous avez remarqué qu'il n'y a pas de chauffage central. Il a une théorie sur cela, qui veut que ce mode de chauffage dessèche les poumons. Il a des théories sur tout, ou presque.

— Très amusant, dit Ellery, mais je ne vois pas ce

que cela a à voir avec le fait que sa petite-fille est venue le voir pour la première fois depuis des années. Il aurait au moins pu avoir la décence de descendre pour venir la saluer.

— Mr Queen, dit le Dr Junius en découvrant ses fausses dents dans un sourire dénué d'humour, si vous connaissiez Mr Stuart aussi bien que moi, vous ne vous étonneriez pas. (Sa voix devint geignarde.) Cet après-midi, lorsqu'il est revenu de son éternelle chasse au lièvre, je lui ai dit que vous aviez téléphoné et que sa fille avait été kidnappée le jour de ses noces. Savez-vous ce qu'il a fait ? Il s'est enfermé dans sa chambre et m'a menacé de me renvoyer si je le dérangeais davantage. Il dit qu'il ne peut pas supporter les émotions.

— Est-ce exact ?

— C'est l'homme de son âge le plus sain que je connaisse, dit-il avec rancune. Il faut que je boive mon café et mon cognac en cachette, que j'aille dans les bois lorsque j'ai envie de fumer, et lorsque je veux manger de la viande, il faut que j'attende qu'il soit parti à la chasse. C'est un maniaque; il est mesquin, rusé, avare... Je me demande pourquoi je m'enterre ici avec lui !

Effrayé de sa hardiesse, le docteur s'arrêta. Il pâlit et ne dit plus un mot.

— Mais enfin, ne croyez-vous pas que vous pourriez faire une exception dans ce cas ? Après tout, on n'assassine pas sa fille tous les jours.

— Vous voulez que je monte les escaliers et que j'aille dans sa chambre, alors qu'il me l'a expressément interdit ?

— Quelque chose dans ce genre-là.

Le Dr Junius leva les bras au ciel.

— Non, Mr Queen, certainement pas. Je tiens à vivre jusqu'au bout les quelques années qui me restent.

— Bah ! Vous avez la frousse, c'est tout !

— Libre à vous d'essayer, si vous ne craignez pas de recevoir une volée de plombs. Il garde toujours son fusil à côté de son lit.

— Ridicule !

Le docteur lui désigna le vieil escalier de chêne d'un geste las et significatif puis se dirigea vers la cuisine — et vers ses chères bouteilles de cognac. Ellery alla jusqu'au pied de l'escalier et cria :

— Mr Stuart !

Ty leva la tête.

— Grand-père, dit Bonnie d'une voix blanche. Je l'avais complètement oublié. Oh, Butch, il va falloir lui dire !

— Mr Stuart ! cria de nouveau Ellery, avec colère. Et puis zut, je monte.

Le Dr Junius réapparut, le nez un peu plus rouge.

— Attendez, s'il vous plaît. Si vous tenez vraiment à jouer au casse-cou, je vous accompagne, mais je vous préviens que cela ne mènera à rien de bon.

Ensemble, ils montèrent les escaliers de plus en plus sombres.

Juste à ce moment, un léger ronronnement se fit entendre, devenant plus fort à chaque seconde, puis assourdissant. Ils s'arrêtèrent à mi-chemin.

— Un avion ! s'exclama le Dr Junius.

Le tonnerre s'enfla en un hurlement assourdissant alors que l'avion passait au-dessus de la maison.

— C'est la fin de tout, gémit le docteur. Il va être intolérable pendant au moins une semaine. Restez ici un moment. Je sors pour voir ce qui se passe.

Sans attendre la réponse d'Ellery, il redescendit les escaliers quatre à quatre, traversa le living-room et sortit dans la nuit.

Ellery hésita un moment, puis descendit lentement.

— Je ne comprends pas grand-père, disait Bonnie. Est-il malade ? Pourquoi ne vient-il pas nous voir ?

Personne ne lui répondit. On n'entendait plus que le craquement du feu.

Puis, le Dr Junius revint, se tordant les mains.

— Il va me tuer ! Pourquoi fallait-il que vous veniez ici ?

Un homme grand et fort, portant un ample pardessus d'hiver et un chapeau mou, fit son entrée; lorsque ses yeux se furent accoutumés à la lumière, il les regarda brièvement, à tour de rôle.

Ellery lui dit en souriant :

— Comme on se retrouve, inspecteur Glücke.

Le vieil homme

L'inspecteur Glücke fit entendre un grognement puis s'approcha du feu en frottant ses grosses mains rougies par le froid. Un homme en combinaison de pilote le suivait. Le Dr Junius referma hâtivement la porte derrière lui. L'aviateur s'assit dans un coin sans dire un mot; Glücke ne le présenta pas.

— Voyons, dit Glücke en fronçant ses sourcils broussailleux. Vous êtes miss Stuart, je suppose, et vous, Mr Royle ? Et vous, Butcher.

Ty se releva.

— Alors ? demanda-t-il. Vous l'avez retrouvé ?

— Qui est-ce ? s'écria Bonnie.

— Doucement, doucement, une chose après l'autre. Je suis à moitié paralysé de froid, et le pilote dit qu'une tempête est annoncée. Vous voyez que nous avons le temps. Où est le vieux Mr Stuart ?

— Il est en haut, dit Ellery; il nous boude. Dites donc, mon vieil ami, vous ne semblez pas très content de me voir ? Comment se fait-il que vous soyez sur ce cas ?

— Hein ? Ils étaient de Los Angeles, non ? Ah, quel bon feu !

— Je suppose que vous avez simplement mis les

pieds dans le plat et pris l'affaire en main sans rien demander à personne ?

— Allons, allons, Queen. Lorsqu'on nous a appris le décès de Mr Royle et de miss Stuart — nous savions déjà qu'ils avaient été enlevés —, je me suis immédiatement fait conduire au plateau en avion. J'ai battu les hommes de Riverside et de San Bernardino d'un cheveu. Si vous voulez mon avis, ils doivent être bien soulagés. C'était un trop gros morceau pour eux.

— Mais pas pour vous, hein ? murmura Ellery.

— Oh ! ce n'est pas bien compliqué, dit l'inspecteur.

— Alors, vous l'*avez* trouvé ! s'exclamèrent Ty et Bonnie ensemble.

— Pas encore. Mais quand nous le trouverons, l'affaire sera close.

— *Quand ?* dit Ellery sèchement. Ne voulez-vous pas dire *si* ?

— Peut-être, peut-être, dit Glücke en souriant. De toute façon, ce n'est pas une affaire pour vous, Queen. Rien qu'une banale chasse à l'homme.

— Vous paraissez bien sûr, dit Ellery en allumant une cigarette, qu'il s'agit d'un *homme*.

— Vous ne pensez quand même pas que c'est une femme, dit l'inspecteur ironiquement.

— Ce n'est pas exclu. Miss Stuart, vous et Mr Royle avez eu le temps de l'observer. Etait-ce un homme ou une femme ?

— Un homme, dit Ty. C'était un homme, évidemment.

— Je n'en suis pas sûre, murmura Bonnie en essayant de se concentrer. C'est difficile à dire. Il portait des vêtements d'homme, bien sûr, mais on ne voyait ni ses cheveux ni même son visage. Les lunettes d'aviateur dissimulaient ses yeux, et il avait relevé le col de la combinaison.

— Il marchait comme un homme, intervint Ty. Il était trop grand pour être une femme.

Une note d'humour apparut dans la voix de Bonnie.

— Ça ne prouve rien. Hollywood est rempli d'acteurs qui jouent des rôles des deux sexes. Et je suis certainement aussi grande que... cette créature.

— Et personne, ajouta Ellery, n'a entendu sa voix, pour l'excellente raison qu'elle a soigneusement évité de prononcer le moindre mot. Si c'était un homme, pourquoi ce silence ? Il aurait pu contrefaire sa voix.

— Ecoutez-moi bien, dit Glücke sur un ton plaintif, cessez de faire des singeries. D'accord, nous ne savons pas si c'était un homme ou une femme mais, homme ou femme, nous connaissons à peu près sa taille et sa silhouette...

— Vraiment ? Ces grosses combinaisons d'aviateur sont fort trompeuses, et il portait peut-être des talons. Non, il y a une seule chose dont vous puissiez être certain.

— Et c'est... ?

— C'est que ce pilote sait conduire un avion.

Glücke s'assombrit. Le Dr Junius toussota.

— Je ne voudrais pas paraître inhospitalier, mais... Enfin, ne pensez-vous pas qu'il serait plus prudent de décoller maintenant, avant que la tempête n'éclate, inspecteur ?

— Hein ?

L'inspecteur dévisagea froidement le Dr Junius.

— Je disais que...

— J'ai entendu ce que vous disiez. Qu'est-ce qui ne va pas ? Un peu nerveux ?

— Non, certainement pas, dit le docteur d'une voix chevrotante.

— Qui êtes-vous, d'ailleurs ? Que faites-vous ici ?

— Mon nom est Junius, et je suis docteur en médecine. Je vis ici avec Mr Stuart.

— D'où êtes-vous originaire ? Connaissiez-vous Blythe Stuart et Jack Royle ?

— Non... c'est-à-dire, j'ai quelquefois vu Mr Royle à

Hollywood, et miss Blythe Stuart venait parfois ici... Mais je ne les ai pas vus depuis plusieurs années.

— Depuis quand habitez-vous ici ?

— Depuis dix ans. Mr Stuart m'a engagé pour le soigner. Moyennant des honoraires, ma foi, fort respectables, et ma pratique n'était pas très...

— D'où veniez-vous ? Je n'ai pas entendu votre réponse.

— De Buenavista, Colorado.

— Dossier judiciaire ?

— Monsieur ! s'écria Junius en se levant.

— Bien, bien, ça va, dit Glücke sur un ton radouci. Bon. Voici ce que nous avons découvert. Vous aviez raison en ce qui concerne la cause de la mort, Queen. Le médecin légiste du Riverside County était là, et il a examiné les corps...

Bonnie était redevenue toute pâle. Butcher dit d'un ton décidé :

— Le Dr Junius a raison. Nous devrions partir d'ici et ramener ces gosses chez eux. Vous pourriez les interroger demain.

— Non, non, ça va, dit Bonnie à voix basse. Ça va aller, Butch.

— En ce qui me concerne, gronda Ty, le plus tôt sera le mieux. Vous vous imaginez que je pourrais dormir, manger, rire et travailler tant que l'assassin de mon père sera à l'air libre ?

L'inspecteur continua calmement, comme s'il n'avait pas été interrompu.

— Un premier examen a prouvé qu'ils avaient tous deux été empoisonnés par une très forte dose de morphine.

— Dans les bouteilles thermos ? demanda Ellery.

— Oui. Les cocktails en étaient bourrés. Le docteur ne peut rien affirmer avant qu'on ait fait une analyse, mais il dit qu'il devrait y en avoir au moins trois décigrammes par verre. Bronson va analyser ce qui reste dans les bouteilles dès qu'on les lui aura fait parvenir.

— Mais je ne comprends pas, dit Bonnie. Nous en avons tous bu à l'aéroport. Nous aurions dû être empoisonnés aussi.

— Si vous ne l'avez pas été, c'est que les cocktails étaient encore normaux. Vous souvenez-vous exactement de ce qui est arrivé à ce panier ?

— Oh oui ! dit Ellery. Immédiatement après que les bouteilles ont été remises dans le panier, je me suis assis dessus.

— Et vous étiez encore assis dessus lorsque ce pilote est arrivé ?

— Mieux que cela. Je le lui ai tendu de mes propres mains pour qu'il le mette dans l'avion.

— Enfin quelque chose de clair. Les boissons ont donc été empoisonnées dans l'avion. (Glücke paraissait tout heureux.) Il a donc versé la morphine dans les bouteilles, puis mis le panier en place et a décollé; ensuite, il a simplement attendu que Jack et Blythe en boivent — le médecin dit que ça ne donne aucun goût à l'alcool —, et lorsqu'ils eurent perdu connaissance, il a atterri sur le plateau et a pris la fuite. Pas de cris, pas d'ennuis. La chose la plus simple du monde. Mais quel sang-froid !

La tempête annoncée par le pilote éclata. Des hurlements démoniaques emplirent la montagne et le vent fouetta sauvagement les épais murs de la maison, faisant claquer les volets et vibrer les fenêtres. Soudain, des éclairs illuminèrent la pièce, et le tonnerre claqua.

Personne ne parlait. Le Dr Junius s'avança pour remettre une bûche dans le feu.

Le tonnerre roulait en un grondement incessant. Ellery écoutait avec inquiétude. Il lui semblait avoir entendu un grondement différent se mêler à celui du tonnerre. Aucun de ses compagnons ne paraissait s'en être aperçu.

Le tonnerre se tut un instant; Glücke en profita pour dire :

— Toute la police est à la recherche de ce pilote. Ce n'est qu'une question de temps.

— Mais cette pluie va effacer toutes les traces ! s'écria Ty.

— Je sais, je sais, Mr Royle, dit Glücke sur un ton conciliant. Ne vous inquiétez pas, nous l'aurons. Et maintenant, j'aimerais bien que vous me parliez de vos parents. Cela nous permettra peut-être de trouver une piste.

Ellery prit son pardessus et son chapeau qu'il avait laissés sur une chaise près de la porte, et sortit dehors sans se faire voir, en passant par la cuisine.

Les arbres ployaient sous la force du vent et, dès qu'il eut mis le pied dehors, sur la terre spongieuse, il fut pris sous une averse phénoménale. Boutonnant son col et maintenant son chapeau d'une main, Ellery, tête baissée contre le vent, trouva son chemin grâce aux éclairs et descendit vers la piste d'atterrissage.

Lorsqu'il l'atteignit, haletant, il commença par jeter un coup d'œil dans le hangar, dont les portes étaient ouvertes. Un gros avion commercial, sans doute celui qui avait amené Glücke, était rangé à côté du petit monoplan.

Ellery fit un geste d'impatience, puis essaya de voir toute l'étendue du terrain à la lumière dangereusement vacillante des lampes à arc. Mais il n'y avait pas trace de vie.

Il leva la tête et chercha vainement à apercevoir un avion à la lumière des éclairs. Il ne parvint à voir que d'énormes nuages gonflés de pluie.

Il était pourtant certain d'avoir entendu un avion. Sans doute encore un tour de sa damnée imagination. Il revint lentement sur ses pas.

Juste au moment où, s'engageant sous les arbres, il aperçut un homme.

Il était tapi à l'arrière de la maison. A la lumière bienvenue d'un éclair, Ellery le vit lever la tête.

C'était le visage d'un vieillard, encadré d'une barbe et d'une moustache anarchiques. La peau était creusée de rides profondes. Ses grosses lèvres molles frémissaient. C'était le visage d'un homme qui regarde la mort, ou pire. Ellery fut frappé par son expression de terreur nue. On eût cru que le vieil homme était acculé contre un mur infranchissable par les plus effroyables habitants de ses pires cauchemars.

Dans l'obscurité presque totale qui suivit l'éclair, Ellery le distingua à grand-peine se traîner misérablement le long du mur de la maison puis disparaître.

La pluie ne cessait de tomber en trombes mais Ellery, sans y prêter garde, resta longtemps immobile à regarder les ténèbres. Que faisait Mr Tolland Stuart dans la tempête qui faisait rage autour de sa retraite montagnarde, alors que tout le monde le croyait enfermé, tremblant, dans sa chambre barricadée ?

Et pourquoi, surtout, se traînait-il sous la pluie, avec un casque d'aviateur grotesquement fixé au sommet de son crâne, quelques heures après l'assassinat de sa fille unique ?

Lorsque Ellery rentra, il vit l'inspecteur, confortablement installé devant le feu, disant :

— ... Pas à grand-chose... Oh ! Queen.

Ellery ôta son pardessus trempé et l'étendit sur une chaise pour le faire sécher.

— J'avais cru entendre un bruit venant du terrain.

— Un autre avion ? gémit le Dr Junius.

— Ce n'était que mon imagination.

Glücke fit une grimace et reprit :

— Tout cela ne nous mène pas loin. Donc, à part ce Park que vous avez mentionné, Mr Royle, vous dites que votre père n'avait pas d'ennemis ?

— Pas que je sache.

— J'avais complètement oublié l'incident du *Horseshoe Club*, dit lentement Ellery.

— Sans conséquence. Il était dépité parce qu'on avait découvert son jeu, c'est tout. Je crois bien qu'il faudra chercher ailleurs.

— Il est timbré, dit Ty catégoriquement, et un timbré est capable de n'importe quoi.

— Nous ferons vérifier. Mais, si c'est bien lui, pourquoi a-t-il tué la mère de miss Stuart ainsi que votre père ? Il n'avait certainement rien contre elle.

— Il la tenait peut-être pour responsable de toute la situation, dit Ty. Un déséquilibré pourrait fort bien réagir ainsi.

— C'est possible, dit Glücke en examinant ses ongles. A propos, il semble que l'on ait fait beaucoup de bruit autour de... enfin, de l'inimitié qui régnait entre vos deux familles.

Pendant quelques minutes, on n'entendit plus que le crépitement du feu et des coups de tonnerre de plus en plus éloignés. La pluie aussi se calmait.

Le pilote se leva et dit :

— Je vais aller jeter un coup d'œil sur l'avion, inspecteur, et il sortit.

— Ai-je fais une gaffe ? demanda innocemment Glücke.

— Jack et Blythe se sont réconciliés et épousés. Quelle meilleure preuve vous faut-il ? lui répondit Butcher.

— Et ces deux-là ? dit Glücke. (Il y eut de nouveau un long silence.) Hein ?

Bonnie regardait fixement le bouton inférieur du veston de l'inspecteur. Ty leur tourna le dos pour regarder le feu.

— Cela ne sert à rien de le cacher, Butch. Nous haïssons nos tripes depuis que nous sommes gosses. On nous a élevés dans cette haine au point qu'elle est devenue une partie intégrante de nos êtres.

— Vous pensez de même, miss Stuart ?

Bonnie humecta ses lèvres sèches.

— Oui.

— Cela ne signifie pas, dit Ty en se retournant lentement, que l'un de nous a commis ces meurtres. A moins que vous ne le pensiez, inspecteur Glücke ?

— Il ne *pourrait* pas penser une chose aussi affreuse ! s'écria Bonnie.

— Qu'est-ce qui me prouve que votre histoire du hold-up dans le hangar est exacte ?

— Nous nous servons mutuellement de témoin !

— Pensez-vous, dit Ty en s'échauffant, que j'empoisonnerais mon propre père pour me venger de la mère de Bonnie ? Ou que celle-ci assassinerait sa mère pour débarrasser le monde de mon père ? Vous êtes fou !

— Je ne sais encore rien, rien du tout, dit l'inspecteur avec affabilité. Cela vous intéressera peut-être d'apprendre que la police de Los Angeles a découvert le messager qui a transmis le message de Ty à miss Stuart. J'ai appris la nouvelle par radio pendant que j'examinais votre avion sur le plateau.

— Que dit-il pour sa défense ?

— C'est un chasseur ou un steward du restaurant de l'aéroport, je ne sais pas exactement. Il dit qu'un homme en combinaison de pilote, avec casque et lunettes, l'a arrêté à peu de distance du hangar. Il lui a simplement montré une feuille de papier portant le message que vous connaissez, tapé à la machine.

— C'était le pilote, évidemment, dit Ty, mais c'est une ruse bien grossière.

— Mais cela a marché, fit observer Ellery. Vous êtes certain que l'on peut faire confiance à ce que dit ce garçon, inspecteur ?

— La police de l'aéroport se porte garante de lui.

— Et la note tapée à la machine ?

— Le gosse ne l'a jamais eue entre les mains. Il la lui a simplement mise sous le nez, puis le pilote déguisé s'est perdu dans la foule, en l'emportant.

Bonnie se leva, outrée.

— Comment pouvez-vous dire alors que l'un de nous a prêté la main à ces horribles crimes ?

— Je ne dis pas que vous l'avez fait, dit Glücke en souriant. Je dis que vous auriez pu le faire.

— Mais nous étions attachés, bâillonnés, sans défense !

— Et si vous aviez engagé ce type et prévu ce scénario afin que les soupçons ne retombent pas sur vous ?

— Oh, mon Dieu ! dit Butch en prenant son visage dans ses mains.

— Vous êtes un idiot, dit Ty sur un ton cinglant, puis il alla s'asseoir sur le sofa et ferma les yeux.

L'inspecteur Glücke sourit de nouveau et sortit quelque chose d'une des poches de son pardessus. Il revint vers la cheminée avec une grande enveloppe de papier bulle, et défit lentement la ficelle qui la fermait.

— Qu'est-ce quc c'est ? demanda Ellery.

Glücke plongea sa grosse patte dans l'enveloppe et en ressortit un petit disque bleu.

— Vous savez ce que c'est ? demanda-t-il sans s'adresser à personne en particulier.

Ils l'entourèrent tous, y compris le Dr Junius. C'était un jeton bleu, portant un petit fer à cheval doré.

— Le *Horseshoe Club* ! s'exclamèrent Ty et Bonnie ensemble.

Dans leur curiosité, ils étaient serrés l'un contre l'autre. Ils restèrent ainsi un moment, puis se séparèrent.

— Nous l'avons trouvé dans la poche de Jack Royle, dit l'inspecteur. Mais c'est sans importance.

Ellery remarqua que, nonobstant cette dernière remarque, il le maniait avec précaution en ne le tenant que par les bords, comme s'il avait peur d'effacer d'éventuelles empreintes.

Il remit le jeton dans l'enveloppe et en sortit autre

chose : plusieurs feuilles de papier déchiquetées, maintenues ensemble par un trombone.

— Le trombone est à moi. Les lambeaux de papier se trouvaient également dans la poche de Royle.

Ellery les prit et les posa un à un sur le sofa. Il ne lui fallut que quelques minutes pour assembler les pièces du puzzle. Rassemblées, elles formaient cinq petites feuilles de papier, du format de celles d'un mémorandum. Chacune portait, en haut et à gauche, l'en-tête du *Horseshoe Club* imprimé en bleu et surmonté d'un petit fer à cheval doré.

Chaque feuille portait également une date. Les dates couvraient une période d'environ un mois, et la dernière était le 2 du mois en cours. Dans la même encre, dessinés d'un trait ample, on pouvait lire le mot : *dois*, puis un chiffre précédé du signe $, et la signature : *Jack Royle*. Chaque feuille portait sur une somme différente. Les sourcils froncés, Ellery fit le total. Il était exactement de 110 000 dollars.

— Cela vous dit quelque chose ? demanda l'inspecteur.

Ty les examina avec incrédulité; il semblait intrigué par la signature.

— Qu'y a-t-il ? demanda vivement Ellery. Ce n'est pas la signature de votre père ?

— Si, justement, murmura Ty, c'est bien la sienne.

— Toutes les cinq ?

— Oui.

— Pourquoi cet air étonné ? demanda Glücke. Vous n'étiez pas au courant de ces dettes ?

— Non. En tout cas, je ne savais pas qu'il en avait tellement, et envers Alessandro. 110 000 dollars ! (Il se mit à marcher de long en large, les mains dans les poches.) Il jouait beaucoup, mais ça...

— Vous voulez dire qu'il était fauché et que son propre fils ne le savait pas ?

— Nous parlions rarement d'argent. J'avais ma vie et... (il s'assit lentement sur le sofa)... lui, la sienne.

Il se plongea dans la contemplation des flammes. Glücke rassembla en silence les bouts de papier et les remit dans l'enveloppe.

Quelqu'un toussa. Ellery se retourna et vit le Dr Junius, dont il avait complètement oublié la présence.

— La pluie a cessé, il me semble, dit-il nerveusement. Je crois que vous pourriez repartir sans danger.

— Ah ! c'est encore vous, dit Glücke. Vous semblez bien pressé de nous voir partir, mon ami.

— Non, pas du tout, dit-il hâtivement, mais je pensais à miss Stuart. Elle a besoin d'une bonne nuit de repos.

— Tiens, dit Glücke, cela me rappelle que je voulais bavarder un moment avec le vieux monsieur avant de repartir.

— Le Dr Junius ne croit pas que ce serait sage, dit Ellery sarcastiquement. A moins que vous ne soyez immunisé contre les plombs de chasse. Mr Stuart dort toujours avec sa carabine.

— Ah ! vraiment ? vraiment ? dit Glücke en allant à grandes enjambées vers les escaliers.

— Soyez prudent, inspecteur ! cria Junius en courant après lui. Il ne sait même pas que sa fille est morte.

— Je me le demande, dit Glücke. Ces gens sauvages ont souvent l'habitude d'écouter aux portes... et en haut des escaliers.

Il monta les marches. Ellery, se souvenant du visage livide du vieil homme sous la pluie, applaudit silencieusement à la sagacité de Glücke. Le vieux Stuart savait, cela ne faisait aucun doute.

Il suivit les deux hommes.

La lumière venant du living-room devint de plus en plus faible et, lorsqu'ils arrivèrent au palier, ils se trouvèrent dans des ténèbres épaisses et glacées.

Glücke trébucha sur la dernière marche.

— Il n'y a donc pas de lumière dans cette damnée morgue ?

Le Dr Junius passa devant eux avec une sûreté née d'une longue habitude.

— Une seconde, dit-il de sa voix geignarde, l'interrupteur est...

— Chut ! fit l'inspecteur.

Ellery tendit l'oreille mais ne put rien entendre d'autre que le crépitement lointain du feu et la voix de Butcher parlant doucement à Bonnie.

— Qu'est-ce qu'il y avait ?

— J'avais cru entendre quelqu'un, mais j'ai dû me tromper.

— Je ne crois pas, dit Ellery. Notre vieil ami s'était sans doute caché ici pour nous écouter, comme vous l'aviez suggéré.

— Allumez donc la lumière, Junius, gronda Glücke, pour qu'on puisse aller jeter un coup d'œil sur le vieux dindon.

La magie de la lumière matérialisa soudain un grand hall au sol entièrement couvert d'épais tapis et sur les murs duquel Ellery vit une véritable galerie de tableaux anciens — des toiles de maîtres, avec la riche patine brune caractéristique de la peinture flamande. Il y avait de nombreuses portes, toutes fermées, et pas le moindre signe de Tolland Stuart.

— Mr Stuart ! cria Junius. (Personne ne répondit. Il jeta un regard pitoyable à l'inspecteur.) Et voilà ! Ne pouvez-vous pas revenir demain ? Il est sans doute dans un état terrible.

— Je le peux, mais je ne le veux pas, dit l'inspecteur. Où est sa chambre ?

Le docteur fit un geste désespéré et, tout en s'écriant : « Il va sans doute nous tuer tous ! » les conduisit à une double porte tout au fond du hall. Il frappa en tremblant.

Une voix chevrotante se fit entendre :

— Partez d'ici !

Et Ellery entendit un bruit de pas feutres, comme si quelqu'un s'éloignait vers le fond de la chambre.

Le Dr Junius poussa un cri plaintif et prit la fuite.

Glücke gloussa :

— Il se fait obéir, le vieux ! Espèce de momie au cœur de poulet ! (Puis sa voix tonna :) Allons, vite ! Ouvrez, Mr Stuart !

— Qui est là ?

— Police.

— Allez-vous-en. Quittez ma propriété. Je n'ai rien à voir avec la police.

Il hurlait presque maintenant, avec des sons curieusement inarticulés qui ne pouvaient provenir que d'une bouche édentée.

— Savez-vous, dit l'inspecteur d'une voix sévère, que votre fille Blythe a été assassinée ?

— Je les ai entendus ! Je vous entends ! Partez, vous dis-je !

Bonnie arriva en courant et cria :

— Grand-père !

Le Dr Junius la suivait, plaidant :

— Je vous en prie, miss Stuart. Pas maintenant. Il ne faut pas. Il va...

— Grand-père, sanglotait Bonnie en martelant la porte. Laissez-moi entrer. C'est Bonnie. Maman... est morte. Elle a été tuée. Il n'y a plus que nous maintenant. Je vous en prie !

— Mr Stuart, gémit Junius, c'est votre petite-fille, Bonnie. Elle a besoin de vous. Ouvrez, parlez-lui et réconfortez-la. (Il n'y eut pas de réponse.) Mr Stuart, c'est le Dr Junius. S'il vous plaît !

La voix éraillée et inaudible retentit de nouveau :

— Allez-vous-en, tous. Pas de police. Pas, pas maintenant, Bonnie. La mort règne parmi vous. La mort ! La mort...

Le cri monta puis s'éteignit, et ils entendirent distinctement la chute d'un corps sur le tapis.

Bonnie se mordit les doigts pour ne pas crier. Butcher accourut. Glücke dit calmement :

— Eloignez-vous un peu, miss Stuart. Nous allons enfoncer la porte. Ecartez-vous, Junius.

Ty arriva lui aussi et les regarda sans intervenir.

L'inspecteur se jeta de toutes ses forces sur la jonction des deux battants. Quelque chose claqua sèchement et la porte s'ouvrit violemment. Il resta un moment immobile et haletant. Aucun d'entre eux ne bougeait, comme si le temps s'était arrêté.

Dans la grande pièce obscure, on devinait la silhouette de meubles massifs. Le grand lit à baldaquin, en vieux chêne massif sculpté à la main, était en désordre. A la tête du lit il y avait effectivement une lourde carabine de chasse. A deux pas de la porte, sur l'épais tapis, était allongé le corps du vieil homme qu'Ellery avait aperçu derrière la maison. Il portait un pyjama de flanelle grise et une lourde robe de chambre de laine. Une petite lampe de chevet éclairait faiblement la chambre. Il n'y avait pas de feu dans la cheminée.

Le Dr Junius se précipita et s'agenouilla à côté du vieil homme.

— Il s'est évanoui. La peur, le dépit, la rage... je ne sais pas. Mais le pouls est bon. Inutile de s'inquiéter. Et maintenant, allez-vous-en. Il est inutile d'essayer de lui parler ce soir.

Avec une force surprenante pour un homme de son âge, il prit le corps du vieillard dans ses bras et le porta sur le lit.

— Il joue sans doute la comédie, dit Glücke d'un air dégoûté. Espèce de vieux termite ! Allons, venez, on retourne à Los Angeles !

Deux coups pour rien

— Je mets le cap sur... ? demanda le pilote.

— Aéroport municipal, Los Angeles.

L'avion n'était pas grand, et ils étaient assez serrés. Le silence régnait à bord tandis que le pilote faisait décrire un large cercle à son appareil puis prenait de l'altitude. Ils survolèrent la vallée vers le nord-ouest, entre la chaîne San Bernardino et celle de San Jacinto.

— Qu'est devenu mon avion ? demanda Ty, le nez contre un hublot embué.

— Il est sans doute déjà à Los Angeles, répondit l'inspecteur. On ne pouvait pas les... le laisser sur ce plateau.

Bonnie toucha l'épaule rigide de Butcher.

— Je suis allée dans une morgue une fois. C'était dans un film. Mais même ainsi... Il faisait froid... Maman n'aimait pas du tout... (Elle ferma les yeux.) Donne-moi une cigarette, Butch.

Il l'alluma pour elle et la lui mit entre les lèvres.

— Merci. (Elle rouvrit les yeux.) Je suppose que vous pensez tous que je me suis conduite comme un bébé. Mais le choc a été tellement fort... Et maintenant que je suis de nouveau capable de penser, c'est encore pire. Maman morte... Ça me paraît tellement impossible.

Sans tourner la tête, Ty dit rudement :

— Nous connaissons tous vos sentiments.

— Oh, pardon !

Ellery regardait l'obscurité impénétrable. Loin devant eux, un chapelet de lumières devenait visible, pareil à des diamants éparpillés sur un coussin de velours noir.

— Riverside, dit Glücke. Nous y arrivons bientôt, et de là, il n'y a plus loin jusqu'à l'aéroport.

Le groupe de lumières grandit, puis disparut derrière eux. Ty se leva brusquement. Il fit deux pas en titubant, puis revint vers son siège.

— Pourquoi ? dit-il.

— Pourquoi, quoi ? dit l'inspecteur, surpris.

— Pourquoi papa a-t-il été tué ? Pourquoi ont-ils tous deux été tués ?

— Si je savais ça, mon vieux, l'affaire serait réglée. Asseyez-vous.

— Ça n'a pas de sens. Les a-t-on volés ? Il avait 1 000 dollars sur lui. Je les lui avais donnés pour... une sorte de cadeau de mariage, quoi. Ou bien... Bonnie ! Votre mère avait-elle beaucoup d'argent sur elle ?

— Je vous interdis de m'adresser la parole.

— Non, dit Glücke. On n'a pas touché à leurs possessions.

— Mais alors, pourquoi ? s'écria Ty. Pourquoi ? Etait-ce un fou ?

— Asseyez-vous, Ty, dit Butcher avec lassitude.

— Attendez ! (Il ferma à demi ses yeux injectés de sang.) C'était peut-être un accident. Je veux dire que l'on ne voulait peut-être tuer que l'un d'eux, et l'autre a été victime d'une sorte de...

— Puisque nous en discutons, dit Ellery, autant le faire méthodiquement.

— Que voulez-vous dire par là ?

— Je pense que la clé de voûte de ce cas se trouve dans le mobile.

— Ah ? dit l'inspecteur. Pourquoi ?

— Simplement parce qu'il ne semble pas y en avoir.

Glücke parut ennuyé. Ty se rassit et alluma une cigarette, sans quitter Ellery des yeux.

— Continuez. Vous avez une idée, n'est-ce pas ?

— Il est un peu farfelu, grommela Glücke entre ses dents, mais j'admets qu'il a quelque chose dans le crâne.

— Bon, dit Ellery en s'accoudant sur le siège placé devant lui. Commençons par le début. J'ai plusieurs fois eu l'occasion d'observer que votre père ne buvait jamais que le même cocktail. C'est exact ?

— Oui, bien sûr. Il aimait beaucoup le cognac aussi.

— Ce cocktail n'est rien d'autre que du cognac avec un peu de Cointreau et quelques gouttes de jus de citron. Quant à votre mère, Bonnie, elle appréciait particulièrement les dry ?

— Oui.

— Si je me souviens bien, je l'ai entendue faire des remarques dépréciatives sur les cocktails, ce qui indiquerait qu'elle n'aimait pas cela. Est-ce exact ?

— Elle les détestait.

— Et papa avait horreur des dry, dit Ty. Et alors ?

— Et alors, voilà : quelqu'un — l'assassin, certainement, il ne pouvait pas laisser cela au hasard — leur envoie en guise de cadeau de mariage le panier avec les deux thermos, et l'un contenait, comme par hasard, un litre de cocktail et l'autre, une quantité égale de dry.

— Si vous voulez prouver par là, dit Butch en fronçant les sourcils, que l'assassin avait une grande connaissance des goûts de Jack et de Blythe, vous faites erreur. Tout le monde à Hollywood était au courant de leurs goûts en matière de boissons.

L'inspecteur Glücke sourit d'un air satisfait.

— Non, dit Ellery calmement, je voulais détruire la théorie de l'accident, quelque improbable qu'elle soit. Elle est logiquement insoutenable. Car, ce qui me paraît irréfutable, si l'assassin savait que Jack aimait les cocktails et Blythe les dry, le fait de mettre dans chaque bouteille une dose mortelle de morphine signifie indiscutablement que chacun des buveurs — Jack et Blythe — était destiné à être empoisonné. Si Blythe seule avait été condamnée, seul le dry aurait été empoisonné, et vice versa. Je crains, termina-t-il avec un soupir, que ni votre père, Ty, ni votre mère, Bonnie, n'aient été destinés à sortir de cet avion vivants. C'est un cas parfaitement clair de double assassinat prémédité.

— Et où tout ce galimatias vous mène-t-il ? s'enquit Glücke.

— Je n'en ai pas la moindre idée. A ce stade des événements, cela serait d'ailleurs curieux.

— Vous aviez commencé par parler de mobile, dit Butcher.

Ellery haussa les épaules.

— Si le même mobile s'applique à tous deux, comme il est probable, c'est encore plus incompréhensible.

— Mais c'est impossible, s'écria Bonnie. Maman n'aurait pas fait de mal à une mouche.

Ellery ne répondit pas et se tourna de nouveau vers le hublot.

— Miss Stuart, dit soudain l'inspecteur, est-ce que votre père vit encore ?

— Il est mort lorsque j'étais toute petite.

— Votre mère ne s'est jamais remariée ?

— Non.

— Elle n'avait aucun... (L'inspecteur hésita.) Aucun attachement romantique ?

— Maman ? (Bonnie eut un rire bref.) Ne soyez pas ridicule.

Sur ce, elle lui tourna le dos.

— Et votre père, Royle ? Votre mère est morte, elle aussi ?

— Oui.

— D'après ce que j'ai entendu dire, dit Glücke en s'éclaircissant la voix, votre père n'était pas un ennemi du beau sexe. Ne se pourrait-il pas qu'il y ait une femme qui — enfin, qui aurait pensé avoir de bonnes raisons de se fâcher lorsque Jack Royle a annoncé qu'il allait épouser Blythe Stuart ?

— Comment le saurais-je ? Je n'étais pas le chaperon de papa.

— Mais ce serait possible ?

— Ce serait possible, dit Ty, mais je ne crois pas. Papa n'était pas un ange, mais c'était un homme du monde, il connaissait les femmes et il a toujours agi comme il fallait. Les quelques liaisons que je lui ai connues se sont terminées sans histoire. Il ne leur mentait jamais, et elles savaient exactement quelle était leur position. Non, Glücke, vous êtes à dix mille kilomètres de la vérité. De toute façon, c'est un homme qui a fait le coup.

— Hum ! fit l'inspecteur, pas très convaincu.

— Je suggère, dit Ellery, que nous procédions par élimination. En général, on se demande à qui profite le crime. Je crois que nous irons plus vite en nous demandant : à qui ne profite-t-il pas ? Commençons par vous, Ty, et par vous, Bonnie. Il est évident, que, de toutes les personnes impliquées, c'est vous deux qui avez souffert la perte la plus cruelle.

Bonnie se mordit les lèvres et regarda au-dehors. Ty écrasa nerveusement son mégot.

— Le studio ? (Ellery haussa les épaules.) Ne prenez pas l'air surpris, Butch. La logique ignore le sentiment. Le studio a subi une importante perte financière, en la personne de deux de ses plus grandes vedettes. De plus, il a subi une perte plus immédiate : la grande production à laquelle nous travaillions devra être abandonnée.

— Un moment, dit Glücke. Vous n'avez pas d'ennuis avec un autre studio, Butcher ? Une histoire de contrats, par exemple ? Vous ne connaissez aucun confrère qui aurait aimé vous débarrasser de vos deux stars les plus populaires ?

— Cessez de faire l'idiot, inspecteur, dit Butch sur un ton cinglant. Nous sommes à Hollywood, pas dans l'Italie médiévale.

— Assez improbable, évidemment, ronchonna Glücke.

— Continuons, dit Ellery en regardant l'inspecteur avec amusement. Il y a l'agence qui avait Jack et Blythe sous contrat — elle est dirigée par Alan Clark, je crois. Elle aussi est perdante. Dans un sens, donc, quiconque avait des relations personnelles ou professionnelles avec Jack et Blythe est perdant.

— Votre aide nous est très précieuse.

— Mais enfin, Ellery, protesta Butch, il faut bien que ce crime ait profité à quelqu'un !

— Du point de vue financier ? Voyons. Jack et Blythe ont-ils laissé des possessions importantes ?

— Maman ne laisse presque rien, dit Bonnie d'une voix blanche. Même ses bijoux étaient faux. Elle dépensait tout ce qu'elle gagnait !

— Et Jack, Ty ?

— Vous avez vu ses reconnaissances de dettes.

— Pas d'assurances ? Pas d'actions ?

— Maman ne voulait pas en entendre parler. Elle ignorait complètement la valeur de l'argent. J'étais souvent obligée de l'aider à boucher les trous de son compte en banque.

— Papa a souscrit une assurance sur la vie de 100 000 dollars une fois. Lors de l'échéance de la deuxième prime, il a tout envoyé promener; il a préféré aller jouer aux courses.

— Nom d'une pipe, dit l'inspecteur. Il doit quand même y avoir une raison. Si ce n'était pas l'intérêt, alors c'est la vengeance, ou n'importe quoi ! Je vais m'occuper de Park le plus tôt possible.

— Vous oubliez Alessandro, dit Ty froidement, et les reconnaissances de dettes.

— Mais elles étaient en la possession de votre père, dit Ellery. Croyez-vous qu'Alessandro les lui aurait rendues s'il n'avait pas payé ?

— Je n'en sais rien, mais je me demande comment papa aurait pu mettre la main sur 110 000 dollars.

— Vous êtes absolument certain qu'il ne pouvait pas se procurer une telle somme ? demanda Glücke lentement.

— Absolument !

L'inspecteur se frotta le menton.

— Le vrai nom d'Alessandro est Joe Di Sangri, et il a été mêlé à pas mal d'histoires louches à New York. Dans le temps, il était même avec Al Capone. (Il secoua la tête.) Mais ça ne lui ressemble pas. Des cocktails empoisonnés ! Si Joe Di Sangri voulait se débarrasser de quelqu'un, il lui enverrait du plomb dans les tripes. C'est inné, chez ces gens-là.

— Les temps ont changé, dit Ty sarcastiquement. Les mœurs aussi. Faudra-t-il que j'aille le voir moi-même ?

— Ne vous inquiétez pas, nous ferons toutes les vérifications utiles.

— En tout cas, dit Ellery, pourquoi Joe Di Sangri aurait-il tué la mère de Bonnie parce que le père de Ty ne remboursait pas ses dettes ?

— Je le savais, dit Bonnie avec passion. J'étais sûre que cela ne pouvait causer que des ennuis. Pourquoi a-t-il fallu qu'elle fasse cela ?

Ty rougit et se détourna. Glücke commença à se ronger les ongles sans quitter Ty et Bonnie du regard.

Le pilote ouvrit la porte et dit :

— Nous sommes arrivés.

Ils regardèrent dehors. Le terrain d'aviation était noir de monde.

Bonnie pâlit et prit la main de Butch.

— C'est... on dirait une grosse bête morte, couverte de fourmis noires.

— Bonnie, tout ira bien. Cela ne sera pas long. Tiens le coup, et tête haute.

— Mais je ne peux pas. Ces millions d'yeux qui nous regardent...

Elle lui serrait la main à la briser.

— Allons, miss Stuart, ne vous énervez pas, dit l'inspecteur. Venez, nous sommes arrivés.

— Nous ne sommes nulle part, dit Ty amèrement. Et nous y sommes arrivés diablement vite.

— C'est bien pourquoi j'ai fait observer, murmura Ellery, que lorsque nous aurons découvert pourquoi Jack et Blythe ont été empoisonnés — lorsque nous en connaîtrons le mobile —, nous aurons trouvé la solution.

Le neuf de trèfle

Le mercredi 20, les deux seules personnes calmes dans Los Angeles et ses environs étaient Jack Royle et Blythe Stuart : ils étaient morts.

Trois journées folles venaient de passer. Journalistes, caméramen, reporters de tout poil, hommes de la police de l'Etat et de la brigade des homicides de Glücke, stars, producteurs, metteurs en scène en quête d'inspiration, embaumeurs, prêtres, débiteurs, entrepreneurs de pompes funèbres, avocats, spéculateurs immobiliers, et les milliers d'adorateurs venus officier dans le temple de leurs dieux morts avaient transformé les journées de Ty et de Bonnie — et leurs nuits étaient courtes — en un immense cauchemar animé.

— Nom de Dieu, gémissait Ty, dépeigné, mal rasé, les yeux rougis par le manque de sommeil, il n'y a donc pas moyen de l'enterrer en paix ?

— Il était célèbre, dit Ellery pour le consoler, et son public continue à l'adorer dans la mort.

— Quelle mort... ?

— N'importe quelle mort.

— Ce sont des vautours !

— Le crime réveille les pires instincts des gens. Pensez à ce que la pauvre Bonnie doit supporter à Glendale.

— Oui, dit Ty. Ça doit être dur pour une femme. (Après un moment, il ajouta :) Queen, il faut que je lui parle.

— Oui ? dit Ellery, essayant de dissimuler sa surprise.

— C'est extrêmement important.

— Pas facile d'arranger un rendez-vous en ce moment.

Ils se rencontrèrent à trois heures du matin dans un bistrot inconnu au fond d'une impasse, miraculeusement seuls. Ty portait d'énormes lunettes de soleil et

Bonnie cachait son visage sous un voile lui venant jusqu'aux yeux.

Ellery et l'Enfant Prodige montaient la garde à la porte.

— Je suis désolé, commença Ty, de vous déranger à une pareille heure. Mais il y a un problème dont nous devons discuter ensemble.

— Oui ?

Sa voix lui fit peur; elle était dénuée de toute vie, de toute émotion.

— Bonnie, vous êtes malade ?

— Non, non, ça va.

— Quelqu'un aurait dû me le dire. Queen... Butch...

— Ce n'est rien. C'est seulement à la pensée de... mercredi.

Il vit ses lèvres trembler sous le voile. Ty jouait avec son verre de scotch.

— Bonnie... je ne vous ai jamais demandé de faveur. (Silence.) Je... je suppose que vous allez me trouver idiot, de devenir sentimental de cette façon.

— Vous, sentimental ?

— Ce que je vous demande... ce n'est pas pour moi. Ce n'est même pas seulement pour papa. C'est autant pour votre mère que pour papa.

Elle cacha ses mains sous la table.

— De quoi s'agit-il, alors ?

— Je crois qu'ils devraient être enterrés ensemble. (Elle garda le silence.) Pour eux deux. J'ai beaucoup réfléchi depuis dimanche. Ils s'aimaient, Bonnie. Avant... je ne voulais pas le croire. Je pensais que quelque chose d'autre se cachait derrière cela; mais maintenant... ils sont morts ensemble. Vous comprenez ? (Elle garda le silence.) Ils ont vécu séparés pendant tant d'années. Et puis, la mort les a frappés juste avant... Je sais que c'est idiot de parler de cette façon, mais je ne peux m'empêcher d'avoir la certitude que papa et votre mère auraient désiré être enterrés ensemble.

Elle garda le silence si longtemps que Ty crut que quelque chose n'allait pas. Il allait la toucher lorsqu'elle bougea. Ses mains apparurent, elle souleva le voile et le regarda, le regarda de ses yeux cernés de noir, le regarda sans dire un mot, sans changer d'expression, le regarda...

Puis, elle dit simplement :

— D'accord, Ty, et elle se leva.

— Merci !

— C'est pour maman que je le fais.

Ils ne dirent pas un mot de plus et rentrèrent par des routes différentes — Ty dans la voiture d'Ellery, vers Beverly Hills, et Bonnie dans celle de Butcher, vers Glendale.

Puis, les corps leur furent rendus; Jack Royle et Blythe Stuart furent embaumés et, mercredi matin, leurs magnifiques cercueils d'acajou, ornés du cuivre le plus pur, munis de poignées en or massif et doublés de soie de Chine tissée à la main à cinquante dollars le mètre, et rembourrés de duvet de cygne noir, furent exposés à la vue de la foule dans le magnifique salon mortuaire de Sunset Boulevard, que Sam Vix, agissant sur la base d'une commission de deux pour cent, avait chargé Butcher de persuader Bonnie de choisir, ce qu'elle fit. Quatre femmes furent blessées, dont une sérieusement, seize femmes s'évanouirent, et la police dut disperser la foule avec ses splendides chevaux magnifiquement harnachés pour l'occasion. Un homme pauvrement vêtu, qui était de toute évidence un communiste, essaya de s'accrocher aux étriers d'un cheval qui venait de lui passer dessus, et fut assommé à coups de trique et traîné au poste de police. A l'intérieur, les *happy few*, vêtus de leurs plus beaux vêtements de deuil — Mrs Flos et Magnin et L'Heureuse durent engager des douzaines d'extra pour faire face à toutes les commandes —, remarquèrent combien Blythe paraissait belle.

— On dirait qu'elle dort, la pauvre chère. Si elle n'était pas sous du verre, on jurerait qu'elle respire !

— C'est merveilleux ce que ces embaumeurs arrivent à faire, n'est-ce pas ?

— Oh ! oui, et quand on pense qu'ils ne lui ont presque rien laissé *dedans* !

— N'est-ce pas ? J'ai lu ce qu'ils font pendant une autopsie...

— Ne dites pas d'horreurs ! Comment le saurais-je ?

— Ah ? Je croyais que votre premier mari...

Bonnie ne l'avait-elle pas habillée de façon trop *précieuse*, dans ce *voluptueux* satin blanc, et avec ce corsage si *habilement* ajusté...

— Elle avait une poitrine magnifique, ma chère. Savez-vous qu'elle m'a confié un jour qu'elle ne portait jamais de soutien-gorge ? Ni de gaine, bien sûr !

— Si seulement elle pouvait se lever, vous verriez l'effet que produit ce plissé si *ingénieux* !

— Et cette orchidée, et ces boucles en diamant aux épaulettes !

— C'est vraiment *ravissant* ! Vous croyez qu'ils sont vrais ?

Comme ce pauvre vieux Jack avait fière allure avec son plastron amidonné et son habit impeccable, et son célèbre sourire teinté d'un brin de cynisme.

— On jurerait qu'il va se lever !

— Quelle bonne idée d'avoir mis la statuette en or qu'il a gagnée en trente-trois à côté de lui !

— Je me le demande. Vous ne trouvez pas que ça fait un peu vantard ?

— Tiens, voilà le comité de l'Académie. Eux au moins, ça a l'air de leur faire plaisir !

— Mon second mari l'a mis K.-O. une fois ! Il y allait...

— Chut ! ce n'est pas prudent, avec tous ces détectives. Après tout, il a été *assassiné* !

— Je pourrais vous en dire des choses sur lui... je ne

voudrais pas dire du mal d'un mort, mais dans un sens, Blythe est plus heureuse sans lui. Il ne cessait de courir les jupons...

— Dis donc, chérie, j'avais oublié que tu le connaissais bien, n'est-ce pas ?

A Glendale, dans la grande maison vide, Bonnie se tenait debout, glacée et sans larmes, presque aussi dénuée de vie que le corps de sa mère, là-bas, tandis que Clotilde, dont les grosses joues et le nez étaient encore gonflés par les larmes, la revêtait de doux tissus noirs; Bonnie se laissait faire, et Clotilde devait l'habiller comme on habille un cadavre.

A Beverly Hills, Ty maudissait Louderback entre deux gorgées de cognac, refusait énergiquement de se laver et de se raser, et voulait y aller en pull et en pantalon de velours, rien que pour leur montrer, à ces vautours. Mais Alan Clark et quelques amis alertés à la hâte le calmèrent tandis que Louderback passait le rasoir électrique sur ses joues et qu'un docteur lui ôtait la bouteille des mains et lui faisait avaler un comprimé de luminal à la place.

Ty et Bonnie se retrouvèrent au salon mortuaire, devant les magnifiques cercueils jumeaux qui disparaissaient maintenant sous les monceaux de fleurs fraîchement coupées. Les corps, les assistants des pompes funèbres, l'évêque et eux-mêmes semblaient voguer sur un char fleuri du carnaval des fleurs; personne ne parla, sauf l'évêque qui dit un magnifique service, dans l'odeur enivrante des fleurs, tandis que l'inspecteur Glücke écarquillait en vain les yeux, selon la théorie fondamentale qui veut qu'un assassin ne peut pas résister à la tentation d'aller à l'enterrement de ses victimes; il ne vit rien, sauf Joe Di Sangri-Alessandro, qui ressemblait à un petit banquier italien dans son paletot bien ajusté et ses pantalons rayés. Puis, Jeannine Carell, la soprano sans égale à la Scala de Milan, chanta *Ah, doux Mystère de la Vie !* et *Plus près de Toi, mon Dieu*, accompagnée par le chœur masculin de la prochaine super-production musicale des studios Magna, nommée *Et qu'ça swingue !* Lew Bascom ne vacilla même pas en portant sa part du poids du cercueil de Blythe, ce qui était une preuve éclatante de sa vigueur et de sa santé, car, depuis dimanche soir, il n'avait pas bu moins de cinq bouteilles de scotch, et son haleine aurait fait fuir un putois.

Parmi les autres porteurs, on pouvait remarquer Louis X. Selvin, P.-D.G. de la Magna, un ancien maire, un ancien gouverneur de l'Etat, trois étoiles de l'écran (choisies par Sam Vix sur la base de la cote de popularité établie par Paula Paris), le président de l'Académie du cinéma, un célèbre metteur en scène de Broadway, Randy Round, le célèbre journaliste à qui les portes de tous les studios sont ouvertes, et un délégué spécial du *Friar's Club*.

Quelques siècles plus tard, la procession, riche en Isotta-Fraschini, Rolls-Royce, Cords, Lincoln et Duesenberg à carrosserie spéciale, parvint à atteindre et à pénétrer dans le *Memorial Park* — terme hollywoodien signifiant cimetière, où un véritable océan de pleureurs agité de grandes vagues les attendait en sanglotant. L'évêque, qui était décidément infatigable, donna lecture d'un magnifique et émouvant service tandis qu'un chœur de petits garçons bichonnés de frais et vêtus de surplis éclatants chantait angéliquement; trente et une femmes s'évanouirent, des ambulances arrivèrent en hurlant de toutes leurs sirènes, et une pierre tombale s'écroula, et deux anges de pierre perdirent leur bras gauche, et Jack et Blythe furent solennellement descendus dans des tombes entourées de pins bleus et de fougères géantes et ornées de couronnes de lis blancs. Et Bonnie, dédaignant le bras de Butcher, regardait, blanche et droite et froide, sa mère descendre dramatiquement dans la terre froide. Et Ty, le dos courbé et le sourire magnifiquement amer, perdu dans une dimension connue de lui seul, regardait les restes de son père accomplir la même descente lente et prodigieuse. Enfin, ce fut — pas tout à fait — terminé, et la seule partie de son costume dont Bonnie fit don à la postérité fut son mouchoir de batiste noire et sèche, qu'une grosse femme en deuil aux yeux de maniaque lui arracha alors que Butcher la ramenait à sa limousine; ce que voyant, Ty, perdant ce qui lui restait de contrôle, planta son poing devant le visage de la grosse femme, avant d'être entraîné par Lew, Ellery et Alan Clark. Et des étoiles pleurèrent et un soleil joyeux brillait sur Hollywood et tout le monde s'était bien amusé, et Sam Vix, essuyant l'humidité qui perlait sous son bandeau noir,dit avec émotion que cela avait été vraiment — il n'y avait pas d'autre mot pour cela — magnifique.

Mais, enfin à l'abri de l'œil d'Argus de la foule, Bonnie s'écroula en sanglotant dans les bras de Butch, tandis que la limousine noire accélérait pour essayer de semer les voitures des journalistes.

— Oh ! Butch, Butch. C'était affreux. Les gens sont des porcs. Un vrai défilé de c-carnaval. C'est étonnant qu'ils ne m'aient pas demandé de chanter à la r-radio.

— C'est fini maintenant, chérie. Oublie tout ça. C'est fini.

— Et grand-père n'est même pas venu. Je le hais ! Je lui ai téléphoné moi-même ce matin. Il m'a dit qu'il ne pouvait pas supp-porter les enterrements et m'a demandé de le comprendre ! Son unique fille ! Oh, Butch, je suis si malheureuse.

— Oublie le vieux hibou, Bonnie. Il ne mérite pas tes larmes.

— Je souhaite ne jamais le revoir !

En arrivant à sa maison de Glendale, Bonnie renvoya Butcher, ordonna à Clotilde de mettre à la porte quiconque, ami ou ennemi, oserait frapper et alla s'enfermer dans sa chambre, reniflant et essayant paradoxalement de se consoler en lisant la pile de courrier que Clotilde avait posée sur la table.

Ty, qui était obligé de traverser Hollywood sur toute sa longueur pour rentrer à Beverly Hills, avait changé sa rebellion ouverte contre une colère sourde. Son escorte l'abandonna sagement aux bons soins de Louderback. Il avait à peine fini son troisième cognac lorsque le téléphone sonna.

— Je ne suis pas là ! Pour personne, vous m'entendez, Louderback ? Je ne veux plus entendre parler de cette ville ni de ses habitants. Tous des fous, des vicieux et des escrocs. Dites-leur d'aller au diable !

Louderback leva des yeux suppliants au plafond et dit au téléphone :

— Je suis désolé, miss Stuart, mais Mr Royle...

— Qui ? hurla Ty. Attendez !

— Ty ? dit Bonnie d'une voix qui lui fit l'effet d'une douche glacée. Il faut que vous veniez immédiatement.

— Mais qu'est-ce qui se passe, Bonnie ?

— C'est terriblement important. Dépêchez-vous.

— Trois minutes. Le temps de me changer.

Lorsqu'il arriva chez Bonnie, il vit Clotilde en larmes, assise sur une marche.

— Clotilde ! Où est miss Stuart ? Que se passe-t-il ?

Clotilde se tordit les mains de désespoir.

— Oh ! monsieur Royle, c'est vous ? C'est sûr que mademoiselle est démente ! Elle est en haut, elle démolit tout ! Je voulais téléphoner à monsieur *Buchèrre*, mais mademoiselle a menacé... *c'est une tempête !*

Ty monta les marches quatre à quatre et vit Bonnie, faisant voler le crêpe mauve de son déshabillé, en train de vider tous les tiroirs. Le salon de sa mère, dans lequel elle se trouvait, semblait avoir été frappé par la foudre.

— Elles ne sont pas là ! hurlait-elle. Ou je n'arrive

pas à les trouver, ce qui revient au même. Mon Dieu, que je suis bête !

Elle se laissa tomber sur le lit de sa mère. Ses cheveux n'étaient retenus que par un ruban en or tressé et cascadaient sur son dos comme un torrent de miel.

Ty ne savait plus où regarder. Puis, il la fixa, de nouveau.

— Bonnie, pourquoi m'avez-vous appelé ?

— Parce que je me suis soudain souvenue... Et en regardant le courrier...

— Pourquoi n'avez-vous pas appelé Butch ? Clotilde m'a dit que vous ne vouliez pas de lui. Pourquoi... moi, Bonnie ?

Silencieuse, elle remit les plis de son négligé en place. Et elle évita le regard des yeux brûlants de Ty.

Ty alla vers elle, la fit se lever et la prit rudement dans ses bras.

— Vous voulez que je vous dise pourquoi ?

— Ty... Vous me faites peur. Non, Ty.

— Bonnie, je ne sais plus ce que je fais. C'est complètement fou ! Mais en vous voyant sur ce lit... seule... apeurée... comme une enfant perdue... Bonnie, pourquoi est-ce moi que vous vouliez voir ?

— Ty, s'il vous plaît. Lâchez-moi.

— En principe, nous nous haïssons...

Elle se débattit, mais sans grande conviction.

— Je vous en prie, Ty. Vous ne pouvez pas... Il ne faut pas.

— Mais je ne vous hais pas, dit Ty avec étonnement, et il la serra plus fort. Je viens juste de découvrir que je ne vous hais pas du tout. Je vous aime.

— Ty ! Non !

Il la serra tout contre lui avec un bras, et de l'autre il lui releva le menton pour la forcer à le regarder.

— Et vous m'aimez. Vous m'avez toujours aimé. Et vous savez que c'est vrai.

— Ty, murmura-t-elle, lâchez-moi.

— Rien à faire.

Son corps tremblait contre le sien, comme un cristal rigide que l'on vient de frapper; et soudain, toute rigidité disparut et elle s'abandonna à lui de toute sa douceur.

Ils restèrent longtemps ainsi, l'un contre l'autre, les yeux fermés.

Longtemps après, Bonnie murmura :

— C'est de la folie ! Vous l'avez dit vous-même.

— Alors, je veux rester fou, toujours.

— Nous sommes tous deux affaiblis maintenant. Nous sommes perdus... Et cet horrible enterrement...

— Nous sommes redevenus nous-mêmes maintenant, Bonnie, même si leur mort n'a servi qu'à cela...

Elle se cacha le visage contre sa poitrine.

— C'était comme un rêve. Je me sentais nue. Oh ! c'est merveilleux de se sentir ainsi contre toi, tout en sachant que, de tous les habitants de ce monde, nous...

— Embrasse-moi, Bonnie. Seigneur, que je désire...

Ses lèvres touchèrent son front, ses paupières, ses cils.

Soudain, Bonnie se libéra et s'assit sur une chaise longue.

— Et Butch ? dit-elle d'une voix neutre.

— Oh ! dit Ty. (Le désir et la joie disparurent instantanément de son visage hagard.) J'avais oublié Butch. (Puis il s'écria avec rage :) Au diable Butch ! Au diable le monde entier ! J'ai été privé de toi assez longtemps ! Tu as été toute ma vie... à l'envers. Ce que je prenais pour de la haine ne m'a quitté ni jour ni nuit depuis le berceau ! J'ai pensé à toi plus qu'à mon père, plus qu'à... J'ai plus de droits sur toi que Butch !

— Il me serait impossible de le blesser, dit Bonnie d'une voix blanche. C'est le type le plus formidable que je connaisse.

— Tu ne l'aimes pas, dit Ty avec dédain.

Elle baissa les yeux.

— Je suis... je suis incapable de penser clairement pour le moment. C'est trop soudain. Lui, il m'aime.

— Tu es toute ma vie, Bonnie.

Il voulut la prendre dans ses bras, et chercha ses lèvres.

— Non, Ty. Il me faut... du temps. Je sais, cela paraît vulgaire ! Mais tu ne peux pas t'attendre... C'est tellement fort qu'il faut que je m'habitue.

— Je ne t'abandonnerai jamais !

— Non, Ty, pas maintenant. Il faut que tu me promettes que tu ne diras rien... à personne. Je ne veux pas que Butch le sache, pas encore. Je me trompe peut-être, je... Il faut que tu le promettes.

— Ne pense qu'à nous, Bonnie.

Un frisson la traversa.

— Avant tout, je veux venger maman. Oh, dire que l'on ne peut pas dire les choses les plus simples sans que cela paraisse dramatique ! Mais je veux la venger... absolument. Elle était la plus adorable, la plus gentille de toutes les femmes. Celui qui l'a tuée est un monstre ! Si je le tenais, je le tuerais comme un chien enragé.

— Laisse-moi te prendre dans mes bras...

Elle continua, la voix dure :

— Quiconque a eu quoi que ce soit à voir là-dedans, je le hais autant que celui qui l'a empoisonnée. (Elle prit sa main dans la sienne.) Tu vois, Ty, tu comprends pourquoi... pourquoi il faut attendre.

Il ne répondit pas.

— Ne veux-tu pas trouver l'assassin de ton père ?

— Tu le sais bien, dit-il à voix basse.

— Alors, cherchons-le ensemble. C'est vrai — je le vois maintenant — que nous avons toujours eu au moins une chose en commun. Ty, regarde-moi. (Elle se rapprocha de lui.) Je ne te refuse pas, Ty chéri... Lorsque tout cela est arrivé, oui, je l'admets, la seule personne à laquelle je pouvais penser, c'était toi. Ty... ils sont morts et ils nous ont laissés seuls !

Son menton se mit à trembler. Ty poussa un soupir, l'embrassa et la fit asseoir sur le lit.

— D'accord, collaborons. Menons notre petite guerre privée contre l'assassin. (Il ajouta avec bonne humeur :) Allons-y.

— Oh, Ty ! (Bonnie le regarda en souriant à travers ses larmes. Puis son sourire fit place à une farouche détermination et elle sortit une enveloppe de son soutien-gorge.) Depuis un certain temps, dit Bonnie en avalant sa dernière larme, maman recevait de curieuses lettres. Je croyais que c'étaient des lettres de maniaque comme on en reçoit tant... mais maintenant, je me le demande.

— Des lettres de menace ? dit Ty. Fais voir.

— Attends un moment. Connais-tu quelqu'un qui envoie des cartes par la poste ? Cela ne te rappelle rien ? Est-ce que Jack en a reçu ?

— Non. Des cartes ? Des cartes à jouer ?

— Oui. Des cartes du *Horseshoe Club*.

— Encore Alessandro, hein ? murmura Ty.

— J'ai cherché les autres... celles qui sont arrivées avant... l'accident. Mais elles ont disparu. En revenant de l'enterrement, j'ai jeté un coup d'œil sur une pile de lettres qui étaient arrivées, et j'ai trouvé... cela. C'est alors que je me suis souvenue des autres.

Ty prit l'enveloppe. L'adresse était en majuscules, tracées avec une encre d'un bleu délavé.

— Mais elle est adressée à Blythe Stuart, dit Ty, stupéfait. Et d'après le tampon, elle a été postée à Hollywood hier soir, le 19. C'est-à-dire deux jours *après* sa mort ! C'est invraisemblable.

— C'est à cause de cela, dit Bonnie d'une voix tendue, que je crois que c'est important. En additionnant toutes les choses qui paraissent invraisemblables, nous leur trouverons peut-être une signification.

Ty prit le contenu de l'enveloppe et le regarda fixement.

— Il n'y avait rien d'autre ?

— Non. C'est incroyable.

L'unique contenu de l'enveloppe était une carte à jouer dont le dos bleu portait un fer à cheval doré.
C'était le neuf de trèfle.

La liberté de la presse

Peut-être était-ce à cause de l'article du journal, ou bien parce que cela lui permettait de revoir Paula Paris; toujours est-il que Mr Queen mit fin à trois jours de lutte avec lui-même en se rendant, jeudi matin, à la maison blanche sur la colline.

Il y trouva, installé dans un des fauteuils du salon et lisant l'article de Paula Paris dans l'édition du dimanche soir du journal de lundi matin, l'inspecteur Glücke.

— Faites-vous partie du public gâteux de miss Paris ? lui demanda Ellery en essayant de dissimuler sa copie du même journal.

— Hello, Queen... A quoi bon tourner autour du pot ? Vous avez lu son article. Moi, je trouve ça bizarre.

— Pas du tout ! C'est certainement une erreur.

— Bien sûr, et c'est pourquoi vous êtes venu ici. Cette demoiselle devra me donner des explications, et des bonnes. Me faire courir depuis lundi... Je lui tordrai le cou !

— Je vous en prie, dit Ellery glacialement. Miss Paris est une dame. Ne parlez pas ainsi d'elle.

— Ah, elle vous a pris à l'hameçon ! Ecoutez-moi, Queen. Ce n'est pas la première fois que j'ai affaire à elle. Chaque fois qu'elle révèle quelque chose d'important et que je lui demande — poliment, croyez-moi — de venir me voir au Q.G., pour tailler une bavette, elle me répond par les mêmes fadaises sur son incapacité de sortir de chez elle, sur son agoraphobie, etc.

— Je vous prierai de cesser de l'insulter !

— Je l'ai assignée à comparaître des dizaines de fois, et elle s'en tire toujours. Certificats de médecins, affidavits — que sais-je ! Un de ces jours, je vais la traîner devant les tribunaux pour faux et corruption de fonctionnaire ! Agoraphobie ! Peuh !

— En attendant, dit Ellery de son ton le plus déplaisant, la montagne va une fois de plus vers Mahomet. A propos, quoi de neuf ?

— Pas trace du pilote, mais ce n'est qu'une question de temps. Je me demande si un autre avion ne l'attendait pas sur le plateau. Il n'a eu qu'à changer d'appareil pour disparaître; à cette altitude, on ne laisse guère de traces dans l'air.

— Possible. Je vois que le Dr Polk a confirmé mon diagnostic sur la cause de la mort.

— L'autopsie a permis de découvrir une quantité à peu près égale de morphine dans chaque corps — un peu plus de trois décigrammes. Il a dû en mettre une quantité énorme dans chaque bouteille. Il y avait aussi une certaine quantité d'allurate de sodium, un nouveau barbiturique qui vous met complètement à plat.

— Pas étonnant qu'il n'y ait pas eu de lutte, marmonna Ellery.

— Polk dit que la combinaison des deux drogues les a endormis en moins de cinq minutes. Puis, pendant leur sommeil, l'énorme dose de morphine a fait son œuvre; en moins d'une demi-heure, ils étaient morts.

— Je suppose que Jack s'est endormi le premier — Blythe a dû trouver ça tout naturel. Le barbiturique a joué un rôle important. Pendant que la première victime avait l'air de somnoler — alors qu'en fait elle était en train de mourir —, la seconde continuait à boire, sans méfiance. L'allurate était une précaution au cas où ils ne boiraient pas en même temps. C'était fortement pensé.

— Pensé ou pas, ça a réussi. Mort par paralysie des

centres respiratoires, dit Polk. Et aucun moyen de retrouver la trace du barbiturique. En vente libre dans n'importe quelle pharmacie. Quant à la morphine, vous savez comme c'est facile...

— Et à part ça ?

— Bah, pas grand-chose. J'ai essayé de retrouver la trace du panier, sans résultat. Il a été commandé par courrier, et ils ont jeté la lettre. Un nom invraisemblable, bien sûr. L'avion est stérile : les seules empreintes sont celles de Jack, de Ty et de Blythe. D'un autre côté...

— Oui ? Vous me faites mourir de curiosité.

— On a peut-être une piste du côté des amies de Jack. Quel homme, un vrai bouc ! On suit deux pistes intéressantes. (L'inspecteur pouffa de rire.) Si vous saviez le nombre de filles qui essaient de se faire oublier...

— Je ne suis pas d'humeur galante, dit Ellery sombrement. Et Park ? Pas un mot sur lui dans les journaux.

— Park ? Il est mort.

— Quoi !

— Suicidé. Ça sera dans les journaux du soir. On a retrouvé ses frusques dans le misérable hôtel où il créchait, avec un mot disant qu'il était condamné de toute façon, qu'il ne servait à rien à sa femme et à son fils infirme qui vivaient d'allocations, qu'il y avait des années qu'il ne gagnait même plus de quoi manger, et que par conséquent il allait se jeter aux poissons.

— Oh ! dit Ellery. Vous n'avez donc pas retrouvé le corps ?

— Ecoutez, mon brillant ami, dit Glücke en souriant, si vous pensez que cette lettre est un faux, vous vous trompez. Nous avons vérifié l'écriture. D'autre part, nous avons définitivement établi que le vieux bougre ne savait pas piloter un avion.

Ellery haussa les épaules et laissa tomber :

— Dites donc, inspecteur Glücke, pourriez-vous

faire quelque chose pour moi quand vous aurez terminé de soumettre miss Paris à la question ?

— Quoi ? demanda l'inspecteur avec méfiance.

— Faites suivre Bonnie par un de vos hommes, jour et nuit.

— Bonnie Stuart ? Pourquoi diable ?

— Du diable si je le sais ! C'est sans doute mon imagination. (Il ajouta sans la moindre trace d'humour :) Ne négligez pas cela, Glücke. C'est peut-être essentiel.

A ce moment, une des secrétaires de Paula Paris annonça, avec un sourire espiègle :

— Si vous voulez bien entrer, inspecteur.

Lorsque l'inspecteur Glücke émergea du salon de Paula, il était d'une humeur à proprement parler meurtrière.

— Vous trouvez cette dame sympathique, hein ? haleta-t-il.

— Qu'est-ce qui se passe ? demanda Ellery, alarmé.

— Si oui, parlez-lui. Fessez-la, embrassez-la, faites-lui ce que vous voulez, mais découvrez où elle a ramassé cette histoire !

— Elle n'a rien voulu dire, hein ?

— Non, et si elle persiste, je la traînerai jusqu'à la prison par les cheveux, agoraphobie ou pas ! Je l'inculperai de... de conspiration criminelle !

— Allons, du calme. Vous ne voudriez quand même pas attaquer la presse en cette période pré-électorale ? Souvenez-vous du lamentable cas du journaliste Hoover.

— Je vous aurai prévenu ! hurla Glücke, et il sortit.

— Mr Queen, dit la secrétaire.

Ellery pénétra avec appréhension dans le saint des saints. Paula était en train de croquer une pomme; elle était belle, sereine, et arborait une expression pleine de reproche.

— Vous aussi ? (Elle lui désigna une chaise en riant.) Pourquoi cette mine tragique, Mr Queen ? Prenez place, et dites-moi pourquoi vous m'avez si honteusement abandonnée.

— Vous êtes si belle, soupira Ellery. Trop belle pour passer toute une année en prison. Je me demande...

— Quoi ?

— Lequel des conseils de Glücke je dois suivre : vous fesser ou vous embrasser. Que préférez-vous ?

— Le monstre ! C'est dégoûtant ! Pourquoi ne m'avez-vous pas au moins téléphoné ?

— Paula, vous savez que je suis votre ami. Qu'est-ce qui se cache derrière cette histoire ?

— Je vous ai posé une question, dit-elle.

Ellery n'avait d'yeux que pour sa fossette.

— Vous n'avez donc pas peur que je suive les conseils de Glücke ?

— Cher monsieur Queen, vous surestimez votre capacité — et la mienne — de m'effrayer. (Il avança vers elle, mais elle n'eut pas le moindre mouvement de recul. Elle était ravissante, en robe d'intérieur de lamé d'argent et pantalons bouffants à la turque.) Je vois, dit-elle comme à regret, qu'Hollywood vous a contaminé.

Mr Queen s'arrêta, rougissant. Puis il se reprit.

— Ne nous écartons pas du sujet. Je veux savoir...

— ... comment il se fait que dans un article paru dimanche soir, dans le journal daté de lundi matin, j'écris que Jack et Blythe ont été kidnappés au cours de leur voyage de noces.

— Mais enfin ! s'écria Ellery. Vous n'avez pas besoin de me cacher quoi que ce soit. Si l'on tient compte du facteur temps, vous avez dû écrire cet article *avant* que le kidnapping n'ait eu lieu ! (Paula garda le silence.) Comment saviez-vous qu'ils *allaient* être kidnappés ?

Paula poussa un profond soupir.

— Savez-vous, Mr Queen, que vous êtes une créature fascinante, mais qu'est-ce qui vous fait croire que vous avez le droit de me parler sur ce ton ?

— Mon Dieu, Paula ! Ne voyez-vous pas dans quelle situation vous vous êtes mise ? Où avez-vous obtenu cette information ?

— Je vous donnerai la même réponse qu'à l'inspecteur Glücke : que cela ne vous regarde pas.

— Il *faut* que vous me le disiez. Je n'en dirai rien à Glücke. Il faut que je le sache.

— Je pense, dit Paula en se levant, que ce sera tout pour aujourd'hui.

— Oh, non ! Vous me le direz, même si je dois...

— Je ne suis pas chargée de satisfaire vos instincts de détective.

— Au diable mes instincts de détective ! J'ai peur pour vous, Paula !

— Vraiment ? Mr Queen, roucoula Paula.

— Ecoutez...

Paula lui sourit. De nouveau, cette damnée fossette...

— Avez-vous *vraiment* peur pour *moi* ?

— Je voulais dire... balbutia Queen.

Elle éclata soudain de rire et s'écroula sur un fauteuil.

— C'est vraiment trop drôle ! Le grand détective à l'intellect géant ! Le fin limier !

— Qu'est-ce que cela a de tellement drôle ? demanda Ellery, sur ses gardes.

— Vous pensez que j'ai un rapport avec ces meurtres ?

Ellery rougit.

— C'est absurde ! Je n'ai jamais dit cela !

— Mais c'est ce que vous pensez, Mr Sherlock Holmes ! Je devrais être furieuse contre vous. Je *suis* furieuse contre vous ! (Et Ellery, stupéfait, vit qu'elle était réellement furieuse contre lui.) C'est *méprisable*. Espèce de surhomme, de Mussolini, de... dindon ! Vous vouliez mettre la pauvre petite journaliste psychotique dans votre poche, en lui faisant la cour, en lui racontant des galanteries dans l'espoir de l'impliquer dans cette histoire !

— Je vous ferai remarquer, pour ma défense, dit Ellery avec dignité, que j'avais commencé à vous faire la cour bien avant l'assassinat de Jack Royle et de Blythe Stuart.

Paula se détourna légèrement, portant un mouchoir à ses yeux, et Ellery vit que ses épaules sculpturales étaient agitées de soubresauts. Quel idiot il était ! Il l'avait fait pleurer !

Il allait vers elle, empli de remords et de sympathie, lorsque, à son grand étonnement et à son grand dépit, elle releva la tête, et il vit qu'elle riait.

— Je *suis* un idiot, dit-il, transpercé jusqu'au fond de l'âme, et il se dirigea vers la porte.

Elle riait de *lui*.

Elle le devança et se mit le dos contre la porte.

— Oh, oui, vous êtes un idiot, Queen chéri ! Non, ne partez pas encore.

— Je ne vois pas pourquoi je resterais.

— Parce que je le veux.

— Je *vois*.

Pas très spirituelle, cette remarque. Curieux. Il avait plus d'esprit que cela, d'habitude.

— Je vous fais une proposition, dit Paula en le regardant avec ses grands yeux humides. Je vais vous confier quelque chose que j'ai caché à ce rustre de Glücke. D'accord, vous restez ?

— Eh bien...

— Bravo ! Nous sommes de nouveau amis.

Elle le prit par la main et le conduisit jusqu'au sofa. Ellery se sentit soudain tout revigoré. Il ne s'était pas mal débrouillé, hein ? Cela prouvait au moins une chose : elle l'aimait bien. Et sa main était chaude et petite. Très petite pour une femme de sa taille. Enfin, elle n'était pas tellement grande que ça ! Mais pas petite. Ni grasse, surtout. Oui, oui, elle était grande, généreuse — oui, généreuse est le mot qui convient —, à la fois riche et aristocratique. Patricienne. Tout à fait la grande dame. Royale[1].

— Royale ! s'exclama-t-il en serrant ardemment sa main.

— Comment ? dit-elle, sans toutefois retirer sa main.

— Rien, rien, dit Ellery. Une idée qui m'était venue. Je... qu'alliez-vous me dire ?

— Vous parlez par énigmes, dit Paula, le faisant asseoir à côté d'elle. Je crois que c'est pour cela que vous m'êtes sympathique. C'est si amusant d'essayer de vous suivre.

Ellery se demanda ce qui se passerait si — tout à fait par hasard, bien entendu — il laissait glisser son bras autour de ses épaules. Elle avait des épaules larges et pourtant féminines. Etaient-elles douces ? Fuirait-elle, épouvantée ? Oui, l'esprit, le pur esprit scientifique exigeait qu'il tentât l'expérience.

Pendant un délicieux instant, elle supporta la pression de son bras. Ses épaules *étaient* douces. Juste ce qu'il fallait. Mr Queen, emporté par son ardeur scientifique, la serra plus fort. Elle se dégagea d'un mouvement brusque, comme une jument pur-sang. Elle resta assise à côté de lui, pourtant, rougissante.

— Je ne vous dirai que cela, commença Paula d'une voix à peine audible, puis elle se leva et prit une cigarette sur une table.

Ellery était resté le bras tendu en l'air, et se sentait fort ridicule.

— Oui ? dit-il abruptement.

Elle s'assit dans son rocking-chair et alluma sa cigarette.

— Environ une heure avant le départ de l'avion, j'ai reçu un coup de téléphone me disant que Jack et Blythe allaient être kidnappés.

1. Jeu de mots intraduisible sur *Queen* et *Queenly*. (N.D.T.)

— Qui était-ce ?

— Je ne peux pas vous le dire.

— Vous ne le savez pas ? (Elle ne répondit pas.) Qui vous a téléphoné ? Paula, saviez-vous que Blythe et Jack *allaient être assassinés* ?

Ses yeux lancèrent des éclairs.

— Ellery Queen, comment osez-vous me poser une pareille question ?

— C'est vous qui l'avez voulu, dit-il avec amertume. Paula... c'est... très douteux.

Elle resta silencieuse un long moment. « Cela lui apprendra », pensa Ellery. Si seulement il connaissait mieux les femmes ! Et celle-ci était exceptionnellement intelligente et insaisissable. Pour la seconde fois, il se dirigea vers la porte.

— Arrêtez ! s'écria Paula. Attendez ! Je vais... je vais vous dire tout ce que je peux.

— J'attends, grommela-t-il.

— Oh ! je ne devrais pas, mais vous êtes si... Je vous en prie, ne soyez pas fâché contre moi.

Ses yeux magnifiques rayonnaient d'une telle lumière et d'une telle chaleur qu'Ellery se sentit positivement fondre. Il se hâta de demander :

— Alors ?

— Je sais qui a appelé. (Elle parlait à voix très basse, en baissant les yeux.) J'ai reconnu sa voix.

— L'homme ne vous a pas dit son nom, alors ?

— Ne faites pas le malin. Je n'ai pas *dit* que c'était un homme, ni le contraire, d'ailleurs. En fait, cette personne m'a donné son nom. Et je sais que c'était le vrai nom, car j'ai reconnu sa voix.

Ellery fronça les sourcils.

— Il — ou elle — n'a donc fait aucun effort pour dissimuler son identité ?

— Pas le moindre.

— Qui était-ce ?

— C'est la seule chose que je ne peux pas vous dire. Oh ! ne comprenez-vous donc pas que c'est impossible ? C'est contraire à toute éthique professionnelle. Si je trahissais la confiance d'un de mes informateurs, je perdrais la confiance de tous les autres.

— Il s'agit d'un assassinat, Paula.

— Je n'ai tué personne, dit-elle avec entêtement. J'aurais d'ailleurs averti la police mais, par mesure de précaution, j'ai fait rechercher l'origine de l'appel. Il venait de l'aéroport. Et, lorsque j'ai obtenu cette information, l'avion était parti et la police savait déjà ce qui s'était passé.

L'aéroport...

Ellery se mordit les lèvres.

— Comment aurais-je pu savoir que cela se terminerait par un meurtre ? Mr Queen... Ellery ! Ne me regardez pas ainsi !

— Vous me demandez beaucoup. Même maintenant, c'est votre devoir de citoyen de dire ce que vous savez à la police.

— Je suis désolée, murmura-t-elle, mais il faudra bien que vous vous en contentiez.

— Soit.

Pour la troisième fois, Ellery alla vers la porte.

— Attendez ! Je... Voulez-vous un vrai tuyau ?

— Encore ? dit Ellery, sarcastiquement.

— Mais ce n'est que pour vous. Je ne l'ai pas encore fait imprimer.

— Qu'est-ce que c'est ?

— Il y a plus d'une semaine — le treize, mercredi dernier — Jack et Blythe ont fait un petit voyage incognito en avion.

— Je ne le savais pas, marmonna Ellery. Où sont-ils allés ?

— Voir le père de Blythe, dans les montagnes de Chocolat.

— Cela n'a rien d'extraordinaire; ils avaient décidé de se marier. Il est tout à fait naturel que deux fiancés aillent ensemble voir le père de la future.

— Je ne vous avais rien promis d'extraordinaire.

— Paula, vous possédez une omniscience qui me trouble. Qui a empoisonné Jack et Blythe ?

— *Quien sabe ?*

— Et *pourquoi* ont-ils été empoisonnés ?

— Ah ! murmura-t-elle, c'est donc ça qui vous tourmente.

— Vous n'avez pas répondu à ma question.

— Ellery chéri, soupira-t-elle, je ne suis qu'une femme solitaire enfermée dans une grande maison, et je ne sais rien d'autre que ce que je lis dans les journaux. Néanmoins, je vais y penser... je devinerai peut-être quelque chose.

— Deviner ! dit Ellery en plissant le nez de dédain.

— Et je pense... que vous le pourrez aussi. (Ils se regardèrent dans un calme silence. Puis Paula se leva et lui tendit la main en souriant.) Au revoir, Ellery. Venez me voir un de ces jours. Ciel, voilà que je me mets à parler comme Mae West !

Lorsqu'il fut parti, définitivement cette fois, Paula resta immobile à regarder la porte, les mains devant son visage enflammé. Finalement, elle alla dans sa chambre à coucher, ferma la porte, et se regarda attentivement dans le miroir.

« Mae West... Pourquoi pas, pensa-t-elle, pleine de défi. Il n'y faut que du courage et... certains avantages naturels. Et en fait... »

Soudain, elle trembla de tout son corps. L'origine de ce tremblement était un endroit particulièrement sensible de son épaule, là où Mr Queen, dans un esprit d'expérimentation scientifique, l'avait serrée.

C'est dans les cartes

A peine était-il sorti de chez Paula que Mr Queen, tout en pensant avec satisfaction à ses propres charmes, ressentit un frisson prémonitoire. Il avait l'impression qu'il ne savait pas encore tout.

L'infaillibilité de son intuition fut démontrée à l'instant où il pénétra dans le bureau de l'Enfant Prodige. Butch était assis, lisant un article de Paula dans un funèbre silence, tandis que Sam Vix essayait de prendre un air malheureux et que Lew Bascom faisait un monologue habilement calculé pour tenter de distraire l'attention de Butch.

— Pareil au phénix, disait Lew, je renais de mes propres cendres. Nous n'abandonnerons pas le film, seulement Ty et Bonnie joueront le rôle de leurs parents et...

— Laissez tomber, Lew coupa Sam Vix.

— Tiens, voilà notre maître à penser, dit Lew. Dites donc, Queen, vous ne pensez pas que...

Sans lever les yeux du journal, Butch répliqua sèchement :

— C'est impossible. Bonnie et Ty refuseraient, et je ne les en blâmerais pas. De plus, Hollywood n'aimerait pas cela.

— Qu'est-ce qu'il y a, Butch ? demanda Ellery.

Butch leva la tête, et Ellery fut effrayé par son expression.

— Pas grand-chose, ricana-t-il. Rien qu'une petite primeur de Paula.

— Oh ! l'article de lundi.

— Lundi ? Non, dans le journal d'aujourd'hui.

— D'aujourd'hui ? dit Ellery en ouvrant grand les yeux.

— Oui. Paula y annonce que Ty et Bonnie sont en bonne voie de se marier.

— Hein !

— Bah, ne croyez pas ce que cette idiote écrit, dit Lew. Tenez, Butch, buvez quelque chose.

— Mais je sors de chez elle, s'exclama Ellery, et elle ne m'en a rien dit.

— Peut-être, dit Vix sèchement, pense-t-elle que vous savez lire.

Butch haussa les épaules.

— Il fallait que je me réveille un jour. J'ai toujours su que Bonnie et moi... Elle est folle de Ty. Si je n'avais pas été aveugle, je l'aurais vu depuis longtemps. (Il se versa un verre plein de gin en souriant.) A la vôtre !

— C'est un tour de vache, dit Lew. Elle ne peut pas faire ça à mon copain.

— Savent-ils que vous savez ? demanda brusquement Ellery.

— Je ne crois pas. Quelle importance cela a-t-il ?

— Où sont-ils en ce moment ?

— Bonnie vient de me téléphoner. Gaie comme un pinson — enfin, relativement. Ils vont au *Horseshoe Club* pour jouer aux gendarmes et aux voleurs avec Alessandro. Grand bien leur fasse.

Ellery se hâta de partir. Il vit en effet le roadster écarlate de Bonnie devant le *Horseshoe Club*, livré aux femmes de ménage qui effaçaient les traces des luxueuses chaussures de l'élite d'Hollywood. C'était déprimant.

Ty et Bonnie se tenaient côte à côte devant le bureau en forme de fer à cheval. Alessandro était de l'autre côté, et tapotait le bureau avec ses doigts.

— Décidément, c'est mon mauvais jour, dit-il en voyant Ellery. Ça va, Joe, ce genre-là se balade pas avec des colts. Alors, qu'est-ce que vous voulez ?

— Hello, Mr Queen ! s'écria Bonnie. (Elle était toute fraîche et adorable dans un tailleur de gabardine, et ses joues étaient roses d'excitation.) Nous voulions parler à Mr Alessandro de ces reconnaissances de dettes.

Ils ne savaient donc pas encore, pensa Ellery.

— Quelle coïncidence ! C'est justement pour ça que je suis venu.

— Alors, aboya Ty, vous admettez que mon père vous devait cent dix mille dollars ?

— Je l'admets, certainement : c'est vrai.

— Comment se fait-il alors que les papiers aient été retrouvés dans sa poche ?

— Parce que, dit Alessandro doucement, il les a payés.

— Ah ! vraiment ? Quand ?

— Jeudi quatorze. Il y a exactement une semaine.

— Avec quoi ?

— Avec du bon argent américain. Des billets de 1 000 dollars.

— Vous mentez !

Le nommé Joe poussa un grognement, mais Alessandro sourit.

— Vous m'en avez fait pas mal voir, dit-il aimablement, vous et les vôtres, vous me comprenez ? Je devrais permettre à Joe de vous donner une leçon, Royle. Mais je vous pardonne, parce que votre vieux vient d'y passer, et que vous devez être un peu excité.

— Vous ne me faites pas peur.

— Alors, vous croyez que j'ai quelque chose à voir avec ces meurtres, ricana Alessandro. Je vous préviens, Royle, laissez tomber. Mes affaires sont propres et j'ai une bonne réputation dans la ville. Je vous préviens, laissez tomber !

Bonnie en eut le souffle coupé. Mais elle se reprit vite et sortit une enveloppe de sa poche.

— Vous pouvez peut-être expliquer cela ?

Ellery ouvrit de grands yeux en voyant la carte à jouer. Encore un de ces messages ! Il gémit en lui-même. Il les avait complètement oubliés. Il devenait vraiment gâteux.

Alessandro haussa les épaules.

— Elle vient du club, et alors ?

— C'est ce que nous voudrions savoir : et alors, quoi ?

Le joueur secoua la tête.

— Désolé. N'importe qui peut prendre nos cartes. Des centaines de gens jouent ici chaque semaine, et nous en distribuons des douzaines de paquets comme souvenirs.

— Je crois qu'Alessandro a raison, se hâta de dire Ellery. Nous n'apprendrons rien ici. Vous venez ?

Il les poussa vers la porte avant qu'ils ne puissent protester. Dès qu'ils furent assis dans le roadster de Bonnie, il lui dit :

— Faites-moi voir cette enveloppe.

Il la regarda attentivement, puis la mit dans sa poche.

— Eh, rendez-la-moi ! C'est important; c'est un indice.

— Je voudrais la garder quelque temps — j'en ai déjà d'autres. Oh ! quel imbécile je suis ! Vite aux studios Magna, Bonnie.

Ty, qui les avait à peine écoutés, murmura :

— Il ment. Je suis sûr qu'il ment.

— Qui ?

— Alessandro. Nous n'avons que sa parole pour nous prouver que ces dettes ont été payées. Supposez que papa ait refusé de payer ou, ce qui est plus vraisemblable, lui ait dit qu'il ne le pouvait pas. Ç'aurait été facile pour Alessandro de trouver un gars pour jouer le rôle du pilote et pour les tuer, sans oublier de mettre les papiers déchirés dans la poche de papa.

— Mais pourquoi ? dit Bonnie en plissant le front.

— Parce qu'il savait qu'il ne reverrait jamais son argent, et qu'il voulait se venger. Et il a planqué les reconnaissances de dettes sur papa pour que l'on croie qu'il les avait payées, éliminant ainsi tout mobile menant à lui.

— Un peu subtil, dit Ellery, mais concevable.

— Mais pourquoi maman ? dit Bonnie. C'est cela qui brouille tout, Ty. Pourquoi maman a-t-elle été empoisonnée aussi ?

— Je ne sais pas, dit Ty obstinément. Tout ce que je sais, c'est que papa ne pouvait pas payer cent dix mille dollars. Il ne les avait pas, et ne connaissait personne qui aurait pu les lui prêter.

— A propos, dit Ellery d'un air dégagé, saviez-vous que dans son dernier article, Paula Paris dit que vous vous êtes complètement réconciliés ?

Ty battit plusieurs fois des paupières. Bonnie devint très pâle et arrêta la voiture.

— *Quoi ?* dit-elle.

— Elle dit même que vous en êtes aux baisers.

Bonnie parut un moment au bord des larmes, mais elle se reprit et se tourna furieusement vers Ty.

— Et tu m'avais *promis* !

— Mais, Bonnie...

— Vous êtes un *démon* !

— Bonnie ! Tu ne penses quand même pas que...

— Ne me parlez pas, vous êtes un chien assoiffé de publicité, dit Bonnie d'une voix emplie d'un dégoût épais.

Tel fut le début d'une journée extraordinaire. Tous étaient parfaitement malheureux. Lorsqu'ils arrivèrent dans le bureau de l'Enfant Prodige, Bonnie l'embrassa délibérément sur la bouche puis décrocha le téléphone et demanda le numéro de Paula Paris.

Butch regardait à tour de rôle Ty et Bonnie, sans comprendre. Leurs visages étaient rouges de colère.

— Miss Paris ? Bonnie Stuart à l'appareil. Je viens d'apprendre que, avec votre habileté coutumière, vous avez annoncé que Ty et moi allions nous marier, ou une autre horreur de ce genre.

— Je ne comprends pas, murmura Paula.

— Si vous ne voulez pas être poursuivie pour diffamation, je vous demande de publier immédiatement un rectificatif !

— Mais Bonnie, j'ai obtenu cette information de source sûre...

— Je n'en doute pas. Eh bien, je le déteste autant que je vous déteste pour l'avoir écouté.

— Je comprends de moins en moins. Ty Royle...

— Vous m'avez entendue, miss Paris, dit Bonnie en raccrochant.

— Eh bien, gloussa Lew. Ça me rappelle le vieux temps. Quant à ce film...

— Alors, ce n'est pas vrai ? demanda lentement Butcher.

— Evidemment pas ! Et en ce qui concerne ce méprisable personnage...

Ty fit volte-face et sortit, suivi par Ellery.

— Ce n'est pas vous qui avez donné l'histoire à Paula ?

— Pour qui me prenez-vous ?

— Hum ! Jolie scène. (Ellery le regarda de côté.) Cela ne m'étonnerait pas si elle l'avait fait elle-même.

— Quoi ! explosa Ty. (Il se reprit :) En fait, vous avez peut-être raison. Elle m'a fait marcher tout le temps... je vois, maintenant. Quel sale tour à jouer à quelqu'un !

— Eh oui, c'est ça, les femmes, soupira Ellery.

— Je croyais que c'était cette damnée Française. C'est la seule qui ait pu s'apercevoir de quelque chose.

— Il y avait donc du vrai dans cette histoire ?

— Oui... mais c'est fini, maintenant — FINI ! Pour de bon !

— Noble résolution, dit Ellery de tout son cœur. L'homme est plus heureux seul. Où allez-vous maintenant ?

— Je n'en sais rien ! (Ils étaient arrivés devant une rangée de petits bungalows.) Tiens, c'est drôle. Nous sommes devant la loge de papa. La force de l'habitude, sans doute. J'aimerais y entrer un moment.

Ellery suivit Ty dans le bungalow-loge de Jack Royle.

Et trouva la clé du code.

Il la trouva par hasard, simplement parce qu'il se trouvait dans la loge du mort et qu'il paraissait évident que personne n'y avait touché depuis son décès.

Il y avait même encore une serviette maculée de fond de teint, qui voisinait sur la table avec une vieille machine à écrire portative.

Pendant que Ty, allongé sur le sofa, regardait fixement le plafond, Ellery jeta donc un coup d'œil. Une des premières choses qu'il découvrit dans le tiroir de la table fut une feuille de papier machine ordinaire, assez froissée, dont une face était couverte d'un texte tapé à la machine.

Ellery jeta un coup d'œil sur le titre, en capitales soulignées d'un trait : *SIGNIFICATION DES CARTES*, et poussa un cri qui tira Ty de sa rêverie.

— Qu'avez-vous ? Qu'est-ce qui se passe ?

— J'ai trouvé ! cria Ellery. Quelle chance formidable ! Les cartes ! Tout y est ! Merci, bonnes Parques ! C'est bien ça... Un moment. Serait-il possible...

Ty jeta un coup d'œil sur la feuille, tandis qu'Ellery introduisait une feuille de papier blanc dans la machine et tapait quelques mots, en regardant de temps en temps sur l'autre feuille. Au fur et à mesure qu'il tapait, son expression joyeuse disparaissait et il se perdit dans de sombres pensées.

Il se releva, plia soigneusement les deux feuilles de papier et les glissa dans sa poche, puis mit le couvercle de la machine, la prit par la poignée et d'une voix dénuée d'expression :

— Venez, Ty.

Ils trouvèrent Butch et Bonnie enlacés. Bonnie paraissait encore contrariée, et Butch avait l'air passionnément heureux. Lew les regardait en souriant, pareil à un satyre.

— Nous apportons du nouveau, dit Ellery. Venez, Butch. Nous aurons besoin de vous.

— Que se passe-t-il encore ? demanda Lew avec suspicion.

— Je ne sais pas si vous êtes au courant, Butch, mais

Bonnie et Ty le sont. Depuis un certain temps, Blythe recevait des messages anonymes.

— Non, je l'ignorais, dit Butcher. Quel genre de messages ?

— Des enveloppes avec adresse en majuscules d'imprimerie, postées à Hollywood, et ne contenant rien d'autre que des cartes à jouer.

Ellery prit son portefeuille et en sortit un petit paquet d'enveloppes attachées par un élastique. Butch et Lew les examinèrent avec incrédulité.

— Elles viennent du *Horseshoe Club*, dit Lew.

— Que signifient-elles ? dit Butch. Bonnie, pourquoi ne m'en avais-tu jamais parlé ?

— Je ne pensais pas que c'était important.

— C'est surtout de ma faute. Je les avais dans ma poche, mais je n'y ai pas pensé une seule fois depuis dimanche. Mais maintenant, dit Ellery, j'ai découvert leur clé.

Il posa la feuille de papier sur le bureau de Butcher. Lew, Butch et Bonnie la consultèrent avec des mines déconcertées.

— On croirait un code pour dire la bonne aventure, dit Bonnie.

— Ou la mauvaise aventure, rectifia Ellery. Ce... ce code, si vous voulez, nous donne la signification des cartes qui ont été envoyées à votre mère. (Il reprit les enveloppes.) La première enveloppe avait été postée le onze de ce mois, et Blythe l'avait reçue le douze. C'était il y a neuf jours, et cinq jours avant le double assassinat. Et elle contenait deux cartes à jouer : le valet et le sept de pique.

Automatiquement, ils se penchèrent vers le papier. La signification assignée à chacune des deux cartes était : « Un ennemi ».

— Deux ennemis donc, dit Ellery. C'est comme si on lui avait écrit : « Faites attention. Nous sommes deux à vous en vouloir. »

— Deux... ennemis ? articula Bonnie. (Avec des

yeux horrifiés elle regarda, comme à contrecœur, le visage de Ty.) Deux !

— La seconde enveloppe est arrivée vendredi quinze. Elle contenait également deux cartes : le dix de pique et le deux de trèfle. Et que signifient-elles ?

— De graves ennuis, murmura Ty — c'est le dix de pique, et le deux de trèfle veut dire : « Dans deux jours ou deux semaines. »

— Deux jours ! s'écria Bonnie. Vendredi quinze... et maman a été tuée dimanche dix-sept !

— Et ce même dimanche dix-sept, j'ai vu Clotilde lui porter la troisième enveloppe à l'aéroport. Je l'ai ramassée après que votre mère l'eut jetée par terre. Elle contenait ceci : le huit de pique, déchiré en deux. Si vous lisez la note qui est au bas de la page, vous verrez que la signification est inversée lorsqu'une carte est déchirée en deux. Le message signifie donc — et ceci quelques minutes avant le vol de l'avion et l'assassinat : « Le danger qui vous menace ne sera PAS écarté ! »

— C'est... c'est la chose la plus grotesque et la plus enfantine que j'aie jamais vue, dit Butcher, prêt à défaillir. C'est incroyable !

— Mais vrai, dit Ellery avec un geste fataliste. Et Bonnie vient de me donner le dernier message, contenant le neuf de trèfle, signifiant : « Dernier avertissement ». C'est le plus incroyable de tous, puisque cet « avertissement » *a été envoyé à Blythe deux jours après sa mort*.

L'Enfant Prodige devint nerveux.

— C'était suffisamment compliqué avant... Mais enfin, comment pouvez-vous accorder de l'importance à de pareilles bêtises ? Mais s'il le faut... On dirait que la personne qui a envoyé la dernière lettre ne savait pas que Blythe était morte, n'est-ce pas ? Et puisque toutes les lettres proviennent évidemment de la même source, je ne comprends pas ce que cela veut

SIGNIFICATION DES CARTES

	CARREAU	*CŒUR*	*TRÈFLE*	*PIQUE*
ROI	Un homme blond.	Un homme roux.	Un homme brun.	Un étranger.
DAME	Une femme blonde.	Une femme rousse.	Une femme brune.	Une étrangère.
VALET	Un messager.	Un prêtre.	Un hors-la-loi.	Un ennemi.
DIX	Une grosse somme d'argent.	Une surprise.	Le jeu.	De graves ennuis.
NEUF	Querelle d'amoureux.	Désappointement.	Dernier avertissement.	Chagrin.
HUIT	Un bijou.	Pensées de mariage.	Un accident.	Le danger qui vous menace sera écarté.
SEPT	Un voyage.	Jalousie.	Prison.	Un ennemi.
SIX	Méfiez-vous des spéculations.	Méfiez-vous du scandale.	Méfiez-vous du surmenage.	Méfiez-vous des bavardages pleins de malice.
CINQ	Un télégramme.	Rencontre inattendue.	Changement.	Rencontre désagréable.
QUATRE	Une bague de diamants.	Fiançailles rompues.	Un secret.	N'ayez plus rien à voir avec une certaine personne dont vous vous méfiez.
TROIS	Querelle d'argent.	Obstacles sur le chemin de l'amour.	Obstacles sur le chemin du succès.	Obstacles sur le chemin de la réconciliation.
DEUX	Déception.	Une présentation.	Dans deux jours ou deux semaines.	Larmes.
AS	Un coup de téléphone.	Une invitation.	Richesse.	Mort.

(La signification est inversée lorsqu'une carte est déchirée en deux.)

dire... elles ont aussi peu de signification les unes que les autres.

— C'est complètement ridicule, ricana Lew, mais il demanda néanmoins : où avez-vous trouvé ce papier ?

— Dans la loge de Jack Royle, dit Ellery tout en ôtant le couvercle de la machine à écrire. Et qui plus est, si vous comparez ce « code » avec l'échantillon que je viens de taper sur cette machine, vous vous rendrez compte que les h et les r, par exemple, présentent les mêmes défauts. Les mêmes défauts, répéta-t-il pensivement. (Puis il prit une grosse loupe qui se trouvait sur le bureau de Butch et examina les lettres en question. Toutes deux avaient été récemment limées ! Mais il reposa la loupe et se contenta de dire :) Il n'y a aucun doute. Cette feuille a été tapée sur la machine de Jack Royle. C'était bien la sienne, n'est-ce pas, Ty ?

Ty dit :

— Oui, bien sûr, et il se détourna.

— Jack ? répéta Butch avec incrédulité.

— Bah ! fit Lew. Pourquoi Jack se serait-il amusé à des jeux pareils ?

Mais cela ne parut pas très convaincant, et Lew regarda avec inquiétude dans la direction de Bonnie.

— Sur la machine de Jack Royle ? articula Bonnie. Vous en êtes sûr ?

— Absolument. Ces lettres déformées valent des empreintes digitales.

— Vous entendez cela, Ty Royle ? dit Bonnie sur un ton menaçant.

— Qu'est-ce que vous me voulez ? répondit Ty sans se retourner.

— Ce que je veux ? hurla Bonnie. Je veux que vous me regardiez en face ! Votre père a tapé cette feuille, votre père a envoyé ces cartes — *votre père a tué ma mère !*

Il se retourna, sur la défensive, le visage sombre.

— Vous êtes hystérique, sans quoi vous sauriez que cette accusation est stupide.

— Vraiment ? s'écria Bonnie. Je me disais bien qu'il y avait quelque chose de suspect dans son soudain repentir, dans son désir d'épouser maman après des années de haine. Maintenant, je sais qu'il mentait, que ce n'était qu'un stratagème pour pouvoir la tuer. Oui, c'était un jeu, Lew, mais un jeu horrible. Le mariage, le voyage de noces — tout cela n'était qu'un piège. Il a engagé quelqu'un pour faire semblant de les kidnapper, et il l'a empoisonnée de ses propres mains !

— Et lui aussi, par la même occasion, dit Ty avec sauvagerie.

— Oui, parce que, lorsqu'il s'est rendu compte combien ce qu'il avait fait était horrible, il a mis fin à sa vie — la première chose honnête qu'il ait faite depuis sa naissance !

— Je ne lutterai pas avec vous, Bonnie, dit Ty à voix basse.

— *Deux* ennemis disaient les cartes, n'est-ce pas ? Votre père et *vous*. Cette jolie scène d'amour, hier... oh ! vous vous croyez malin, je sais. Vous *savez* qu'il a tué maman, et vous essayez de le protéger. Qui sait si vous ne l'avez pas aidé à mettre son plan à exécution... assassin !

Ty serra les poings puis les rouvrit, et se frotta le dos des mains comme si elles lui faisaient mal. Et, sans un mot, il sortit.

Bonnie se précipita en sanglotant dans les bras de Butcher.

Mais plus tard, chez elle, lorsqu'elle se fut écroulée sur son lit sans même se déshabiller, Bonnie se demanda si c'était vraiment vrai. Etait-ce possible ? Lui avait-il joué la comédie lorsqu'il lui avait dit qu'il l'aimait ? Quelle horrible suspicion ! Elle aurait juré... Et pourtant, les faits parlaient contre lui. Seul, Ty avait pu mettre Paula Paris au courant — et pourtant elle l'avait supplié de ne rien lui dire ! Et puis la découverte de ce code... Non, on ne peut pas effacer des années de haine avec quelques mots.

Quel monstre, ce Ty !

Malade, vide de toute émotion et de toute pensée, Bonnie passa une longue nuit sans sommeil. A huit heures, elle ouvrit la porte à Clotilde, qui était dans tous ses états.

— Bonnie, vous allez vous rendre malade ! Regardez, je vous ai apporté un bon petit déjeuner, des galettes et de la confiture...

— Non, merci, Tilde, dit Bonnie avec lassitude. Il y a du courrier ?

Elle ouvrit une enveloppe au hasard : « Chère Bonnie, je souffre avec vous de tout cœur, et je voudrais que vous sachiez... » Des mots. Pourquoi ne la laissaient-ils pas tranquille ? Et pourtant, elle était ingrate — ils étaient gentils, et ils avaient vraiment aimé Blythe...

Son cœur faillit s'arrêter.

Il y avait aussi une enveloppe si horriblement familière. Non, ce n'était pas possible. Cette fois, l'adresse était tapée à la machine. Mais l'enveloppe, le cachet de la poste d'Hollywood... Elle l'ouvrit avec des doigts tremblants.

Une carte tomba. C'était le sept de pique.

Clotilde regarda Bonnie avec effroi.

— Mais chérie, on dirait que vous...

— Va-t'en, Tilde, murmura Bonnie.

Le sept de pique. *Encore* « Un ennemi »...

Bonnie rejeta la carte et l'enveloppe, comme si elle avait peur d'être salie par leur contact. Et, pour la première fois de sa vie, tandis que Clotilde la regardait avec effarement, elle sut ce qu'était la panique pure.

Un ennemi. Ty... Ty était son unique ennemi.

Avant de quitter les studios Magna, Ellery, portant

toujours la machine à écrire, se dirigea impulsivement vers les loges des stars, et s'introduisit sans être vu dans celle de Blythe.

Et, comme il l'avait supposé, il y trouva un double de la signification des cartes, caché tout au fond d'un tiroir.

Blythe avait donc su ce que les cartes signifiaient ! Ellery se l'était demandé, en observant la feinte désinvolture avec laquelle elle en parlait.

En sortant, il se dirigea vers un téléphone public.

— Paula ? Ellery Queen.

— Oh ! comme c'est gentil de me téléphoner !

— Je suppose, dit Ellery brusquement, qu'il est inutile de vous demander qui vous a donné le tuyau sur Bonnie et Ty ?

— Absolument inutile, monsieur le détective.

— Je suppose que c'était Clotilde — ce ne pouvait être qu'elle. Jolie loyauté !

— Vous n'apprendrez rien de moi, cher Queen, dit-elle.

Mais à son ton, Ellery comprit qu'il avait deviné juste.

— Pourquoi ne me l'avez-vous pas dit ce matin ? Enfin, c'est trop tard. Dites-moi, Paula, pensez-vous que Jack Royle a tué Blythe Stuart — et que son repentir, son amour, le mariage, n'étaient qu'un plan diabolique pour se venger d'elle ?

— C'est la théorie la plus stupide que j'aie entendue jusqu'à présent. Jack n'aurait jamais pu faire cela. C'est votre théorie ?

— Non, c'est celle de Bonnie.

— Oh ! soupira-t-elle. La pauvre enfant m'a passé un savon au téléphone aujourd'hui. Je pense que mon article *était* un sale coup, si tôt après l'enterrement, mais c'est ça l'ennui dans mon métier. On ne peut pas être à la fois gentil et efficace.

— Ecoutez, Paula, voulez-vous me faire un grand

plaisir ? Publiez le rectificatif que Bonnie vous a demandé. Aujourd'hui même.

— Pourquoi ? demanda-t-elle en dissimulant mal sa curiosité.

— Parce que je vous le demande.

— Que vous êtes possessif !

— Oubliez le facteur personnel. C'est... vital. Vous connaissez l'étymologie de ce mot ? Paula, il le faut. Revenez-en à la vieille histoire — leur haine depuis l'enfance; ils ne peuvent pas se voir, la mort de leurs parents les a séparés plus que jamais, ils continuent à se battre comme des lions. Donnez-leur de la viande rouge à manger.

Paula répondit lentement :

— Pourquoi voulez-vous absolument séparer ces pauvres enfants ?

— Parce qu'ils s'aiment.

— Quelle superbe logique ! Etes-vous un misogyne qui fait du prosélytisme ? Les séparer *parce qu*'ils s'aiment ! Pourquoi ?

— Parce que, répondit Ellery avec amertume, il se trouve qu'il est très, très dangereux pour eux de s'aimer.

— Oh ! (Elle ajouta avec un sous-entendu :) N'en sommes-nous pas tous là ? et elle raccrocha.

TROISIÈME PARTIE

Le Courrier International & Co.

Ellery, Sam Vix et Lew Bascom prenaient leur petit déjeuner au bar de la Magna lorsque Alan Clark arriva, prit place à côté d'eux et commanda un café.

— Oh ! Alan.

— Vous avez un problème ?

— Je me demandais justement, dit Ellery, quelle était exactement ma position maintenant.

— Votre position ? dit l'imprésario avec surprise. Sans changement, bien sûr. Pourquoi ?

— Sa conscience le tourmente, ricana Lew. Je n'ai jamais vu quelqu'un d'aussi vertueux. C'est comme la petite sténo avec laquelle je suis sorti hier soir. Elle m'a répondu...

— Je sais, protesta Ellery, mais j'ai été engagé pour travailler sur le film des Royle-Stuart, et maintenant il n'y a plus de film.

— Quel malheur ! dit Clark en secouant tristement la tête. Mon cœur saigne pour vous.

— Mais que dois-je faire, Alan ? Après tout, je touche 1 500 dollars par semaine.

Les trois hommes secouèrent la tête à l'unisson.

— Il touche 1 500 dollars par semaine, dit Sam Vix d'une voix pleurnicharde. Si ce n'est pas une honte !

— Ecoutez, Queen, dit Clark, est-ce que c'est votre faute si Jack et Blythe se sont fait ratatiner ?

— Je ne vois pas le rapport.

— Dites donc, vous, demanda Lew, vous êtes avec le patron ou avec les prolos ? Nous avons des droits !

— Votre contrat n'a pas été dressé par n'importe qui, dit Alan Clark modestement. Vous avez été engagé pour travailler sur le scénario du film Royle-Stuart, et cet immortel document ne prévoit rien de spécial en cas de meurtre.

— C'est bien là la question. Le film ne se fera jamais. Il a été retiré du programme des studios. Butch l'a annoncé ce matin.

— Et alors ? Votre contrat vous garantit huit semaines. Et, film ou pas film, vous resterez ici pour toucher vos huit semaines de salaire. Ou, pour parler crûment, jusqu'à ce que l'on vous ait versé 12 000 dollars.

— C'est criminel, marmonna Ellery.

— C'est la vie, dit Clark en se levant. Qui a jamais entendu chose pareille ! Avoir honte de toucher un salaire !

— Je ne peux quand même pas rester assis à ne rien faire...

— Il ne peut pas rester sans rien faire ! explosa Lew. Moi, je reste sans rien faire pour bien moins que cela !

— Et moi donc, soupira Vix.

— Exercez votre métier, suggéra Clark. Vous êtes détective, n'est-ce pas ?

— Dites donc, Queen, dit Lew après avoir bu une gorgée de son jus de tomate à l'œuf cru, vous ne pourriez pas m'en prêter quelques centaines d'ici vendredi prochain ?

Clark s'en alla, dégoûté.

— Rien que jusqu'à vendredi prochain, insista Lew.

— Si vous le laissez mettre le grappin sur vous, dit Sam Vix, vous êtes plus bête que vous n'en avez l'air. Vendredi prochain ! Et aujourd'hui, hein ? C'est pas le jour de paye ?

— De quoi je me mêle, protesta Lew. Je dois mettre de l'argent de côté pour mes vieux jours, moi.

— Pour vos vieux jours ? Vous n'en aurez guère, à moins que votre estomac ne soit doublé de chrome.

— A propos, Sam, dit Ellery d'un air absent, où étiez-vous donc dimanche soir ?

— Moi ? A Reed Island, vous savez bien. Je devais m'occuper de la réception des mariés.

— Je sais, mais lorsque j'ai téléphoné à Reed Island après le vol de l'avion, on m'a dit que vous n'étiez pas là.

Vix le regarda avec un œil menaçant..

— Qu'est-ce qui vous arrive ? Vous prenez le conseil de Clark au sérieux ?

— Ne vous fâchez pas, dit Ellery. Je voulais seulement vous le demander avant que Glücke ne le fasse.

— Croyez-moi, Queen, laissez tomber ce genre de bavardages. Ce n'est pas bon pour la santé.

Sur ce, Vix sortit d'un pas martial, son bandeau noir frémissant d'indignation.

— Je me demande ce qu'il a, murmura Ellery tout en faisant signe à la barmaid de remplir sa tasse.

— Bah, gloussa Lew, y en a qui n'aiment pas les épinards; lui, il n'aime pas qu'on le soupçonne d'être un assassin. Surtout qu'il s'agit d'une double superproduction.

— Je ne faisais que lui poser une innocente question.

— Ouais, fit Lew sèchement. Si ça continue, vous allez bientôt m'en poser aussi, dans le genre : « Etiez-vous vraiment à côté de moi lorsque ce gars masqué a escamoté leur avion ? »

— Il faut parfois se méfier de ses yeux, dit Ellery.

— Bien sûr. Des fois que j'aurais un frère jumeau.

— En avez-vous un ? demanda Ellery sans rire.

— Quel gagman vous feriez ! Evidemment que je n'en ai pas.

— J'aurais pu me douter que le créateur de vos jours ne commettrait pas deux fois une pareille erreur, dit Queen tristement. Oh, Ty ! Venez prendre un café avec nous !

Ty Royle s'approcha d'eux. Il était rasé de frais, mais semblait avoir passé une fort mauvaise nuit.

— Merci, j'en ai déjà pris. Mais je voudrais vous parler, Queen.

— Oui ?

Ty s'assit sur le tabouret que Sam Vix avait quitté quelques instants auparavant et se passa la main dans les cheveux.

— D'accord, d'accord, fit Lew. Je comprends qu'on n'a pas besoin de moi.

— Non, restez Lew, dit Ty. Vous pourrez peut-être m'aider aussi.

— Bien sûr, mon vieux, dit Lew en se rasseyant. Qu'est-ce qui ne va pas ?

— Bonnie.

— Ah ! dit Ellery.

— Qu'est-ce qu'elle vous a fait encore ? demanda Lew.

— C'est cette histoire d'hier après-midi, dit Ty en jouant avec la tasse de Vix. Que c'était papa qui aurait tout manigancé, et le reste. J'y ai pensé toute la nuit. Au début, j'étais furieux, bien sûr, mais ensuite j'ai découvert une chose importante.

— Oui ? dit Ellery en dissimulant son inquiétude.

— Depuis mercredi, je ne suis plus le même. En fait, je suis... tout le contraire de ce que j'étais avant. (Il reposa brutalement la tasse.) Oh, et puis à quoi bon tourner autour du pot ! Je l'aime !

— Vous vous sentez bien ? demanda Lew.

— Ça ne sert à rien, Lew. Je suis pris à l'hameçon pour de bon, cette fois-ci.

— Après tous les tours qu'elle vous a joués ?

Ty sourit tristement.

— C'est exactement ce que j'ai dit à papa quand il m'a appris qu'il aimait Blythe.

— Oui, murmura Ellery, l'histoire a la curieuse habitude de se répéter.

Il jeta un regard complice à Lew, qui lui répondit d'un signe de tête.

— Ecoutez, mon vieux, dit Lew sur un ton paternel, c'est votre imagination et ce damné climat. Vous savez de quoi ce soleil est capable. Croyez-moi, l'amour ne mène qu'à des ennuis. Regardez-moi, par exemple, vous croyez que je me laisse avoir par une de ces jeunesses ? Bon Dieu, si j'avais votre physique, je ferais pâlir la renommée de Casanova !

Ty secoua la tête.

— Inutile, Lew. Il n'y a que Bonnie qui m'intéresse.

— Bon, dit Lew en haussant les épaules. Ce sera votre perte. Vous ne direz pas que je ne vous aurai pas prévenu.

— Lew... (Ty semblait embarrassé.) Vous connaissez Bonnie presque aussi bien que moi... Pourriez-vous lui parler ?

Ellery qui était derrière Ty secoua désespérément la tête à l'intention de Ty.

— Pourquoi moi ? Je ne tiens pas à devenir complice d'un crime. Réglez vos affaires de cœur vous-même.

— Et vous, Queen ? Bonnie est persuadée que papa... enfin, vous étiez là, hier. Il faut que quelqu'un lui fasse comprendre son erreur. Moi, je ne le peux pas, elle ne m'écouterait pas.

— Pourquoi ne pas attendre que les choses se tassent d'elles-mêmes ? dit Ellery presque gaiement. Donnez-lui le temps de réfléchir. Elle finira par se rendre compte de son erreur.

— Bien sûr, renchérit Lew. Pourquoi tant de hâte ? Donnez-lui le temps de retrouver ses esprits. Et puis, il y a Butch.

Ty resta silencieux un moment, puis :

— Butch... Vous avez peut-être raison. Il y *a* moins d'une semaine.

Le caissier appela d'une voix tonitruante :
— Mr Queen au téléphone !
Ellery s'excusa et alla à la cabine.
— Allô, Mr Queen ? C'est Bonnie Stuart.
— Ah ! oui ? dit Ellery en couvrant sa voix.
— J'ai quelque chose à vous montrer. C'est... arrivé ce matin.
— Je vois, dit Ellery. Voyons-nous pour déjeuner, ajouta-t-il, plus fort.
— Ne pouvez-vous pas venir tout de suite ?
— Désolé, mais j'ai des choses importantes à faire. Disons au *Derby*, à une heure ?
— J'y serai, dit Bonnie, puis elle raccrocha.
Ellery revint lentement vers le comptoir. Ty interrompait juste Lew au milieu d'une phrase, en disant :
— Quand même, il y a une chose que nous devrions faire le plus vite possible.
— Et c'est ? demanda Ellery.
— Je pensais à ces lettres anonymes. Je crois que nous devrions mettre l'inspecteur Glücke au courant.
— Ah ! ça, dit Lew. Seul un dingue aurait envoyé des lettres à quelqu'un après sa mort !
— Curieuse coïncidence ! dit Ellery en allumant une cigarette. J'y pensais justement, et je crois que j'ai mis sur pied une théorie valable.
— Vous êtes plus malin que moi, alors, dit sombrement Ty.
— Ecoutez, on ne peut guère tirer que deux conclusions plausibles du curieux fait que Lew vient de mentionner. Ah ! bien sûr, il y a toujours la possibilité que l'auteur de ces lettres ignorât que Blythe était morte, mais vous admettrez qu'elle est hautement improbable. Sam Vix et ses collègues y ont veillé.
— A moins qu'il ne sache pas lire, dit Lew.
— Et qu'il soit sourd, ou qu'il n'écoute pas la radio. De plus, il a écrit les enveloppes. Non, ce n'est certainement pas cela.

— Même pas capable d'apprécier un gag, dit Lew, dégoûté.

— Il n'y a donc, comme je le disais, que deux possibilités, continua Ellery imperturbablement. La première c'est que, comme le dit Lew, il s'agisse d'un fou. Il serait concevable qu'un esprit dérangé trouve normal de continuer à envoyer ces lettres après la mort de leur destinataire.

— C'est exactement mon opinion, dit Lew.

— Et pourtant, dit Ty pensivement, j'ai l'impression que, bien qu'il soit probablement légèrement dérangé, l'auteur de ces lettres n'est pas simplement un fou.

— C'est une impression que je partage entièrement, dit Ellery. Ce qui nous amène à la seconde possibilité.

— Qui est... ? demanda Lew.

Ellery se leva.

— J'avais l'intention de consacrer ma matinée à quelques recherches pour vérifier son exactitude. Si vous voulez m'accompagner ?

Tandis que Lew et Ty le regardaient, mystifiés, Ellery consulta pendant une dizaine de minutes l'annuaire du téléphone de Los Angeles.

— Pas de chance, dit-il en le refermant. Je vais demander aux renseignements. (Il s'enferma dans la cabine et en ressortit quelques minutes après, l'air fort content de lui.) C'était plus facile que je ne le craignais. Dieu merci, il n'y en a pas des douzaines.

— Des douzaines de quoi ? demanda Ty, stupéfait.

Sans répondre, Ellery entraîna Ty et Lew vers la voiture de Ty et demanda à ce dernier de rejoindre Vine Avenue, puis Sunset Boulevard, puis de prendre Wilcox Street. Vers le milieu de Wilcox, Ellery descendit et monta allégrement les marches du nouveau bureau de poste.

Ty et Lew se regardèrent en silence.

— Sans doute un nouveau genre de chasse au trésor, dit Lew.

Ellery revint au bout d'un quart d'heure.

— Le directeur des postes a dit non, annonça-t-il gaiement. Je n'avais d'ailleurs pas beaucoup d'espoir.

— Alors, c'est fichu ? demanda Ty.

— Pas du tout. Je ne suis allé voir le directeur des postes que par mesure de précaution. Nous allons vers Hollywood Boulevard. Je pense que notre destination est juste à côté de Vine Street.

Ils trouvèrent miraculeusement une place pour la voiture, dans la rue la plus encombrée d'Hollywood.

— Et maintenant ? demanda Lew.

— Maintenant, nous allons voir. C'est dans cette maison. Venez.

Ellery les précéda dans un grand immeuble commercial et, après avoir consulté la liste des locataires, alla vers l'ascenseur. Lew et Ty le suivirent avec des mines résignées.

— Troisième, dit Ellery.

Ils descendirent au troisième étage. Ellery regarda prudemment autour de lui, puis prit son portefeuille et en sortit un objet brillant qu'il garda dans sa main fermée.

— Voilà, leur dit-il. Je suis quelqu'un à la préfecture de police de Los Angeles, et vous êtes les assistants de ce quelqu'un. Si nous ne leur en imposons pas, nous n'obtiendrons jamais les renseignements que je veux.

— Vous croyez que ce bluff marchera ? lui demanda Ty avec un sourire en coin.

— Vous vous souvenez combien j'ai aidé la police dans le cas Ohippi ? Eh bien, ils m'ont donné cela pour exprimer leur reconnaissance. Une plaque de commissaire honoraire. Ayez l'air de durs, vous, et pas un mot.

Il suivit le couloir jusqu'à une porte qui portait cette inscription en simples lettres noires :

LE COURRIER INTERNATIONAL & CO.

T.H.LUCEY

représentant pour Los Angeles.

Les bureaux se composaient en tout et pour tout d'une pièce carrée aux vitres sales meublée d'un bureau encombré de paperasses, d'une armoire de classement, et d'une chaise poussiéreuse. Sur la chaise, était assis un homme d'une quarantaine d'années, avec des cheveux soigneusement collés sur le crâne. Il suçait avec morosité une sucette en lisant le dernier numéro de *Crimes du Mois*.

— C'est vous, le nommé Lucey ? gronda Ellery, les poings dans les poches.

Il les examina tous les trois avec des yeux de poisson tout en agitant férocement la tige de la sucette.

Ellery sortit son poing droit de la poche et l'ouvrit un moment, puis remit la plaque dans sa poche.

— Préfecture, dit-il. Quelques questions à vous poser.

L'homme sortit la sucette de sa bouche.

— Allez chercher ailleurs. J'ai rien fait.

— Doucement, l'ami. Quel genre d'affaires faites-vous ?

— Eh, où vous vous croyez ? En Russie ? (Mr Lucey se leva, symbole vivant de l'indignation américaine.) Nos affaires sont parfaitement légales, monsieur, et vous n'avez pas de questions à me poser. Eh, vous êtes des fédéraux ?

Ellery ne s'était pas attendu à tant de résistance. Mais il entendit Lew ricaner méchamment derrière lui, et cela lui redonna du courage.

— Alors, vous parlez maintenant, ou faut-il qu'on vous amène à la préfecture ?

Mr Lucey se calma judicieusement et, remettant la sucette dans sa bouche, dit :

— D'accord. Mais je ne vois pas pourquoi ça vous

intéresse. Je ne suis qu'un employé de la compagnie. Vous feriez mieux d'aller voir le directeur général. La maison mère est à...

— M'en fiche. Je vous ai demandé quel genre d'affaires vous faites ici.

— On nous confie des lettres, des paquets, n'importe quoi, à envoyer n'importe quand de n'importe où. *N'importe quand, N'importe où*, voilà notre devise.

— En d'autres termes, je pourrais vous laisser une douzaine de lettres et vous en posteriez pour moi une de Pasadena demain, une autre de Washington la semaine prochaine, et ainsi de suite, selon mes instructions ?

— Tout juste. Nous avons des bureaux partout. Mais qu'est-ce que c'est que cette histoire ? Vous vous croyez du Guépéou ?

Ellery jeta une enveloppe sur le bureau.

— Avez-vous posté cette lettre ?

L'homme la regarda attentivement. Ellery le regardait en essayant de paraître impassible. Il entendait les respirations rauques de Lew et de Ty derrière lui.

— Oui, dit enfin Mr Lucey. Je l'ai postée mardi soir. Et après ?

— Et après ? explosa Ellery. Lisez le nom et l'adresse, Lucey !

Mr Lucey regarda, et la sucette lui en tomba de la bouche.

— B-Bblythe Stuart ! (Il paraissait effondré.) Je vous assure, commissaire, je vous assure que je ne le savais pas...

— Vous avez donc aussi posté les autres ?

— Oui, commissaire. Oui, bien sûr...

— Vous ne lisez donc pas les noms des gens à qui on vous demande d'envoyer des lettres ?

— Non, monsieur, non... il y en a tellement. Quand on fait la même chose tous les jours depuis des années... Ecoutez, commissaire, je n'ai rien à voir avec ces crimes. Je suis innocent. J'ai une femme et trois gosses. Je fais mon métier, vous comprenez ? Des gens nous donnent des lettres à envoyer et nous les envoyons. Des représentants de commerce. Des commerçants qui veulent faire croire qu'ils ont des succursales un peu partout dans le pays, des...

— Et des maris que leurs épouses croient dans une ville, alors qu'ils sont dans une autre, dit Ellery. Je comprends parfaitement. Vous pouvez garder votre veston, Mr Lucey. Personne ne vous accuse d'être mêlé à ces meurtres. Nous avons seulement besoin de votre coopération.

— Coopération ? Mais certainement, monsieur le commissaire, certainement.

— Parlez-moi de cette transaction. Vous devez avoir un dossier.

Lucey essuya son visage trempé de sueur.

— Certainement. Un instant, je regarde.

Les regards emplis d'espoir des trois hommes étaient fixés sur Lucey tandis qu'il fouillait dans son classeur.

— Quel était le nom de ce client ? dit Ellery avec détachement.

— Je pense, dit Lucey, qui s'embrouillait dans son classeur, je pense que... que c'était un Mr Smith.

— Ah ! fit Ellery laconiquement. (Ty faillit pousser un juron.) Et de quoi avait l'air ce Smith ? continua-t-il.

— Je n'en sais rien, dit Lucey, toujours penché sur ses dossiers. Il n'est pas venu nous voir. Il nous a simplement envoyé le paquet de lettres avec un mot et un billet de 5 dollars. Ah, le voilà !

Il se redressa en brandissant triomphalement une grande enveloppe de papier kraft portant la légende « Egbert L. Smith ».

Ellery prit l'enveloppe, jeta un bref coup d'œil sur son contenu et la prit sous son bras.

— Mais le dossier est encore en cours, protesta Lucey. Il y a encore une lettre à poster.

— Blythe Stuart n'en a plus besoin. Avez-vous reçu d'autres lettres de ce Smith ?

— Non, monsieur.

— Est-il jamais venu vous voir, ou vous a-t-il téléphoné ?

— Non, monsieur.

— Fort bien, Lucey. Votre aide nous a été précieuse. Et pas un mot à quiconque, compris ?

— Oui, *monsieur*, se hâta de dire Lucey.

— Et si jamais ce Smith vous faisait signe, appelez-moi à ce numéro. (Ellery griffonna son nom et un numéro de téléphone sur le magazine que Lucey lisait.) Venez, les gars.

La dernière chose qu'il vit avant de refermer la porte fut Mr Lucey, complètement abasourdi, qui se baissait pour ramasser sa sucette.

Mr Queen, logicien

Ils sortirent en rasant les murs et n'osèrent respirer que lorsqu'ils furent installés à une table retirée du *Brown Derby*.

Lew ne se tenait plus de rire.

— Je voudrais voir la tête de Glücke lorsqu'il apprendra ça ! Il ne dira rien à personne, oh non ! Rien qu'à sa femme et à ses copains ! Je parierais qu'il est déjà au téléphone.

— Il faudra que je trouve une compensation pour ce pauvre Glücke, dit Ellery, qui se sentait coupable. Il ne sait même pas que ces lettres existent.

— Pour l'amour du ciel, Queen, dit Ty, qu'y a-t-il dans cette enveloppe ?

Ellery sortit de la grande enveloppe une lettre, *sans* enveloppe, une liste tapée à la machine sur papier à en-tête du Courrier International & Co., et une enveloppe fermée portant l'adresse de Blythe Stuart, écrite avec la même encre délavée que les missives précédentes. Fixé à cette enveloppe par un trombone, il y avait un petit carré de papier portant une date tapée à la machine.

— La lettre de Mr Egbert L. Smith, dit Ellery.

Après l'avoir lue attentivement, il la passa à Ty, qui la lut avidement, tandis que Lew regardait par-dessus son épaule. Elle était tapée sur du papier machine de qualité très ordinaire et datée du 27 du mois passé.

Le Courrier International & Co.
Hollywood Bld.
Hollywood, Calif.

MESSIEURS,

J'ai lu votre annonce dans le journal de ce jour et je désirerais faire appel à vos services.

J'ai un certain nombre de lettres qui doivent être envoyées à un de mes clients à certaines dates, mais je suis obligé de me déplacer fréquemment, et ne pourrai donc m'occuper de ma correspondance. Je vous envoie donc ces lettres ainsi qu'un billet de 5 dollars; j'ignore quels sont vos tarifs et le temps me manque pour me renseigner auprès de vous. Je suis certain que cette somme suffira à couvrir vos frais.

J'ai réuni les enveloppes par un élastique. Je désire qu'elles soient postées à Hollywood dans l'ordre dans lequel elles sont placées. *Cette condition est primordiale. Voici les dates auxquelles elles devront être postées :*

1) *Lundi 11* *(du mois à venir)*
2) *Mercredi 14* — —
3) *Samedi 16* — — (par exprès)
4) *Mardi 19* — —
5) *Jeudi 28* — —

Avec mes remerciements anticipés, je vous prie d'agréer, Messieurs, l'expression de mes sentiments distingués.

Votre EGBERT L. SMITH

P.S. Notez bien que la lettre N° 3 doit être envoyée par exprès, *ceci afin qu'elle soit distribuée dimanche* 17.

E.L.S.

— Ce damné Borgia n'a même pas *signé* de son faux nom, murmura Ty.

— Précaution irritante mais sage, dit Ellery. Pas d'écriture, pas de trace. Ni d'adresse, d'ailleurs. Remarquez la phraséologie prudente et inoffensive, très business-business, comme si Mr Smith était réellement le petit homme d'affaires qu'il prétend être.

— Mais dites donc, s'exclama Lew. Cette lettre a été tapée sur la machine de Jack Royle ! Regardez les r et les h... ils ont les mêmes défauts. Je crois qu'il serait temps que nous disions tout ça à Glücke.

Ellery reprit la feuille en hochant tristement la tête, puis prit la feuille de papier à en-tête du Courrier International.

— Et ça, c'est juste une copie des dates, faite par Lucey. Evidemment, le nom est faux, et on ne trouvera sûrement pas d'empreintes sur le papier.

Un garçon approcha de leur table.

— Cognac, fit Ty sans trop penser à ce qu'il disait.

— Bonjour, Gene, dit Lew.

— Un double, Mr Bascom ?

— Apportez la bouteille ! Vous voyez pas que j'ai trouvé un bienfaiteur ?

Le garçon s'éloigna en souriant.

— Voyons voir, dit Ellery, ce que contient la dernière lettre sortie du sac à malice de Mr Smith.

Il ouvrit l'enveloppe et la secoua. Une carte à jouer bleue tomba sur la table.

C'était l'as de pique.

Il était inutile de se référer au code de la signification des cartes. Tout le monde sait ce que signifie l'as de pique.

— Mort, dit Ty nerveusement. Mais cette lettre devait arriver... *après* sa mort.

— Voilà le problème, dit Ellery en jouant avec la carte.

— Une chose est certaine, dit Ty en s'échauffant. C'est que c'est un coup monté. Quelqu'un en voulait à Blythe et a tout fait pour qu'on soupçonne papa. Leur inimitié bien connue lui fournissait un mobile excellent, et n'importe qui aurait pu se servir de la machine de papa.

— Ah ? fit Ellery.

— La date de la lettre — le 27 du mois dernier — devrait nous permettre de savoir où elle a été tapée. Mais ce n'est pas facile : papa traînait toujours sa machine d'un endroit à l'autre. Je ne peux pas me souvenir où elle était le 27 ou les jours précédents.

— A quoi lui servait cette machine ?

— A répondre aux lettres d'admiratrices. Il ne voulait pas de secrétaire et répondait personnellement aux lettres les plus intéressantes. Je fais d'ailleurs pareil.

— Vous dites que n'importe qui aurait pu l'utiliser ?

— Tout Hollywood, ou presque, se lamenta Ty. Vous savez comment c'était chez nous, avant la mort de papa. Un vrai club ouvert au premier venu.

— Dois-je me sentir personnellement visé ? ricana Lew.

— Et sa loge était le rendez-vous de tout le studio. Le coup a été monté par quelqu'un qui s'est servi de la machine, soit au studio, soit chez nous. Et ç'aurait pu être n'importe qui, n'importe qui !

— Ce que je ne comprends pas, dit Lew, c'est pourquoi ce type a fait envoyer deux lettres à Blythe après sa mort. Cela suffirait à écarter les soupçons de Jack, puisqu'il a été tué aussi. Et si on voulait diriger les soupçons sur lui, pourquoi l'a-t-on tué ? C'est à n'y rien comprendre !

— Oui, dit Ty entre ses dents. C'est bien ce que j'aimerais savoir.

— Je pense, dit Ellery, que nous y verrons plus clair si nous attaquons le problème scientifiquement. Si, comme nous l'avons supposé ce matin, l'auteur de ces lettres n'est pas fou, il est évident que la seule raison valable pour laquelle il a continué à envoyer des lettres après la mort de Blythe est... qu'il *n'avait aucun contrôle sur leur mode d'expédition.*

— Je comprends, dit Ty. C'est cela qui vous a fait penser à un service de réexpédition.

— Précisément. Il aurait pu les faire envoyer directement par l'administration des postes — c'est pourquoi je me suis arrêté à la poste ce matin — mais c'était peu probable. Donc, il ne restait qu'une organisation dans le genre de ce Courrier International.

— Mais si ce Smith a tué Blythe et papa, pourquoi n'a-t-il rien fait pour arrêter l'envoi des deux dernières lettres ?

— Allons, réfléchissez un peu, ricana Lew. Pour éviter d'être identifié, bien sûr.

Le garçon arriva avec trois verres et une bouteille, sur laquelle Lew se précipita en se frottant les mains.

— C'est évident, dit Ellery.

— Mais en fait, quelle était l'utilité de ces deux dernières lettres, toute question de date mise à part ?

Ellery se renfonça dans sa chaise et prit le verre que Lew avait rempli pour lui.

— Une question importante, et une réponse importante. Avez-vous bien remarqué la date à laquelle notre ami Smith voulait faire envoyer cette dernière lettre ?

Lew et Ty se penchèrent au-dessus de la feuille.

— Mercredi 28, dit Ty. Mais je ne vois pas quelle importance cela a.

— C'est pourtant simple. Quelles étaient les deux cartes envoyées simultanément dans la lettre du 14, celle qui est arrivée deux jours avant le crime ?

— Je ne m'en souviens pas.

— Le dix de pique et le deux de trèfle, signifiant ensemble : « De graves ennuis dans deux jours ou deux semaines. » Le fait qu'ils aient été tués deux jours après cette lettre est une simple coïncidence. Car qu'avons-nous ici ? (Il désigna l'enveloppe qui se trouvait sur la table.) L'as de pique, destiné à être envoyé le 28, pour que Blythe le reçoive le vendredi 29. Donc, l'assassinat de Blythe était prévu pour le 29, et pas avant. En d'autres termes, elle devait mourir, non pas deux jours, mais deux *semaines* après l'avertissement du vendredi 15.

— C'est-à-dire dans une semaine, gémit Ty. S'il n'avait pas changé ses plans, papa et Blythe seraient encore vivants !

— Exactement. Car quel était le plan originel de l'assassin ? De tuer Blythe — rien que Blythe. Ces cartes n'étaient destinées qu'à elle. Quant à Jack, les soupçons devaient retomber sur lui — c'est pour cela que l'on a utilisé sa machine pour taper cette lettre et le code, et pour cela que l'on avait caché le code dans sa loge.

— Et ensuite ?

— Que s'est-il passé en fait ? Blythe a été assassinée, mais PAS seule. Jack a été tué en même temps qu'elle. Pour quelle raison a-t-il changé ses plans, tuant également celui qui devait porter la responsabilité de la mort de Blythe ? (Tous deux, les sourcils froncés, regardèrent Ellery sans mot dire.) Cette question est, selon moi, la plus importante de toutes celles qui découlent des événements. Trouvez la réponse à cette question, et vous trouverez une réponse à tout le reste.

— Ouais, trouvez la réponse, souffla Lew dans son verre. Moi, je dis que tout ça, c'est des bêtises.

— Ce que je ne comprends pas, dit Ty, c'est pourquoi il a avancé la date. Pourquoi Smith était-il soudain si pressé ? Pourquoi n'a-t-il pas attendu la date prévue par l'as de pique ? Il a ainsi abandonné toute la machination qu'il avait soigneusement mise au point.

— Simple question d'opportunité, dit Ellery. Comme vous pouvez vous en douter, il est plus difficile de tuer deux personnes qu'une seule. Lorsque le voyage de noces en avion donna à Mr Smith l'opportunité de tuer *à la fois* Blythe et Jack, il n'a simplement pas pu la laisser passer.

— En attendant, l'assassin sait que Jack ne pourra plus être rendu responsable de la mort de Blythe.

— Mais il ne peut rien y faire, sauf tenter de récupérer les lettres et le code. Comme Lew l'a suggéré, il a dû se rendre compte que le risque était trop gros et y a renoncé.

— En tout état de cause, nous en savons assez pour convaincre Bonnie de l'absurdité de ses soupçons à l'égard de papa. Ce que vous venez de dire prouve qu'il était victime d'une machination. Queen, pourriez-vous...

— Quoi ? dit Queen, émergeant d'une profonde rêverie.

— Pourriez-vous parler à Bonnie ? Disculper papa ? Faites cela pour moi.

— Et vous disculper aussi, je suppose ? dit Ellery en se frottant le menton.

— Eh bien... oui, bien sûr.

— Allons, ne vous faites pas de bile, dit Ellery sur un ton soudain devenu jovial. Oubliez tout cela. Sortez, prenez de l'exercice. Ou bien prenez quinze jours de vacances, faites un voyage !

— Quitter Hollywood en ce moment ? dit Ty. Pas question.

— Ne faites pas l'idiot. Vous ne faites que gêner notre travail ici.

— Queen a raison, dit Lew. Le film ne se fait pas, et je suis sûr que Butch n'y trouvera rien à redire. Après tout, il est fiancé avec la fille, termina-t-il en pouffant de rire.

Ty sourit et se leva.

— Vous venez ?

— Je pense que je vais rester ici un moment pour cogiter à mon aise, dit Ellery en jetant à la dérobée un coup d'œil sur sa montre. Réfléchissez-y, Ty. Non, non, je me charge de l'addition.

Lew suivit Ty, son chapeau dans une main et la bouteille dans l'autre. Ellery remarqua qu'il avait de la peine à marcher droit.

Et Mr Queen resta assis à cogiter avec une expression exceptionnellement perturbée dans ses yeux généralement dénués de toute expression.

Mr Queen, misogyne

A une heure moins dix, Bonnie traversa la salle du *Brown Derby*, regarda autour d'elle avec affolement et se précipita vers Queen dès qu'elle l'aperçut. Elle s'assit sur un coin de la banquette et reprit son souffle.

— Allons, que se passe-t-il ? dit Ellery. Vous paraissez mortellement effrayée.

— Oh ! mais je le suis. On m'a suivie.

Elle ne cessait de jeter des regards craintifs du côté de la porte.

— Quels maladroits, murmura Ellery.

— Comment ?

— Je disais que c'était sans doute votre imagination. Pourquoi vous suivrait-on ?

— Je n'en sais rien. A moins que...

Elle s'arrêta inexplicablement, le visage tendu, puis secoua la tête.

— Vous êtes plus belle que jamais aujourd'hui.

— En tout cas, j'en suis certaine... Une grosse voiture, noire. Une conduite intérieure.

— Vous devriez toujours porter des couleurs claires, Bonnie. Elles vous vont remarquablement bien au teint.

Bonnie esquissa un sourire puis ôta ses gants et son chapeau.

— Peu importe mon teint, dit-elle en se passant les mains sur le visage, comme des pattes de chat, je ne porte pas le deuil parce que... je n'aime pas ça. Je trouve cela ridicule. Cela ne regarde pas les gens. Clotilde ne cesse de me le reprocher. Elle est absolument horrifiée !

— Bien sûr, dit Ellery sur un ton encourageant.

Elle s'était très soigneusement maquillée pour dissimuler sa pâleur et les fines rides qui entouraient ses yeux, qui étaient noirs et immenses à cause du manque de sommeil.

— Cet enterrement... c'était une erreur, dit Bonnie très bas. Je n'aurais jamais dû y consentir. Je m'en veux. C'était affreux.

— Il fallait bien l'enterrer, Bonnie. Et vous connaissez Hollywood...

— Oui, mais... (Soudain, elle sourit et reprit sur un ton presque gai :) N'en parlons plus. Je voudrais boire quelque chose.

— Avant le déjeuner ?

Elle haussa les épaules.

— Un daiquiri, s'il vous plaît.

Elle se mit à fouiller dans son sac à main.

Ellery commanda le daiquiri et un whisky-soda pour lui. Sa respiration était de nouveau oppressée; elle s'observa dans la glace, se remit un peu de poudre sur le nez. Puis, soudain, sans même y jeter un coup d'œil, elle sortit l'enveloppe de son sac et la tendit à Ellery.

— Tenez, dit-elle d'une voix à peine audible. Regardez.

Il couvrit l'enveloppe de sa main lorsque le garçon arriva avec leur commande, et ne la retira que lorsqu'il se fut éloigné. Bonnie l'examinait avec inquiétude.

— Notre ami a renoncé à la plume des bureaux de poste, je vois. L'adresse est tapée à la machine cette fois.

— Mais vous ne voyez pas ? murmura Bonnie avec effroi. C'est à *moi* qu'elle est adressée !

— Je le vois, bien sûr. Quand est-elle arrivée ?

— Par le courrier de ce matin.

— Postée à Hollywood hier soir. Tapée à la machine, caractères élite, caractéristiques évidentes, trois lettres cassées : le b, le d et le t cette fois. Notre ami a bien dû changer de machine, puisque celle de Jack est en ma possession depuis hier après-midi. Cela tendrait à prouver qu'elle a été écrite au plus tard hier matin.

— Regardez... ce qu'elle contient, dit Bonnie.

Ellery sortit son contenu. C'était le sept de pique.

— De nouveau le mystérieux *ennemi*, dit-il sur un ton léger. Cela commence à devenir ennuyeux... Oh ! (Il remit hâtivement la carte et l'enveloppe dans sa poche.) Hello, Butch !

L'Enfant Prodige arrivait vers eux, en effet, regardant Bonnie avec une curieuse expression.

— Hello, Bonnie.

— Hello, répondit Bonnie à voix basse.

Il se pencha, et elle lui tendit sa joue. Mais il se redressa sans l'avoir embrassée, et ses yeux vifs étaient légèrement embués.

— Je déjeunais ici, et je vous ai aperçus. Que se passe-t-il ?

— Bonnie, dit Ellery, je pense que votre estimable fiancé est jaloux.

— Oui, dit l'Enfant Prodige en souriant, je le pense aussi. (Il paraissait malade. Ses yeux étaient très enfoncés, et ses joues flasques de fatigue.) J'ai essayé de te joindre ce matin, mais Clotilde m'a dit que tu étais sortie.

— Oui, dit Bonnie. C'était... vrai.

— Tu as meilleure mine, Bonnie.

— Merci, Butch.

— Nous nous verrons ce soir ?

— Mais... pourquoi ne t'assieds-tu pas avec nous ? dit Bonnie en lui faisant de la place sur la banquette.

— Mais oui, bien sûr ! s'exclama Ellery.

Butch le regarda de ses yeux perçants, qui s'arrêtèrent un instant sur la poche où Ellery avait mis la carte et l'enveloppe.

— Non, merci, dit-il en souriant. Il faut que je retourne au studio. Au revoir !

Il resta un moment sans bouger, comme s'il hésitait à l'embrasser, puis lui adressa un sourire et partit. Ils le virent sortir, les épaules basses, par la porte que l'on ouvrit pour lui.

— Un gentil garçon, Butch, dit Ellery.

— Oui, n'est-ce pas ? (Puis Bonnie reposa brusquement son verre.) Mais ne comprenez-vous pas ? Maintenant que c'est *moi* qui reçois ces cartes...

— Allons, Bonnie...

— Vous ne croyez pas... que c'est... mon tour ? dit-elle d'une petite voix tremblante qui faisait pitié à entendre.

— Votre tour ?

— Maman a reçu ces avertissements et elle a été... Et maintenant, c'est moi qui les reçois. (Elle essaya de sourire.) Je suis folle de peur.

Ellery soupira.

— Alors, vous ne pensez plus que c'était Jack Royle qui avait envoyé les lettres précédentes ?

— Si !

— Mais Bonnie, vous ne pouvez pas avoir peur d'un mort !

— Ce n'est pas un mort qui m'a envoyé cette lettre hier soir. Oh ! c'était Jack Royle qui avait envoyé les autres, c'est sûr, mais celle-ci... (Elle frissonna.) Je n'ai qu'un seul ennemi, Mr Queen.

— Vous voulez dire Ty ? murmura Ellery.

— Oui, Ty. Il continue ce que son père avait commencé !

Ellery garda le silence. Il était fortement tenté de démontrer à Bonnie le mal-fondé de ses suppositions, ne serait-ce que pour ne plus voir ce regard dans ses yeux, mais il se durcit.

— Il faudra être très prudente, Bonnie.

— Alors, vous aussi vous pensez...

— Peu importe ce que je pense. Mais souvenez-vous bien de ceci : la chose la plus dangereuse que vous puissiez faire, c'est de vous abandonner à Ty Royle.

Bonnie avala le reste de son cocktail en fermant les yeux. Lorsqu'elle les rouvrit, ils étaient emplis de peur.

— Que dois-je faire ? murmura-t-elle.

Ellery jura en lui-même, mais se contenta de dire :

— Prudence, prudence. Vous ne serez jamais trop prudente. Ne parlez pas à Ty. N'ayez aucun rapport avec lui. Fuyez-le comme la peste.

— Oui, dit Bonnie en frissonnant, comme la peste, c'est ça.

— Ne le laissez pas vous faire la cour. Ne l'écoutez pas, continua Ellery en évitant de la regarder. Ne croyez rien de ce qu'il vous dira. Souvenez-vous, Bonnie.

— Comment ne me souviendrais-je pas !

Ses yeux s'emplirent de larmes. Elle chercha un mouchoir avec des gestes coléreux.

— La voiture qui vous suivait, dit Ellery, ne vous en

inquiétez pas. Les hommes qui s'y trouvent vous protègent. N'essayez pas de les semer, Bonnie.

Mais Bonnie l'avait à peine écouté.

— Quelle vie ! dit-elle. Je suis seule au monde, avec une bête sauvage à mes trousses et... et...

Ellery se mordit les lèvres en la regardant s'essuyer les yeux et le nez. Il ne se sentait guère mieux qu'une bête, lui aussi.

Quelques minutes plus tard, Queen demanda au garçon de leur donner la même chose et, lorsque les boissons arrivèrent, il mit le daiquiri dans la main de Bonnie.

— Allons, Bonnie, arrêtez. On commence à nous regarder.

Elle but une gorgée, se moucha, puis fit une retouche à son maquillage.

— Je suis bête. Je ne fais que pleurer, comme une de ces stupides héroïnes de cinéma.

— Bravo, bravo, ça va déjà mieux. Dites-moi, Bonnie, saviez-vous que votre mère et Jack Royle étaient allés voir votre grand-père Tolland Stuart mercredi de la semaine dernière ?

— Juste avant l'annonce de leurs fiançailles ? Non, maman ne m'en avait rien dit.

— C'est curieux.

— Oui. Comment le savez-vous ?

— Paula Paris me l'a dit.

— Celle-là ! Comment le savait-elle ?

— Oh ! elle n'est pas si terrible que ça, dit Ellery. C'est son travail qui veut ça, vous devriez le comprendre.

Pour la première fois, Bonnie le regarda avec une concentration typiquement féminine, cherchant à découvrir ses faiblesses cachées.

— Ah, je vois, dit-elle lentement. Vous êtes tombé amoureux d'elle.

— Moi ? protesta Ellery. C'est absurde.

Bonnie reprit son masque glacial.

— Excusez-moi. Peu importe d'ailleurs où elle l'a appris. Je me souviens en effet que maman était absente ce jour-là. Je me demande bien pourquoi elle est allée voir grand-père... et avec cet homme, en plus.

— Je ne vois pas ce que cela a de surprenant. Après tout, elle allait se marier, et il était son père.

— Oui, bien sûr, soupira Bonnie. Mais cela me paraît curieux.

— Dans quel sens ?

— Maman n'avait vu grand-père, oh, pas plus de deux ou trois fois depuis douze ans. Moi-même, à part dimanche, cela faisait huit ans que je n'étais pas allée dans cette affreuse maison des montagnes de Chocolat... Je portais encore des rubans dans les cheveux et un tablier d'écolière, alors vous pouvez vous imaginer qu'il y avait longtemps ! Si j'avais rencontré grand-père dans la rue, je ne l'aurais certainement pas reconnu. Il ne venait jamais nous voir.

— Connaissez-vous la raison de la froideur qui régnait entre votre mère et votre grand-père ?

— Ce n'était pas exactement une froideur. C'était... c'était simplement que mon grand-père est un être extrêmement égoïste, qui ne voit que lui-même. Maman me disait que lorsqu'elle était petite, elle avait beaucoup souffert de son manque d'affection. Vous voyez... ma grand-mère est morte en donnant naissance à ma mère — c'était son premier enfant. Et après cela, grand-père... s'est laissé aller...

— Il n'a pas tenu le coup ?

— Maman dit qu'il a eu une sorte de dépression nerveuse. Il n'a plus jamais été le même après. La mort de sa femme l'avait durement touché... Il devait plus ou moins en blâmer maman. Si elle n'était pas née...

— Oui, c'est une réaction assez fréquente dans ces cas-là.

— Ne croyez pas qu'il ait été méchant avec

maman, se hâta d'ajouter Bonnie. Il l'a toujours aidée financièrement. Il l'a fait élever par des gouvernantes, elle avait des tas de vêtements, faisait des voyages en Europe, des croisières en bateau, vous voyez. Mais ensuite, lorsqu'elle est devenue adulte, elle a fait du théâtre et du cinéma... il a dû alors se dire que ses devoirs paternels s'arrêtaient là. Et il ne s'est jamais intéressé à moi.

— Mais alors, pourquoi votre mère est-elle allée le voir ?

— Je n'en sais vraiment rien; à moins que ce n'ait été pour lui dire que Jack et elle allaient se marier. Mais je suis sûre que cela lui était bien égal. Il ne s'était pas intéressé à son premier mariage, pourquoi se serait-il intéressé au second ?

— Peut-être votre mère avait-elle besoin d'argent ? Vous avez dit l'autre jour qu'il ne lui en restait jamais.

— Maman me disait toujours qu'elle préférerait aller mendier plutôt que de lui demander un sou.

Ellery se frotta doucement la lèvre supérieure de l'index tandis que Bonnie finissait son cocktail.

— Bonnie, dit soudain Ellery, faisons quelque chose.

— Quoi ?

— Frétons un avion et allons dans les montagnes de Chocolat.

— Après la façon dont il s'est conduit dimanche ? dit Bonnie en reniflant. Il n'est même pas venu à l'enterrement de sa propre fille. C'est pousser l'excentricité un peu loin !

— J'ai le sentiment, dit Ellery en se levant, qu'il est important de découvrir pourquoi votre mère et Jack Royle sont allés le voir il y a neuf jours.

— Mais...

Ellery la regarda bien en face.

— Cela nous aidera peut-être à éclaircir le brouillard, Bonnie.

Bonnie resta un moment silencieuse, puis elle rejeta la tête en arrière et se leva, en disant :

— Dans ce cas, je suis avec vous.

Mr Queen, fouineur

Les lois naturelles se renversant pour une fois, la lumière bénie du jour montrait le nid d'aigle de Tolland Stuart dans toute sa sauvage grandeur — une cicatrice plus terrible sur le flanc de la montagne qu'on n'avait pu le voir durant la terrifiante nuit.

— Cet endroit est vraiment hideux, dit Bonnie en regardant par le hublot de l'avion qui manœuvrait pour atterrir.

— Ce n'est pas vraiment une réplique du Shangri-La, mais cela ressemble quelque peu à la Cité Interdite du Toit du Monde. On pourrait se demander si votre digne grand-père n'est jamais allé au Tibet.

Les sombres bâtiments s'étendaient au-dessous d'eux, au centre d'un réseau de câbles à haute tension et de fils téléphoniques.

— Est-ce mon imagination, dit Bonnie, ou est-ce que cela ressemble vraiment à une araignée au milieu de sa toile ?

— C'est votre imagination, se hâta de dire Ellery.

Lorsque leur avion s'arrêta au bout de la courte piste, il dit au pilote :

— Attendez-nous; cela ne sera pas long, et il aida Bonnie à descendre de l'avion.

Il la prit par le bras et l'entraîna vers l'allée boisée. En passant devant le hangar, il remarqua qu'il était vide.

Bonnie aussi l'avait vu.

— Croyez-vous que grand-père soit parti ?

— C'est plus vraisemblablement le Dr Junius.

J'imagine qu'il est descendu pour acheter quelques choux. Imaginez-vous obligée de tenir une maison ici !

— Et prendre l'avion pour aller acheter un pot de moutarde ! dit Bonnie en riant nerveusement.

Le chemin était désert. Lorsqu'ils arrivèrent à la clairière sur laquelle s'élevait la maison, ils virent que toutes les portes étaient fermées. Ellery frappa, sans résultat. Il frappa de nouveau, puis tourna la poignée. La porte n'était pas fermée à clé.

— Voyez comme c'était simple; entrez, Bonnie, la maison ne va pas vous mordre.

Bonnie n'en avait pas l'air persuadée, mais elle se redressa courageusement et le précéda bravement dans la sombre maison.

— Grand-père ? appela-t-elle.

Seul l'écho lui répondit, roulant dans les escaliers et les couloirs.

— Mr Stuart ! rugit Ellery. (L'écho sembla ricaner.) Ce vieux est vraiment exaspérant. Cela vous ennuie que j'aille lui passer un savon ?

— Bien au contraire ! Et je vous donnerai même un coup de main.

— Bien, fit Ellery d'un air réjoui. Encore faudrait-il le trouver, et il la précéda.

Le living-room était vide, de même que la cuisine. La mine farouche, Ellery s'engagea dans les escaliers, suivi par Bonnie.

— Je parierais 1 million de dollars qu'il s'est encore enfermé dans sa chambre. Mr Stuart !

Il n'y eut pas de réponse.

— Laissez-moi y aller ! dit Bonnie, et, passant devant lui, elle monta les escaliers en courant.

Ils trouvèrent le vieil homme au lit, près d'une table chargée de boîtes et de flacons de médicaments, de vaporisateurs et de petites cuiliers rouillées. Il mâchait obstinément un sandwich à la viande froide de ses mâchoires édentées, en buvant du thé glacé. Il leur jeta un regard menaçant mais dénué de toute surprise.

— Grand-père ! s'écria Bonnie. Vous ne nous avez pas entendus arriver ?

Il continua à mâchonner et à les regarder à travers ses sourcils broussailleux, comme s'il n'avait rien entendu.

— Grand-père ! s'écria Bonnie, effrayée. Vous ne m'entendez pas ? Etes-vous sourd ?

Il s'arrêta de mâcher, juste le temps de grogner :

— Allez-vous-en.

Il reprit une gorgée de thé et mordit dans son sandwich...

Bonnie paraissait à la fois soulagée et furieuse.

— Pourquoi me traitez-vous ainsi ? Vous êtes un homme, ou quoi ?

Ses joues et son menton poilus s'immobilisèrent un instant, puis se remirent en mouvement.

— Que me voulez-vous ? dit-il sèchement.

Bonnie s'assit sur le rebord du lit.

— Je veux, dit-elle à voix basse, un peu de l'affection à laquelle maman n'a jamais eu droit.

Observant sa physionomie amère et vieillie, Ellery fut étonné d'y découvrir une trace de douceur. Puis, elle disparut et le vieil homme dit sur un ton bourru :

— C'est trop tard, maintenant. Je suis très vieux. Il y a des années que Blythe aurait dû avoir cette pensée. (Le zézaiement s'accentua et la voix se fit plus forte :) Je ne veux voir personne ! Allez-vous-en. Si cet idiot de Junius voulait bien cesser d'aller et venir dans tous les sens, j'aurais peut-être la paix !

Bonnie serra ses petits poings gantés.

— Vous ne me faites pas peur avec vos aboiements, dit-elle calmement. Vous savez parfaitement que c'était votre faute, et pas celle de maman. Vous ne lui avez jamais donné l'amour auquel elle avait droit.

Le vieil homme posa violemment son verre et jeta les restes du sandwich sur le tapis.

— Vous osez me dire cela, à moi ? Qu'est-ce que vous en savez ? Est-elle jamais venue me voir avec vous ? A-t-elle jamais...

— Lui avez-vous jamais fait sentir que vous le désiriez ?

Les bras osseux se levèrent, puis retombèrent faiblement sur les couvertures.

— Je ne discuterai pas avec une petite jeune fille. Je sais ce qui vous intéresse. Mon argent. Vous en voulez tous à mon argent. C'est la seule chose qui intéresse les enfants et petits-enfants !

— Grand-père ! dit Bonnie en se levant, comment osez-vous dire une chose pareille ?

— Sortez, vous dis-je ! Ce crétin de Junius ! Aller à Los Angeles et laisser cette maison ouverte à tous les vents ! Dieu sait quels microbes vous avez apportés ici. Je suis un vieil homme malade. Je...

— Au revoir, dit Bonnie, et elle alla vers la porte sans se retourner.

— Attendez, intervint Ellery. (Elle attendit, les lèvres tremblantes. Ellery, la mine sombre, regarda le vieil homme en face.) Vous êtes libre de vivre comme il vous plaît, Mr Stuart, mais deux personnes ont été assassinées, et vous ne pouvez pas simplement l'ignorer. Vous allez répondre à quelques questions que j'ai à vous poser.

— Qui êtes-vous ? demanda le vieil homme d'un ton acide.

— Peu importe qui je suis. Il y a neuf jours, c'était un mercredi, votre fille et Jack Royle sont venus vous voir. Pourquoi ?

Il lui sembla que le vieil homme était étonné, mais cela ne dura qu'un instant.

— Alors, vous avez fini par découvrir cela, hein ? Vous devez être de la police, comme cet imbécile de Glücke qui est venu me voir au début de la semaine. La police !

— Mr Stuart, je vous ai demandé...

— Vous voulez savoir pourquoi ils sont venus, hein ? Eh bien, je vais vous le dire. (Le vieil homme se releva à demi.) Parce qu'ils voulaient de l'argent, voilà pourquoi ! Comme tout le monde.

— Maman, vous demander de l'argent ? Je ne vous crois pas.

— Traitez-moi de menteur, pendant que vous y êtes ! Je disais donc qu'elle m'a demandé de l'argent. Pas pour elle-même, je l'admets, mais pour ce bon à rien de Royle !

Ellery et Bonnie se regardèrent, stupéfaits. C'était donc cela ! Blythe était venue voir son père malgré toute sa répugnance, non pour elle-même, mais pour l'homme qu'elle aimait.

— Je vois, dit Ellery doucement. Et vous le lui avez donné ?

— Je devais être à moitié fou ce jour-là, grommela-t-il. J'ai donné à Royle un chèque de 110 000 dollars, et j'ai dit à Blythe que c'était la dernière fois. Cette espèce de bon à rien ! Pour payer des dettes de jeu ! Elle voulait épouser un joueur ! Eh bien, on a vu ce que ça lui a rapporté.

— Oh ! grand-père, dit Bonnie en pleurant, et elle s'approcha du lit.

— N'approchez pas ! s'écria le vieil homme. Vous êtes pleine de microbes !

— Vous l'aimiez. Vous vouliez qu'elle soit heureuse.

— Je voulais qu'elle me fiche la paix.

— Vous n'êtes pas réellement dur...

— C'était la seule façon de me débarrasser d'elle. Blythe m'a dit qu'un jour, cet argent serait à elle de toute façon, et que... (Ses lèvres se mirent à trembler.) Sortez d'ici, et n'y revenez plus !

Le visage de Bonnie se durcit.

— Vous savez, dit-elle, je vous crois quand vous dites que vous ne le lui avez donné que pour vous débarrasser d'elle. Mais ne vous inquiétez pas, grand-père, je pars, et je ne reviendrai jamais. Je ne vous adresserai plus la parole, tant que vous vivrez.

Le vieil homme, le visage livide, agita de nouveau les bras.

— Je vivrai encore longtemps, cria-t-il. Ne vous inquiétez pas pour *cela* ! Et maintenant, sortez, tous les deux !

— Un moment, dit Ellery. Bonnie, voudriez-vous m'attendre dans l'avion ? Je vous y rejoins dans quelques minutes. Je voudrais parler seul à seul avec votre grand-père.

— Trop heureuse de sortir d'ici, dit Bonnie.

Ellery l'entendit descendre les escaliers comme si elle avait le diable aux trousses.

— Et maintenant, Mr Stuart, j'aimerais que vous répondiez à une question.

— Je vous ai déjà dit que Blythe et ce joueur étaient venus me voir, et je n'ai rien d'autre à vous dire.

— Cette question n'a rien à voir avec la visite de votre fille.

— Comment ?

— Je voulais vous demander, dit Ellery calmement, ce que vous faisiez dimanche dernier derrière la maison avec un casque d'aviateur.

Un moment, il crut que le vieillard allait s'évanouir. Ses yeux jaunâtres roulaient dans tous les sens et son nez avait une sorte de tic nerveux.

— Hein ? murmura le vieux Stuart. Que dites-vous ?

A peine avait-il dit cela que la faiblesse et la peur disparurent, et qu'il releva de nouveau le menton avec belligérance. « Le brave vieux coq », pensa Ellery avec une involontaire admiration.

— Je vous ai vu dehors, sous la pluie, et vous portiez un casque d'aviateur. Alors que Junius prétendait que vous vous étiez enfermé dans votre chambre.

— Oui... Oui, j'étais dehors. Parce que je voulais

respirer un peu d'air pur, parce qu'il y avait des étrangers dans ma maison.

— Sous la pluie, la nuit ? (Ellery sourit.) Vous n'aviez pas peur d'attraper une pneumonie ?

— Je suis un vieil homme malade, mais je préfère risquer unc pneumonie plutôt que de me mêler à... des étrangers.

— Vous alliez dire « à un meurtre », n'est-ce pas ? Pourquoi tenez-vous tellement à ne pas être mêlé à l'assassinat de votre fille ? Vous devriez ressentir un désir — j'allais dire : naturel — de vengeance ?

— Je veux une seule chose : que l'on me laisse en paix.

— Et ce casque d'aviateur, Mr Stuart, cela n'a rien à voir avec un avion, par hasard ?

— Il y en a toujours qui traînent dans la maison. Ça protège bien de la pluie.

— Je me demande bien pourquoi vous êtes soudain si aimable ? Les gens qui ont quelque chose à cacher deviennent en général fort aimables, Mr Stuart. Que cachez-vous ?

Pour toute réponse, le vieil homme allongea le bras vers la carabine qui était à sa place habituelle à la tête du lit et la posa devant lui, en travers du lit. Puis, il regarda calmement Ellery.

Ellery sourit, haussa les épaules, puis sortit en prenant tout son temps.

Il descendit les escaliers en faisant le plus de bruit possible, et claqua violemment la porte.

Mais il resta à l'intérieur. Aucun son ne venait d'en haut. Il regarda autour de lui. Cette porte-là, oui... Il traversa le living sur la pointe des pieds, ouvrit précautionneusement la porte, jeta un coup d'œil de l'autre côté, hocha la tête, se glissa à l'intérieur et referma la porte avec le plus grand soin.

Il se trouvait dans une sorte de bibliothèque, ou étude, vaste et sombre comme toutes les pièces de la maison. Une épaisse couche de poussière recouvrait tout, commentaire désobligeant sur les talents ménagers du Dr Junius.

Ellery se dirigea sans hésitation vers l'immense bureau de chêne massif et patiné. Ce n'était toutefois pas son antiquité qui l'intéressait, mais son contenu. Un coup d'œil lui avait appris qu'il n'y avait pas de coffre-fort; le bureau lui semblait donc l'endroit où il avait le plus de chance de trouver ce qu'il cherchait.

Il le trouva dans le second tiroir qu'il ouvrit, enfermé dans un coffret d'acier peint, même pas fermé.

C'était le testament de Tolland Stuart.

Ellery le lut avidement, tout en guettant le moindre bruit.

Daté de neuf ans et demi plus tôt, il était écrit sur une épaisse feuille de papier registre portant l'en-tête d'une des plus grandes banques de Los Angeles. C'était un testament olographe, écrit à la plume d'une écriture maniérée. Il portait la signature de Tolland Stuart, ainsi que deux signatures de témoins, sans doute des employés de la banque.

Sa teneur était la suivante :

Moi, Tolland Stuart, âgé à ce jour de soixante ans, sain de corps et d'esprit, fais présentement mon testament.

Une somme de 100 000 dollars, en espèces ou valeurs négociables, revient au Dr Herbert F. Junius, à mon service, mais seulement aux conditions suivantes :

1° *Que, au jour de ma mort, le Dr Junius ait été continuellement à mon service pendant au moins dix ans à compter de la date du présent testament, sauf périodes de maladie ou autres interruptions dans son service pour des raisons de force majeure; en tout autre temps, il aura dû être mon médecin et se consacrer exclusivement au maintien de ma santé; et que*

2° *Moi, Tolland Stuart, aie survécu à cette période de dix ans, c'est-à-dire que ma mort ne soit survenue qu'après mon soixante-dixième anniversaire.*

Dans l'éventualité de ma mort avant l'âge de soixante-dix ans, pour quelque cause que ce soit, ou dans l'éventualité où le Dr Junius aurait quitté mon service soit volontairement soit parce que j'aurais décidé de me passer de lui avant l'expiration de la période de dix ans sus-mentionnée, ledit legs de 100 000 dollars devra être annulé, et ma succession devra aller dans son intégralité à mes héritiers légaux.

Je désire également que toutes mes dettes éventuelles soient payées, ainsi que les frais occasionnés par les obsèques.

Le reliquat de ma succession devra être divisé comme suit :

La moitié (1/2) devra aller à ma fille et enfant unique Blythe, ou dans l'éventualité où son décès aurait précédé le mien à ses héritiers légaux. L'autre moitié (1/2) à ma petite-fille Bonita, fille de Blythe, ou, dans l'éventualité où son décès aurait précédé le mien, à ses héritiers légaux.

Sauf un court paragraphe dans lequel le vice-président de la banque où le testament avait été dressé était nommé exécuteur testamentaire, il n'y avait rien d'autre.

Ellery replaça le document dans le coffret d'acier, referma le tiroir et sortit de la maison sans faire de bruit.

Il arriva sur le terrain d'atterrissage juste à temps pour voir le puissant avion privé qu'il avait remarqué lors de sa première visite s'arrêter à côté de leur avion. Le Dr Junius en sortit, l'air fort martial avec son casque d'aviateur qui le faisait ressembler à un condor.

Il fit un signe de la main à Bonnie, qui attendait dans l'autre avion, et avança allégrement vers Ellery.

— C'est bien d'être venu nous voir ! Dommage que je n'aie pas été là. Quoi de neuf ?

— Rien de spécial. Nous venons d'avoir l'honneur d'une entrevue avec votre digne bienfaiteur.

— Puisque vous ne vous êtes pas fait trouer la peau, dit-il en souriant, ça n'a pas dû être bien terrible. (Puis, sur un ton différent :) Avez-vous bien dit *bienfaiteur* ?

— Mais oui. N'est-ce pas exact ?

— Je ne vois pas ce que vous voulez dire, dit Junius, dont la bonne humeur paraissait envolée.

— Allons, docteur.

— Non, je ne vois vraiment pas.

— Ne me dites pas que vous ignorez qu'il a pensé à vos vieux jours !

Le Dr Junius éclata de rire.

— Ah, ça ! (Son rire devint amer.) Bien sûr que je le sais. Pourquoi croyez-vous que je me suis enterré ici ?

— Je pensais bien, dit Ellery sèchement, qu'il devait y avoir une bonne raison.

— Je suppose qu'il vous l'a dit.

— Mmm.

— Je me demande, dit Junius en haussant les épaules, si j'ai fait une si bonne affaire. C'est bon marché, pour 100 000 dollars, de vivre avec ce vieux pirate maniaque pendant dix ans. Ça en vaudrait plutôt 1 million, et je n'exagère pas.

— Comment en êtes-vous arrivé à ce curieux accord ?

— Lorsque nous nous sommes rencontrés, il venait de se faire examiner à fond par deux soi-disant spécialistes qui lui soutiraient des consultations à 1 000 dollars. Ils lui dirent qu'il avait un cancer à l'estomac, et qu'il en avait tout au plus pour deux ans.

— C'était un diagnostic délibérément faux ?

— Je le suppose. Je pense qu'ils voulaient profiter au maximum de la vache à lait avant qu'elle n'en ait assez. Bref, quelqu'un m'a recommandé à lui, je l'ai examiné et n'ai trouvé que quelques ulcères. Je le lui ai dit, et les « spécialistes » disparurent discrètement.

— Je ne vois toujours pas...

— On voit bien que vous ne le connaissez pas. Il n'avait plus confiance dans les spécialistes, mais il n'était pas non plus certain que je ne me trompais pas. Cela lui a donné une idée. Il m'a dit que si je parvenais à le maintenir en vie cinq fois plus longtemps que ce que les autres lui donnaient à vivre, et compte tenu de mon honnêteté, cela méritait des honoraires importants.

— C'est le système chinois. On ne paie le médecin que tant que l'on est en bonne santé.

— En bonne santé ! Il est solide comme un chêne. J'eus vite fait de guérir ses ulcères, et depuis il n'a même pas eu un rhume.

— Mais tous ces flacons et pilules à côté de son lit ?

— De l'eau sucrée et du sucre enrobé de sucre. C'est une thérapie dégoûtante mais essentielle. Si je ne le soignais pas pour ses maux imaginaires, il me mettrait dehors.

— Et vous ne toucheriez pas 100 000 dollars le jour de sa mort.

Le docteur leva les bras au ciel.

— Le jour de sa mort ! Pour autant que je sache, il atteindra quatre-vingt-dix ans, et il y a de fortes chances pour que je meure avant lui, et toutes ces années de martyre auront été vaines.

— Il vous verse quand même des honoraires annuels ?

— Oui, et fort honorables, ma foi. Mais hélas, il ne m'en reste pas grand-chose. Je deviendrais fou si je n'allais pas jouer à la roulette à Los Angeles de temps en temps, ou aux courses...

— Jamais chez Alessandro ? demanda soudain Ellery.

Le docteur regarda le ciel d'un air menaçant.

— Avez-vous jamais désiré très fort quelque chose ?

— Souvent.

— Il y a longtemps que je me suis rendu compte que je ne ferais pas vraiment un bon médecin. Question de tempérament. Ce que j'ai toujours désiré par-dessus tout, plus que l'argent, c'est avoir du temps à moi.

— Du temps ? Dans quel but ?

— Pour écrire ! Il y a des histoires là-dedans. (Il se frappa la poitrine.) Des tas d'histoires que je veux raconter au monde. Mais il faut du temps, un minimum de sécurité matérielle, pas de soucis...

— Mais ici...

— Ici ? Ici, je suis un prisonnier. Je suis debout du matin au soir, sans jamais un moment à moi; je lui fais la cuisine, je lui essuie le nez, je fais ses courses, nettoie sa maison... Non, Mr Queen, je ne peux pas écrire ici. Tout ce que je puis faire, c'est m'user les pieds et espérer qu'il se brisera le cou un jour en allant à sa damnée chasse au lièvre.

— Au moins, vous êtes franc, murmura Ellery.

Le docteur parut soudain effrayé.

— Au revoir, dit-il hâtivement, et il se mit en route vers la maison.

— Au revoir, dit simplement Ellery, et il alla vers l'avion qui l'attendait.

Mr Queen, gredin

Le matin du samedi suivant, Mr Queen était assis à la table de sa kitchenette, en pyjama et robe de chambre. Il dégustait un toast carbonisé tout en lisant à la fois le journal du matin, qui annonçait les dernières nouvelles concernant le cas Royle-Stuart (il n'y en avait pas) et un livre broché intitulé *Comment lire l'avenir dans les cartes*, lorsque le téléphone sonna.

— Queen ! (La voix de Ty était véhémente.) Qu'a-t-elle dit ?

— Qui ?

— Bonnie. Tout est arrangé ?

— Ah ! Bonnie. (Ellery pensa avec frénésie.) Vous savez, Ty, j'ai de mauvaises nouvelles pour vous.

— Comment est-ce possible ?

— Elle n'en croit pas un mot. Elle est toujours convaincue que votre père a envoyé ces cartes.

— Mais c'est impossible ! hurla-t-il. Vous lui avez tout expliqué, le Courrier International et le reste ?

— Bien sûr, mentit Ellery. Mais les femmes ne sont pas accessibles à la raison, Ty. Vous devriez savoir cela. Pourquoi ne pas abandonner Bonnie ? C'est sans espoir.

Ty resta silencieux. Ellery pouvait l'imaginer serrer les dents et fermer ses yeux fatigués.

— Je n'ai pas pu me tromper, dit-il enfin, avec une obstination désespérée. Elle s'est entièrement donnée à moi. Elle m'aime. Je le sais.

— Peuh, elle jouait la comédie.

— Depuis quand vous y connaissez-vous en femmes ? Je vous dis qu'elle ne jouait *pas* la comédie.

— Ecoutez, Ty, dit Ellery en simulant l'impatience, je suis un homme surchargé de travail et ne suis guère en forme à cette heure de la matinée. Vous m'avez posé une question, je vous ai répondu.

— J'ai embrassé trop de filles pour ne pas sentir quand c'est vrai.

— Ainsi parlait Casanova, soupira Ellery. Je suis toujours d'avis que vous devriez prendre des vacances. Un tour à Broadway vous ferait oublier Bonnie.

— Mais je ne veux pas l'oublier ! Si c'est ainsi, je vais aller la voir en personne. J'aurais dû commencer par là.

— Attendez, dit Ellery, prenant peur. Vous allez vous attirer des ennuis.

— Je *sais* que si je lui parle, que si je la prends dans mes bras...

— Si vous tenez à vous faire poignarder dans le dos. Elle a reçu d'autres lettres.

— D'autres lettres ? Mais je croyais que nous avions pris tout ce qui restait, dans ce bureau !

— Elle m'en a montré une qui est arrivée hier. Et elle *lui* était adressée.

— A elle ?

— Oui, et elle contenait le sept de pique... « Un ennemi ».

— Mais elle n'a pas pu venir de chez Lucey, et encore bien moins être postée par mon père... Cela *prouve* que...

— Oh ! dit Ellery, désespéré, elle sait bien que votre père ne l'a pas envoyée, celle-là. C'est pire. Elle croit que c'est *vous*.

— Moi ?

Ty paraissait absolument stupéfait.

— Oui, elle est convaincue que c'est la première carte d'une nouvelle série, qui lui est adressée, et que vous envoyez.

— Mais... elle est complètement folle ! Moi ? Pense-t-elle vraiment que *moi*, je...

— Je vous ai déjà dit qu'elle n'est pas accessible à la raison. Il n'y a rien à faire, Ty. Vous perdez votre temps.

— Mais elle ne *peut* pas penser que je la poursuis ainsi. Il *faut* que je parvienne à la convaincre...

— Ne savez-vous donc pas que la seule chose absolument inamovible dans cet univers, c'est une idée qu'une femme s'est mise dans le crâne ? Rien n'y fait. Ne croyez pas que j'essaie de changer de sujet, mais possédez-vous une machine à écrire ?

— Quoi ?

— J'ai dit : possédez-vous une machine à écrire ?

— Oui, bien sûr. Mais...

— Où est-elle ?

— Dans ma loge, au studio.
— Que faites-vous maintenant ?
— Je vais voir Bonnie.
— Ty... (Ellery pâlit de sa propre perfidie.) N'y allez pas ! Suivez mon conseil. Vous êtes peut-être... en danger.
— En danger ? Que voulez-vous dire ?
— Faites un effort pour comprendre !
— Ecoutez, dit Ty avec vivacité, voulez-vous dire que Bonnie... Ou bien vous plaisantez, ou bien vous êtes fou !
— Faites-moi plaisir, je vous en prie. Ne parlez à Bonnie que lorsque je vous dirai qu'il n'y a plus de danger.
— Je ne comprends pas, Queen !
— Il faut que vous me le promettiez.
— Mais...
— Je ne peux pas vous expliquer maintenant. J'ai votre parole ?
Ty resta silencieux, puis dit avec lassitude :
— Bon d'accord, et il raccrocha.
Ellery fit de même, en essuyant son front en sueur. Cela avait été juste. Apprenti ignare dans le grand laboratoire de l'amour, il commençait seulement à découvrir les puissantes propriétés magnétiques de la passion. Au diable, ce gosse têtu ! Mais, dans son cœur, Mr Queen ressentait une honte profonde et brûlante. De tous les sales tours qu'il avait joués dans l'intérêt de la vérité ultime, c'était certainement le pire !
Il retourna en soupirant à sa kitchenette pour consulter de nouveau son traité de cartomancie et se replonger dans ses sombres pensées.
On sonna à la porte.
Il alla avec lassitude vers la porte et ouvrit.
Et qui vit-il ? Bonnie.

— Bonnie ! Entrez, entrez donc.

Bonnie était radieuse. Elle passa devant lui, virevolta jusqu'au sofa et s'y assit en le regardant avec des yeux qui dansaient.

— Ah ! quelle journée merveilleuse, vous ne trouvez pas ? Et vous portez une bien belle robe de chambre, Mr Queen. J'ai de nouveau été suivie par cette grosse voiture noire, et cela m'est égal, et... Oh ! il m'est arrivé une chose merveilleuse.

Ellery referma la porte en se demandant ce qui l'attendait encore.

Néanmoins, il réussit à sourire.

— Ce qu'il y a d'agréable dans cette affaire, c'est qu'elle m'a permis de connaître une des plus adorables filles de notre temps.

— Et une des plus heureuses, dit Bonnie en riant. Vous n'allez pas essayer de me séduire avec votre moustache, quand même ? Je me sens si bien que c'en est indécent. (Elle sautait sur le sofa comme une petite fille.) Mais demandez-moi donc ce que c'est !

— Ce qu'est quoi ?

— La chose merveilleuse qui m'est arrivée.

— Bien, dit Ellery sans aucun enthousiasme. Qu'est-ce que c'est ?

Tandis qu'elle ouvrait son sac, Ellery la regarda attentivement. Son visage de star était ravagé à un tel point que le meilleur maquilleur n'aurait pu le dissimuler. Elle avait les joues creuses et ses yeux étaient entourés d'ombres violettes. Elle ressemblait à un malade gravement atteint auquel le médecin vient de dire qu'il est sauvé.

Elle sortit de son sac une enveloppe et la lui tendit. Il la prit en fronçant les sourcils. Pourquoi un autre de ces avertissements aurait-il pu avoir un pareil effet sur elle ? Il regarda la carte avec appréhension. C'était le quatre de pique.

Il la regarda sombrement. S'il se souvenait bien du code...

— Pas besoin de chercher votre feuille de papier, dit

Bonnie gaiement. Je connais le code par cœur. Le quatre de pique signifie : « N'ayez plus rien à voir avec une certaine personne dont vous vous méfiez. » C'est épatant !

Ellery s'assit en face d'elle et examina l'enveloppe.

— Vous n'avez pas l'air content ? dit Bonnie. Je me demande bien pourquoi ?

— Peut-être parce que je ne comprends pas en quoi c'est si épatant.

Bonnie ouvrit de grands yeux.

— Mais la carte signifie : « N'ayez plus rien à voir avec une certaine personne dont vous vous méfiez » ! Vous ne comprenez donc pas ? Et moi qui pensais que c'était Ty qui me l'avait envoyée !

Bonnie, Bonnie ! Mr Queen commençait à sentir la rage monter en lui. D'abord Ty, et maintenant Bonnie. Seul, l'être le plus méprisable oserait éteindre le feu extatique qui brillait dans ces yeux fatigués et sur ce visage émacié; c'était la première fois qu'elle était heureuse depuis le début de cette interminable semaine de doutes, de tourments et de mort.

Et pourtant, il le fallait. Il fallait faire taire ce bonheur, c'était vital. Un moment, Ellery se demanda s'il n'allait pas lui dire la vérité. Mais alors, rien ne pourrait plus l'éloigner de Ty. Et si Ty savait...

Mr Queen s'arma de courage.

— Je ne vois pas pourquoi vous trouvez cela si merveilleux ! dit-il en s'efforçant de ricaner.

— Je ne vous comprends pas, dit Bonnie, surprise.

— Vous dites que vous pensiez que Ty vous avait envoyé cette carte, et vous avez apparemment changé d'avis. Pourquoi ?

— Mais à cause de la carte, de celle que vous tenez !

— J'avoue ne pas pouvoir suivre votre raisonnement, dit Ellery froidement.

Son sourire s'évanouit.

— Vous ne voyez réellement pas ? Non, vous plaisantez, n'est-ce pas ? Il n'y a qu'une seule personne au monde dont je pourrais me méfier, et c'est Ty !

— Et alors ?

— La personne qui m'a envoyé cette carte, quelle qu'elle soit, m'avertit clairement que je ne dois plus rien avoir à faire avec Ty. Vous ne comprenez toujours pas ? s'écria-t-elle, retrouvant sa gaieté. Vous ne comprenez pas que cela innocente Ty ? *Il ne m'aurait jamais mise en garde contre lui-même !* conclut-elle triomphalement.

— Cela dépend des circonstances, dit Mr Queen impitoyablement.

Son sourire s'évanouit pour de bon. Elle baissa les yeux et se mit à jouer avec la poignée de son sac.

— Je suppose, dit-elle avec une petite voix, que vous savez de quoi vous parlez. Je ne suis pas très... très maligne. J'avais simplement l'impression que...

— Il est extrêmement malin, dit Ellery d'une voix dénuée d'émotion. Il sait que vous le soupçonnez, et il vous a envoyé le seul message susceptible de faire taire vos soupçons. Et il ne s'était pas trompé.

Il se leva, incapable de supporter la vue de Bonnie, mais il se rendit compte qu'elle lui jetait un regard d'une curieuse franchise — un regard à la fois dur, triste et interrogateur, qui le fit se sentir comme s'il venait de commettre un crime impardonnable.

— Vous le croyez vraiment ? murmura-t-elle.

— Ne vous inquiétez pas, dit Ellery sèchement. Je le prouverai.

Puis il alla dans sa chambre et commença à s'habiller, évitant soigneusement de penser à quoi que ce soit. Cela rendait la vie plus supportable.

Bonnie le conduisit aux studios. Lorsqu'elle eut mis sa voiture au parking, il lui demanda où se trouvait la loge de Ty. Sans un mot, elle le conduisit au petit bungalow de pierre. La porte était ouverte.

Une machine à écrire de bureau se trouvait sur une

table. Immobile, Bonnie attendait près de la porte tandis que Mr Queen prenait une feuille de papier, l'introduisait dans la machine et tapait rapidement quelques lignes.

Puis il alla vers Bonnie et lui tendit la feuille ainsi que l'enveloppe qu'il avait mise dans sa poche.

— Et voilà, dit-il. Tenez, Bonnie, comparez les deux écritures. Vous voyez les b, les d et les t ? Les caractères sont usés.

Il s'abstint de dire que, comme sur la machine de Jack Royle, les caractères défectueux avaient été récemment — et visiblement — limés afin d'être aisément reconnaissables.

Bonnie s'approcha de la machine et examina les caractères en question.

— Oui, je vois, dit-elle.

— Pas de doute. L'enveloppe que vous avez reçue aujourd'hui, ainsi que la précédente, a été écrite sur cette machine.

— Comment le saviez-vous ? lui demanda-t-elle en le contemplant avec le même regard interrogateur et pénétrant.

— Cela semblait probable.

— Il devrait y avoir aussi une copie du code. Comme ça, ça serait complet.

— Très juste. (Il fouilla dans les tiroirs.) Et la voilà ! A peine lisible, le carbone était mauvais.

Et il la lui tendit, mais elle la dédaigna, continuant à le regarder.

— Qu'allez-vous faire ? Livrer Ty à l'inspecteur Glücke ?

— Non, ce serait un peu prématuré, se hâta de dire Ellery. Les preuves sont insuffisantes. (Bonnie gardait un silence glacé.) Bonnie, ne dites pas un mot de cela à quiconque. Et évitez Ty. Vous m'entendez ?

— Je vous entends, dit Bonnie.

— Evitez-le totalement. (Bonnie ouvrit la porte.)

Où allez-vous ? (Bonnie ne répondit pas.) Soyez prudente !

Elle lui jeta un long regard dans lequel il discerna — c'était étrange — une lueur de panique.

Son pas s'accéléra. Un peu plus loin, elle se mit à courir.

Ellery la regarda s'éloigner d'un air désolé. Lorsqu'elle disparut au tournant, il referma la porte et se laissa tomber dans un fauteuil.

« Je me demande, pensa-t-il misérablement, de quelle peine est puni l'assassinat de l'amour. »

Danse amoureuse

Mr Queen resta assis dans la froide loge de Ty et réfléchit. Il réfléchit longtemps ainsi. Dans bien des sens, les choses étaient satisfaisantes, oui, tout à fait satisfaisantes. Mais dans un autre sens, elles ne l'étaient pas du tout.

« Toujours la même histoire, se dit Mr Queen. On trouve la noix, mais on n'a rien pour la casser. On ne peut quand même pas attendre sans rien faire. Penser, il faut penser ! »

Mr Queen pensa. Une heure passa, puis une autre. Mr Queen continua à penser. Mais cela ne servit à rien.

Il se leva et essaya de dégourdir ses muscles ankylosés. Le cas était là, entier, luisant, prêt à être livré à son appétit critique. Le problème qu'il ne parvenait pas à résoudre était : comment le prendre dans ses mains sans qu'il se désintègre en une masse gluante et palpitante.

Souhaitant avec ferveur que l'inspiration vienne, Mr Queen sortit de la loge et des studios et rentra en taxi à son hôtel. Au passage, il demanda qu'on lui sorte sa voiture. Il fit une pile des lettres qu'il avait réunies et les plaça sous le couvercle de la machine portative de Jack Royle. A ce moment, le téléphone sonna.

— Queen ? aboya l'inspecteur Glücke. Venez me voir immédiatement ! Immédiatement, vous m'entendez ?

— Comment ne pas vous entendre, Glücke !

— Je ne dirai rien d'autre maintenant. Vous venez aussi vite que vos jambes peuvent vous porter, c'est tout !

— Faut-il que je prenne mon pyjama et ma brosse à dents ?

— Il y a longtemps que j'aurais dû vous mettre au violon. Vite !

— En fait, Glücke, j'allais justement vous rendre une petite visite.

— Il faut toujours qu'il ait le dernier mot, rugit Glücke. Je vous donne une demi-heure, pas une minute de plus ! et il raccrocha.

Ellery poussa un soupir de résignation, prit la machine à écrire et son chapeau, puis descendit. Sa voiture l'attendait.

— Alors ? dit Mr Queen, exactement une demi-heure plus tard.

Assis derrière son bureau, l'inspecteur Glücke tentait de paraître à la fois très en colère et profondément blessé.

— Qu'est-ce que c'est que ça ? demanda-t-il en désignant la machine.

— Je vous avais posé une question, dit Ellery timidement.

— Asseyez-vous et ne faites pas l'innocent. Vous avez lu l'article de Paula Paris ?

— Non.

— Vous ne savez donc pas lire, ou est-ce que nos journaux ne sont pas assez bons pour vous ? Après tout, vous êtes un homme de lettres !

— Ha, ha ! fit Ellery. Vous ne me vexerez pas ! Alors, allez-y.

Glücke lui lança le journal. Ellery lut attentivement un passage marqué en rouge.

— Qu'avez-vous à répondre à cela ?

— Moi ? Je la trouve merveilleuse. Enfin une femme qui a du cerveau ! Glücke, dites-moi la vérité : avez-vous jamais rencontré une femme qui combine de façon si parfaite la beauté, le charme et l'intelligence ?

L'inspecteur frappa violemment la table du plat de la main.

— Vous vous croyez malin, hein, vous et cette peste ! Queen, je ne vous cache pas que je suis fou furieux ! Lorsque j'ai lu cet article, ma première pensée a été de lancer un mandat d'arrêt contre vous. Parole !

— Vous cherchez un bouc émissaire, hein ? dit Queen de sa voix la plus aimable.

— Rassembler toutes ces lettres ! Me laisser en plan pendant toute une semaine ! Se faire passer pour un gars de la préfecture !

— Vous avez travaillé vite, dit Ellery admirativement. Après tout, elle dit seulement que Blythe Stuart recevait des lettres anonymes et qu'elles étaient envoyées par l'intermédiaire d'une agence de réexpédition. Bien travaillé, Glücke.

— Pas de pommade. Il n'y a qu'une seule agence de ce genre dans la ville, et j'ai fait parler ce Lucey. Il m'a tout dit — sa description était parfaite. De plus, vous lui aviez laissé nom et numéro de téléphone. Je suppose que les deux autres étaient Ty Royle et Lew Bascom, d'après la description.

— Excellent.

— J'ai fait perquisitionner la maison des Stuart. Pas de lettres. C'est donc vous qui les avez. (On aurait cru qu'il allait pleurer.) Dire que vous m'avez joué ce sale tour, à *moi*. (Puis il brailla :) Alors, quoi, parlez !

— Néanmoins, tous ces secrets qui aboutissent inévitablement dans les articles de Paula Paris commencent à me flanquer la frousse. Où diable obtient-elle ses informations ?

— Je m'en fiche ! hurla Glücke. Je n'ai même pas pris la peine de lui téléphoner. Ça ne sert à rien ! Alors, Queen, vous me les donnez, ces lettres, ou est-ce qu'il faut que je vous fiche en tôle ?

— Oh, les lettres ! (Ellery désigna la machine du pied.) Elles sont là-dedans, avec les cartes et voici la machine sur laquelle le gredin a tapé le code et la lettre au Courrier International.

— Cartes ? Code ? Machine ? fit Glücke. Quelle machine ?

— Celle de Jack Royle.

L'inspecteur se rassit et se prit le front dans la main.

— Bon. L'histoire, maintenant. Je suis juste en charge de la brigade des homicides. Donnez-moi quelque chose, une idée, n'importe quoi ! (Il se mit à hurler :) Parlez, nom de Dieu, parlez !

Ellery parla, en savourant ses paroles. Il se lança dans une exposition détaillée des faits, en commençant par le tout commencement, par les premières cartes que Blythe lui avait données elle-même, et en terminant par les deux lettres récemment adressées à Bonnie.

L'inspecteur regardait d'un air menaçant la machine, les cartes, la signification des cartes et les enveloppes.

— Le dernier point, c'est que j'ai découvert que les deux enveloppes adressées à Bonnie étaient tapées sur la machine de Ty. Et voilà. Honnêtement, Glücke, j'allais justement vous apporter le tout.

L'inspecteur grommela quelque chose entre ses dents puis appela son secrétaire.

— Descendez tout cela à Bronson. Vérification, analyses, empreintes. (Lorsque l'homme fut parti, il resta un long moment pensif, puis regarda Queen.) A vrai dire, Queen, tout cela ne m'apporte pas grand-chose. La lettre signée Smith ne mène à rien, bien sûr. La seule chose que je puis en conclure, c'est que dans son plan originel, Smith prévoyait la mort de Blythe seule, mais que quelque chose est arrivé qui l'a fait tuer Jack par la même occasion.

— C'est le point essentiel, murmura Ellery.

— Mais *pourquoi* Jack a-t-il également été tué ? Pourquoi ces avertissements ? Et pourquoi cela recommence-t-il avec Bonnie maintenant ? Mais dites donc ! (Il regarda Queen en clignant des yeux.) C'est pour ça que vous m'avez dit de la faire suivre !

— Je vous l'avais demandé *avant* qu'elle ne commence à recevoir les lettres, si vous vous souvenez bien.

— Mais alors, pourquoi...

— Une intuition. Les cartes n'ont fait que la confirmer.

— Alors, c'est elle l'élue, maintenant, grommela Glücke. Pas de chance.

— Vous l'avez vue aujourd'hui ?

— J'ai essayé de la joindre, mais elle n'est pas chez elle, et mes hommes ne sont pas venus faire leur rapport. Quand j'y pense, Ty Royle n'est nulle part, lui non plus.

Un doigt glacé passa le long de la colonne vertébrale d'Ellery.

— Vous ne savez pas où est Ty ?

— Pas l'ombre d'une idée... Non mais... Vous ne croyez quand même pas que c'est *lui* qui est à l'origine de ces lettres ? Que c'est lui qui... (Il se leva en sursaut.) Bien sûr ! Vous m'avez même dit que les derniers messages étaient tapés sur sa machine ! (Il se précipita sur le téléphone.) Miller ! Filez aux studios Magna et rapportez-moi la machine à écrire qui est dans la loge de Ty Royle. Attention aux empreintes. (Il raccrocha en se frottant les mains.) Il faudra y aller doucement, bien sûr. Prouver qu'il a envoyé les cartes ne prouve pas que c'est lui l'assassin. Mais quand même, on est sur la voie... et les mobiles ne manquent pas.

— Vous pensez donc qu'il a aussi tué son père ?

Glücke parut soudain mal à l'aise.

— J'ai dit qu'on irait doucement. Il y a bien des choses à éclaircir. Pas un mot, Queen, c'est à moi de jouer.

— Oh ! certes, dit Queen sur un ton glacial.

L'inspecteur sortit avec un sourire mystérieux. Lorsqu'il revint, quelques minutes plus tard, il était positivement rayonnant.

— Nous aurons vite fait de le retrouver. Nous le ferons suivre à son insu, jour et nuit. Je fais passer sa maison au peigne fin. On trouvera peut-être trace de la morphine et de l'allurate de sodium. C'est en bonne voie, ha, ha !

— Vous savez, bien sûr, que le pilote masqué ne pouvait pas être Ty, fit remarquer Ellery.

— Bien sûr, mais il a pu acheter quelqu'un.

Ellery poussa un profond soupir.

— Je suis désolé de rabattre votre enthousiasme, Glücke, mais vous vous trompez totalement.

— Hein ? Comment ? Que dites-vous ?

— Vous devriez examiner certains caractères de la machine de Jack, le h et le r par exemple.

Glücke s'exécuta de mauvaise grâce, puis s'exclama :

— Limés !

— Exactement. Et, lorsque vous examinerez la machine de Ty, vous verrez que le b, le t et le d ont été limés de façon analogue. Cette mutilation volontaire ne peut avoir été faite que dans un seul et unique but : faciliter l'identification de la machine d'après un échantillon de son écriture. Et qui aurait agi ainsi ? Jack Royle ? S'il est l'auteur des lettres anonymes, jamais ! Et il en est de même pour Ty et sa machine.

— Je sais, je sais, dit Glücke avec impatience. Un coup monté, hein ?

— Nous pouvons donc être certains de plusieurs choses. Premièrement, que ce n'est *pas* Jack Royle qui a envoyé ces messages à Blythe. Deuxièmement, que Ty n'a *pas* envoyé ceux adressés à Bonnie. Et troisièmement — question de probabilité —, le fait que la même méthode de mutilation ait été employée sur les deux machines tend à prouver que la *même* personne a limé les deux machines et, conséquemment, que la *même* personne a envoyé les deux séries de messages.

— Mais quand même, faire retomber les soupçons sur *deux* personnes !

— Suivez bien. A l'origine, nous avons un plan pour tuer Blythe qui rejette la responsabilité sur Jack Royle.

— Oui, mais Jack a également été assassiné.

— Nous savons donc que l'assassin a dû modifier ses plans. Pour une raison ou pour une autre, il a été contraint de se débarrasser de Jack, et, par ce fait même, d'abandonner son projet de diriger les soupçons sur lui.

— Mais les cartes continuaient à arriver.

— Parce que l'assassin avait mis en branle la machinerie et qu'il ne voulait pas courir le risque de se faire reconnaître en tentant de l'arrêter. Suivez-moi bien, Glücke. Jack est donc assassiné. Puis, Bonnie commence à recevoir des cartes à son tour. S'il avait suivi le plan originel, les soupçons continueraient à retomber sur Jack. Mais, comme il est mort, il fallait trouver quelqu'un d'autre pour répondre des menaces adressées à Bonnie. Qui ? Nous savons que c'est Ty. Et tout cela nous amène à une chose.

— Continuez, dit l'inspecteur avidement.

— Quelqu'un utilise la lutte entre les Royle et les Stuart pour servir d'arrière-plan à ses propres crimes. Il nous donne un mobile tout trouvé. Par conséquent, il nous faut chercher le mobile réel ailleurs.

— Le pilote !

— Ah oui ! à propos, avez-vous retrouvé sa trace ?

— Il s'est évanoui comme une ombre. Nous continuons à chercher, mais je n'ai plus guère d'espoir. Dites donc, savez-vous qu'Alessandro est définitivement hors de cause ?

— Vraiment ?

— Jack lui a réellement payé ces 110 000 dollars.

— Vous en doutiez ?

L'inspecteur le regarda avec suspicion.

— Vous le saviez !

— En fait, oui. Comment l'avez-vous découvert ?

— J'ai fait faire des vérifications dans les banques. Jeudi 14, Jack a encaissé un chèque de ce montant.

— A la banque de Tolland Stuart, sans doute ?

— Comment le saviez-vous ? explosa Glücke.

— Je savais que le chèque avait été signé par le vieux Stuart et était daté du 13. Je le sais parce que j'ai vu le vieux coq pas plus tard qu'hier.

— Comment se fait-il qu'il ait donné tout ce fric à Jack ? Il le connaissait à peine.

— C'est grâce à Blythe. Elle est allée le voir avec Jack et a demandé cet argent pour lui. Il dit qu'il le leur a donné pour se débarrasser d'eux.

— Ça paraît suffisamment dingue pour être vrai. De toute façon, nous savons que la signature du chèque est authentique.

— Vous avez autre chose de nouveau ?

— Rien. Les recherches sur les amies de Jack Royle n'ont rien donné. Elles ont toutes un alibi. Et pas trace du poison. (Ellery commença à pianoter sur le bras de sa chaise.) Et si tout cela est dirigé contre Ty, pourquoi cette dernière lettre ? Je me demande bien à quel genre de rigolo nous avons affaire.

— A un rigolo qui verse de la morphine dans les cocktails de ses ennemis et qui leur envoie des messages muets. Troublant, hein ?

— On trouvera peut-être une piste dans cette histoire de cartomancie, après tout ? murmura Glücke, reprenant espoir. Je sais de source sûre que Blythe était un peu siphonnée sur ce plan-là.

— Aucun diseur de bonne aventure qui se respecte ne tolérerait un salmigondis tel que notre signification des cartes.

— Oui ?

— L'occultisme m'intéresse. Le peu que j'aie lu sur le sujet me convainc que ces cartes n'ont pas pu être envoyées par un cartomancien professionnel, ni même par un amateur éclairé.

— Vous voulez dire que les significations assignées à ces cartes sont purement imaginaires ?

— Oh ! prises une à une, elles sont authentiques. La seule déviation que notre ami Egbert Smith se soit permise concerne le neuf de pique, qui devient « dernier avertissement » au lieu de « avertissement ». A part cela, on peut trouver ces significations dans n'importe quel ouvrage sur le sujet. L'ennui, c'est que le code mis au point par notre empoisonneur est un mélange inextricable de plusieurs systèmes différents. De plus, on n'y trouve ni le Romanichel, ni la Sorcière, ni l'Incantation, ni l'Oracle, ni la Pyramide, ni la Roue de la Fortune... Ah oui ! la signification inversée pour toute carte déchirée est également une pure innovation de notre ami. Aucun ouvrage ne la mentionne. De même...

— Bon, bon, ça suffit ! s'écria l'inspecteur en se prenant la tète dans les mains.

— Je pense, dit Ellery, que vous êtes convaincu.

— Tout cela ne mène qu'à une bonne migraine, c'est tout ce que je vois, gémit Glücke.

— C'est la vie, dit Ellery avec philosophie, avant de sortir.

Pareil à un pigeon voyageur, Ellery se dirigea sans errer vers la blanche maison dans les collines d'Hollywood, dont la seule vue déjà calma son esprit enflammé.

Paula, en le faisant attendre vingt bonnes minutes, réussit à détruire l'effet salutaire produit par sa demeure.

— Vous ne pouvez pas me faire ça, lui dit-il avec reproche lorsque la secrétaire l'eut fait entrer.

Il la dévorait des yeux. Elle portait une robe lisse et collante; elle était délectable. Il découvrit un nouveau détail adorable : un petit grain de beauté sur la paupière gauche. Quelle merveille ! Il lui prit les mains.

— Vous faire quoi ? murmura Paula.

— Me faire attendre. Paula, vous êtes si alléchante que je pourrais vous manger.

— Cannibale ! dit-elle en riant. Vous ne pouviez pas m'annoncer votre visite ?

— A quoi bon ?

— A quoi bon ! Etes-vous vraiment aussi bête que vous le paraissez ? Il me faut un prétexte pour pouvoir changer de robe !

— Et vous avez mis du rouge à lèvres. Je n'aime pas le rouge à lèvres.

— *Mr* Queen ! Je parie que vous portez encore des caleçons longs.

Il l'attira vers lui.

— Les lèvres d'une femme sont infiniment plus attirantes dans leur état naturel.

— Je l'ai mis et je le garde, dit Paula en se dégageant. Oh, vous me mettez en fureur ! Je me promets chaque fois d'être froide et lointaine comme une reine, et vous réussissez toujours à me faire paraître comme une écolière à son premier rendez-vous. Asseyez-vous, et dites-moi pourquoi vous êtes venu.

— Pour vous voir, dit Ellery tendrement.

— Allons, vous êtes incapable d'agir de façon aussi désintéressée. Qu'est-ce que c'est, cette fois-ci ?

— Hum... il y avait bien une petite chose dans votre dernier article... vous savez, les lettres...

— J'en étais sûre ! Vous êtes bestial.

— Vous n'avez pas idée combien cela est vrai.

— Et vous n'êtes même pas poli. Vous auriez au moins pu me mentir, pour une fois, me faire croire que vous n'étiez venu que pour moi.

— Mais c'est la vérité ! En fait, les lettres étaient un prétexte. Rien qu'un prétexte.

— Comme si vous aviez besoin d'un prétexte !

— Paula, vous ai-je jamais dit combien vous êtes belle ? Vous êtes la femme dont je rêve depuis des années. Le complément parfait de mon âme. Je trouve...

— Vous trouvez ?... soupira-t-elle.

Ellery passa un doigt dans son col.

— Je trouve qu'il fait bien chaud ici.

— Oh !

— Très chaud, oui. Vous avez une cigarette ? Merci. Ah, c'est ma marque préférée. Vous êtes vraiment un ange.

— Qu'alliez-vous dire ?

— Moi ? Ah oui ! L'allusion aux lettres adressées à Blythe, dans votre article.

— Oh ! fit-elle de nouveau.

— Comment avez-vous pu déterrer cela ?

— Oh ! soupira-t-elle. Rien de bien mystérieux. Un de mes correspondants a appris que vous aviez rendu visite au Courrier International & Co., par l'ami d'un ami d'un ami de Mr Lucey. Et, forcément, c'est arrivé jusqu'à moi. Quant au reste... deux et deux...

— Font cinq.

— Oh non ! quatre ! La description était trop parfaite. Un grand loustic décharné avec un regard de rapace. (Elle le regarda avec curiosité.) Ces lettres ont tellement d'importance ?

Ellery lui raconta tout. Lorsqu'il eut terminé, elle alluma calmement une cigarette.

— C'est un coup monté, bien sûr. Mais pourquoi tenez-vous tellement à faire continuer la fiction de la lutte acharnée entre les Royle et les Stuart ?

— Vous ne le savez donc pas ?

— Si Bonnie est en danger, il me semble que Ty, puisqu'il est innocent... (Elle s'arrêta.) Queen, regardez-moi. Vous me cachez quelque chose.

— Mais non, mais non.

— Vous venez de me dire que vous avez tout fait pour les séparer, à n'importe quel prix. Pourquoi ?

— Une lubie... Et, puisqu'il faut que je le dise moi-même, je pense que je m'y suis fort bien pris.

— Vous croyez vraiment ? Je ne sais pas *pourquoi* vous l'avez fait, mais je sais que vous l'avez fort mal fait.

— Hein ?

— Vous vous y êtes très mal pris, parfaitement.

Ellery parut quelque peu contrarié.

— Vraiment ? Dites-moi, ma Minerve omnisciente, comment vous vous y seriez prise ?

Elle le regarda avec une expression moqueuse dans ses beaux yeux.

— Quels splendides sarcasmes, et quel égoïsme magnifique ! Le grand homme qui condescend à écouter les conseils du profane ! Et d'une femme, par-dessus le marché ! Oh, Ellery, je me demande parfois si vous êtes l'homme le plus intelligent ou bien le plus obtus du monde !

Les joues d'Ellery prirent une curieuse teinte rougeâtre.

— Vous êtes injuste. J'admets que je me suis parfois conduit comme un âne vis-à-vis de vous, mais en ce qui concerne Ty et Bonnie...

— Vous avez été pire qu'un âne, cher Ellery.

— Où ? Quand ? Comment ? s'écria Ellery en se levant. Vous êtes vraiment la femme la plus exaspérante que je connaisse !

— Premièrement, Mr Queen, dit Paula en souriant, je vous demanderai de bien vouloir ne pas crier.

— Je suis désolé, mais...

— Et ensuite, vous auriez dû vous confier à moi, me demander mon avis...

— A vous ? dit Ellery amèrement. Alors qu'il vous eût été si facile d'éclaircir la situation à l'aéroport !

— Ça, c'était différent. C'était une question d'éthique professionnelle.

— Et voilà la logique féminine ! eh bien, laissez-moi vous dire que la situation était exactement la même, en principe. Et pourquoi voudriez-vous que je me confie à vous ? Quelle raison ai-je de croire...

— Ça, dit Paula, vous me le paierez. Non, je pense après tout que je vais vous faire profiter de ma sagesse. Cela diminuera peut-être un peu l'hypertrophie de votre crâne. Vous avez gâché la situation entre Ty et Bonnie parce que vous ne connaissez pas les femmes.

— Je ne vois pas ce que cela a à voir.

— Bonnie est très femme, et d'après ce que vous m'avez dit sur la nature de vos mensonges et sur la façon dont elle y a réagi, je peux vous prédire, Mr Queen, que vous aurez bientôt la plus belle surprise de votre vie.

— Je pense, dit Mr Queen sur un ton agressif, que vous bluffez.

— Allons, Queen, souriez. Bien, bien. On dirait que vous allez me dévorer — et pas pour des raisons sentimentales.

— Paula, je crois que cela suffit. Vous avez besoin d'une bonne leçon. Même un rat finit par relever la tête !

— Quelle humble métaphore !

— Paula, je vous mets au défi !

— Mon Dieu, touchez à la vanité d'un homme et il est perdu. Vous me mettez au défi de quoi ?

Mr Queen se rassit, arborant un sourire hivernal.

— De me dire qui a tué Jack Royle et Blythe Stuart.

Ses yeux dénotaient pourtant une trace de curiosité. Elle leva les sourcils.

— Vous ne le savez donc pas, vous... vous qui savez tout ?

— Je *vous* ai posé la question. L'avez-vous découvert ?

— Mon Dieu... je crois que je pourrais le deviner, si je voulais m'en donner la peine.

— Deviner, ricana Ellery. Bien sûr, une femme ne raisonne pas, elle devine.

— Et vous, vous y êtes arrivé par des efforts herculéens de votre cerveau, n'est-ce pas ?

— Qui est-ce ? demanda Ellery.

— Dites-le-moi d'abord.

— Allons, Paula...

— Pourquoi vous ferais-je confiance ? Vous diriez sans doute que vous l'aviez deviné aussi — mais en employant un mot tel que « ratiocination », par exemple.

— Je ne devine pas, moi ! J'utilise des méthodes *scientifiques* !

— Rien à faire. Vous écrivez le nom — celui que vous avez deviné — et je fais de même, puis nous échangerons nos petits bouts de papier.

— Fort bien, gémit Ellery. Vous avez brisé ma vie intellectuelle ! C'est enfantin... mais il faut bien que je vous donne une leçon !

Paula chercha en riant deux feuilles de papier et lui en tendit une avec un crayon puis, se retournant, écrivit rapidement quelque chose sur son papier. Ellery hésita un instant, puis fit de même. Lorsqu'elle se retourna, ses yeux étaient voilés.

— Attendez, dit-il, j'ai une amélioration à suggérer. Donnez-moi deux enveloppes.

Elle parut perplexe, mais obéit.

— Mettez votre feuille dans une enveloppe, et je fais de même.

— Mais pourquoi ?

— Faites-le.

Elle ferma l'enveloppe en haussant les épaules. Ellery l'imita. Puis il prit l'enveloppe de Paula, la plia dans son portefeuille, et lui tendit la sienne.

— A n'ouvrir, dit-il sévèrement, que lorsque notre ami sera arrêté.

— Alors, dit-elle en riant, je crains bien que nous ne les ouvrions jamais.

— Pourquoi ?

— Parce que l'assassin ne sera jamais arrêté.

— Vraiment ? dit Ellery d'une voix suave.

— J'en suis sûre, murmura Paula.

Ils se regardèrent un moment en silence, et les yeux de Paula étaient plus moqueurs que jamais.

— Et pourquoi en êtes-vous si sûre ?

— Pas de preuves. Pas le moindre indice valable. A moins que vous ne me cachiez quelque chose.

— Si je prends notre ami Smith au piège, vous admettrez que vous vous êtes trompée ?

— Je ne pourrai pas prétendre le contraire, murmura-t-elle. Mais vous n'y arriverez pas.

— Vous êtes prête à parier quelque chose ?

— Certainement. Si vous m'affirmez (et elle le regarda à travers ses longs cils soyeux) que vous ne possédez aucune preuve pour le moment.

— Je n'en possède aucune.

— Alors, je ne peux pas perdre. A moins que la créature ne perde complètement la tête et n'avoue tout.

— Je pense que cette créature ne fera rien de pareil, dit Ellery. Alors, vous pariez ?

— N'importe quoi.

— N'importe quoi ?

Elle baissa les yeux.

— Enfin... c'est un peu vague. Disons toute chose raisonnable.

— Serait-il raisonnable que, si je gagne, je vous emmène passer une soirée au *Horseshoe Club* ?

Une fois de plus, il vit cette lueur de panique dans ses yeux. Cela lui fit presque regretter ce qu'il venait de dire. Presque. Mais cela ne dura pas longtemps.

— Vous n'avez rien dans les tripes, dit Ellery. Si l'on peut appliquer ce terme dégoûtant à l'anatomie féminine. Je savais bien que vous refuseriez.

— Je n'ai... pas dit que je ne voulais... pas.

— Alors, c'est d'accord !

Elle se mit à rire doucement.

— De toute façon, il n'y a aucun danger.

— Un pari, c'est un pari.

— Et quelle contrepartie me donnerez-vous si vous perdez, comme c'est certain ?

— Sans doute ma...

Une expression nouvelle, qui n'était pas de la terreur, apparut dans les yeux de Paula.

— Votre quoi ? demanda-t-elle.

— Euh...

— Qu'alliez-vous dire ?

— Vous savez Paula, dit Ellery en évitant son regard ardent, que c'est à vous que je dois d'avoir pu résoudre ce cas.

— Mais vous alliez dire...

— C'est vous qui m'avez fourni les indices cruciaux. (Son ton se fit sec et impersonnel.) Les deux indices cruciaux.

— Ellery Queen, j'ai envie de vous tirer les oreilles. Qui parle de cela ?

— Par conséquent, continua Ellery sur le même ton, je vous en serai reconnaissant toute ma vie durant.

— Toute votre vie ? dit Paula avec tendresse. *Toute* votre vie ?

Elle alla doucement vers lui, et vint si près que son odeur enivrante lui monta à la tête, et elle recula lentement comme un animal qui sent le danger.

— Toute votre vie ? murmurait-elle. Oh ! Ellery...

Un des téléphones rangés sur son bureau sonna.

— Zut ! s'écria Paula en tapant du pied, puis elle courut vers l'appareil. Oui ? cria-t-elle impatiemment.

Puis, elle garda le silence, écoutant attentivement. Peu à peu, son visage perdit toute expression. Elle raccrocha sans avoir dit un mot.

— Paula, que se passe-t-il ?

Elle s'assit dans son rocking-chair.

— Je savais bien que votre *modus operandi* était mauvais, et j'étais sûre que Bonnie avait vu à travers vos tactiques transparentes. Mais je n'aurais jamais cru...

— Bonnie ? Qu'est-il arrivé ?

— Mon cher monsieur Je-Sais-Tout, préparez-vous à recevoir un choc. Vous avez fait tout votre possible pour que Bonnie et Ty continuent à se détester. Il faut que vous me disiez pourquoi.

— Afin que... une certaine personne voie, croie, et soit satisfaite... Paula... (Ellery se mordillait les lèvres.) Pour l'amour du ciel, cessez de me tourmenter. Qui était-ce, et qu'a-t-il dit ?

— Un ami qui travaille dans une agence de presse. Je crains fort que votre certaine personne n'apprenne l'horrible vérité d'ici quelques minutes, à moins qu'elle ne soit atteinte de paralysie générale, y compris les yeux et les oreilles.

— Quelle horrible vérité ? demanda Ellery d'une voix rauque.

— Il y a une heure de cela, Bonnie Stuart, pendue au cou de Ty Royle comme si elle avait peur de le voir s'envoler, a donné une interview à la presse — dans sa maison à Glendale — afin d'annoncer au monde entier un certain événement à venir.

— Evénement ? dit Ellery à peine audiblement. Quel événement ?

— Demain, dimanche 24, elle, Bonnie Stuart, a l'intention de devenir Mrs Tyler Royle.

— Mon Dieu ! s'écria Ellery en se précipitant vers la porte.

Les apprentis sorciers

Ellery, éraflant sa carrosserie dans sa hâte de se garer devant la maison de Bonnie, aperçut trois hommes, visiblement des détectives, parlant à un personnage familier qui venait de descendre d'une voiture de police.

— Glücke... Est-ce que quelque chose...

— Tiens ! Quel vent vous amène ?

— Je viens d'apprendre la nouvelle. Elle est encore en vie ? On ne l'a pas attaquée ?

— Attaquée ? En vie ? De qui parlez-vous ?

— De Bonnie Stuart.

— Evidemment pas. Quelle idée ?

— Dieu merci. (Ellery s'essuya le cou.) Glücke, il faut établir un cordon autour de la maison. Mettez le plus d'hommes possible.

— Cordon ? J'ai ici trois hommes...

— Ça ne suffit pas. Je veux que la maison soit complètement entourée; pas une souris ne doit pouvoir y pénétrer. Mais cela ne doit pas se voir. Il faudra que les hommes se dissimulent. Otez-moi ces trois pieds-plats du trottoir !

— Bien sûr, mais...

— Il n'y a pas de mais.

Ellery courut vers la porte. L'inspecteur Glücke retourna à la voiture de police et murmura quelques mots à l'un des hommes. La voiture démarra et les trois détectives s'éloignèrent.

Glücke, hors d'haleine, rattrapa Ellery.

— Mais pourquoi ?

— Il y a quelque chose qui cloche. De toutes les stupidités...

La rondelette Clotilde les reçut, les yeux étincelants d'anticipation romantique.

— Oh ! mais, messieurs, vous ne pouvez pas...

— Oh ! mais si, nous pouvons, dit Ellery rudement. Ty ! Bonnie !

Un bruit de voix étouffé venait d'une pièce voisine. Ellery et l'inspecteur s'y précipitèrent. Ils entrèrent dans le salon sans frapper, et virent Mr Royle et sa fiancée, considérablement dépeignés, s'éloigner lentement l'un de l'autre. La bouche de Mr Royle leur sembla sanglante, mais ce n'était que le rouge à lèvres de Bonnie.

— Ah ! vous voilà, dit Ellery. Qu'est-ce qui vous a pris ?

— Ah ! c'est vous, dit Ty sur un ton sinistre, enlevant de son cou les mains de sa dame.

— Ah ! c'est du beau, dit Ellery en leur jetant un regard menaçant. Vous ne pouvez pas rester séparés pendant plus de deux jours, non ? Et si cela vous est impossible, vous ne pouvez pas au moins le faire en silence ? Fallait-il aller le crier sur les toits ?

Mr Royle se leva, de l'air de quelqu'un qui sait ce qu'il va faire.

— Ty, ta bouche, dit Bonnie, puis : Tiens, inspecteur Glücke ! Inspecteur, *j'exige*...

— Chérie, dit Ty, laisse-moi m'occuper de cela.

— Ah ! oui, dit Ellery avec amertume. Voilà ce qui arrive quand on fait confiance à deux jeunes écervelés qui...

Une bombe explosa contre son menton. Elle explosa, et de petites étoiles de toutes les couleurs se mirent à danser devant ses yeux, et, longtemps après, il fut conscient d'être allongé sur le sol, en se demandant si la guerre avait éclaté. Le plafond ne voulait pas tenir en place, comme une voile dans le vent.

Il entendit Ty dire, en se frottant les mains :

— Et voilà votre homme, inspecteur.

Sa voix paraissait étonnamment lointaine.

— Allons, fit la voix de l'inspecteur, levez-vous, Queen, vous allez salir votre beau pantalon.

— Où suis-je ? murmura Mr Queen.

— Frappe-le encore, Ty, cria Bonnie d'une voix hystérique. La sale crapule ! (Louchant pour mieux voir, Mr Queen aperçut deux minces chevilles, une jupe flottant comme une petite voile, et deux petits alligators menaçants. Non, c'étaient des chaussures en alligator.) Je savais bien que c'était bizarre... quand il m'a amenée dans la loge de Ty... Oh, tout tombait si bien ! La machine à écrire, et ses belles déductions... et puis, j'ai vu, de mes propres yeux vu, que les caractères avaient été *limés*, et j'ai compris alors que ce n'était pas Ty qui avait envoyé ces lettres... (Bonnie reprit son souffle.) Vous voyez ? Il m'avait menti tout le temps ! Je suis tout de suite allée voir Ty, évidemment, et...

Et cela continua interminablement, tandis que Mr Queen regardait tristement le plafond qui ondulait. Un vrai tremblement de terre ! La Californie faisait un saut périlleux !

— Parfaitement, rugit Ty, et nous avons comparé nos notes — il y a longtemps que nous aurions dû le faire — et, inspecteur, vous seriez stupéfait si vous saviez ce qu'il nous a dit ! Il a tout fait pour convaincre chacun de nous que l'autre était un assassin !

— Oui, il m'a dit...

— Ce sale assassin m'a dit...

Et cela continua. « Quelle scène, pensa Mr Queen, mais pour quelle raison, bon Dieu, pour quelle raison ? » Il essaya de se lever.

— Allons, allons, dit Glücke sans tendresse. Ce n'est pas bien grave. Mais vous l'aviez mérité, avec toutes vos histoires. (La détestable créature faillit de plus pouffer de rire en aidant Mr Queen à s'asseoir.) Comment vous sentez-vous ? Affreusement mal, j'espère.

— Ma mâchoire est brisée, dit Mr Queen en se la

frottant. Oh, ma tête !

Il se leva.

— Essayez de dire à Bonnie que c'est moi qui lui ai envoyé ces lettres ! gronda Ty en lui montrant son poing.

— Agirait-il ainsi maintenant si c'était lui, hein ? s'écria Bonnie triomphalement en enlaçant son héros. Hein ? Répondez-moi.

— J'avais mes raisons, dit Ellery sur un ton sec. Où y a-t-il un miroir ?

Il alla se regarder dans le miroir du couloir. Tandis qu'il examinait tendrement les dommages, qui se concentraient rapidement en une énorme bosse mauve au bout du menton, on sonna à la porte et Clotilde arriva, accompagnée de deux hommes. Tout ce qu'Ellery parvint à en voir, c'est que l'un était lent et triste et l'autre vif et excité.

— Les laissez-passer ! murmura-t-il. Glücke, ne vous avais-je pas dit...

Apparemment, l'inspecteur eut la même idée, car il se précipita dans le couloir pour intercepter les deux hommes.

Le lent passa devant Ellery sans sembler le reconnaître, et le vif le précéda dans le salon. Mr Queen, s'étant assuré que sa mâchoire était encore intacte, tituba jusqu'au salon et dut fermer les yeux.

Le lent se tenait devant Bonnie et la regardait. Ne faisait rien d'autre que la regarder. Et sa peau semblait très rouge.

— C'est Butch, murmura Bonnie.

— Oui, Butch, dit Ty. Nous allions vous téléphoner,vous dire...

— Peu m'importent ces balivernes, cria le vif. Je me moque pas mal de ce que vous faites de votre vie privée, mais du diable si je comprends pourquoi vous jouez un tour pareil à votre compagnie !

— Taisez-vous ! ordonna Ty sans plus de façons. Butch, nous vous devons vraiment...

— Me taire, dit Sam Vix, car c'était lui, l'œil sauvage et proéminent. Il me dit de me taire ! Ecoutez-moi, mon joli poulain, vous n'avez *pas* de vie privée, compris ? Vous êtes une propriété, comme une auto, comme cette maison. Vous appartenez aux studios Magna, c'est clair ? Lorsque Magna vous dit : *Sautez...*

— Oh ! laissez tomber, Sam, dit Bonnie.

Elle s'approcha lentement de l'Enfant Prodige, qui était resté vissé sur place et la regardait avec la terrible tristesse d'un homme qui voit le couvercle du cercueil se refermer sur le visage de son enfant ou de sa bien-aimée.

— Butch chéri... Butch... Je pense que vous avez toujours su quels étaient mes sentiments vis-à-vis de vous. Je ne vous ai jamais vraiment dit que je vous aimais, et vous avez été un vrai ange avec moi... Mais quelque chose s'est passé... Ty est le seul homme que j'aimerai jamais, Butch, et je vais l'épouser le plus vite possible.

Jack Butcher ôta son chapeau, regarda autour de lui, remit son chapeau et puis s'assit. Il ne croisa pas les jambes, mais resta assis, raide comme une poupée. Lorsqu'il commença à parler, seules ses lèvres bougeaient dans son visage par ailleurs immobile.

— Je suis désolé de venir vous déranger à un pareil moment, commença-t-il. Je ne voulais pas venir, mais Louis Selvin me l'a demandé. Louis est... assez démoralisé. Surtout par vous, Ty.

— Oh ! Butch, dit Bonnie, puis elle se tut.

— Par moi ? demanda Ty.

Butcher s'éclaircit la gorge.

— Et puis zut ! Il faut que je vous parle, non pas personnellement, mais en tant que vice-président de la Magna, Ty. Je viens de parler longuement avec Selvin. En tant que président de la Magna, il considère qu'il est de son devoir de vous avertir de ne pas vous marier.

Ty cligna des yeux.

— Vous ne voulez pas dire qu'il va utiliser cette ridicule clause de non-mariage dans mon contrat ?

— Clause de non-mariage ? s'exclama Bonnie. Quelle clause ?

— Bah, Selvin a trouvé moyen de mettre une clause de non-mariage dans mon contrat, dit Ty, dégoûté. Cela m'empêche de me marier.

— Bien sûr, dit Vix. Le grand amant. Vous ne croyez quand même pas que les studios vous font poser comme la coqueluche numéro un de ces dames pour que vous gâchiez tout en vous mariant !

— Je ne savais pas, Ty, dit Bonnie tristement, tu ne m'en avais rien dit.

— J'avais complètement oublié. De toute façon, cela n'y changera rien. Louis X. Selvin ne va pas se mettre à me dicter ma vie.

— Selvin m'a demandé de vous faire observer, dit Butcher d'une voix froide et dénuée d'émotion, qu'en épousant Bonnie, vous violez votre contrat.

— Qu'il aille se faire pendre ! Il y a d'autres studios à Hollywood !

— Tous les studios hollywoodiens respectent mutuellement leurs contrats, continua Butch. Si vous violez un contrat de la Magna, Ty, vous êtes fichu.

— Alors, je suis fichu, s'exclama Ty en levant ses grands bras.

— Mais c'est impossible, Ty, s'écria Bonnie. Je ne te laisserai pas gâcher ta carrière. Nous pouvons attendre et, quand tu signeras ton prochain contrat...

— Je ne veux pas attendre ! J'ai attendu suffisamment longtemps. Je t'épouse demain, et si ça ne plaît pas à Selvin, qu'il aille se faire pendre.

— Non, Ty !

— Inutile, dit Ty en leur tournant le dos.

— Fort bien, dit Butch sur le même ton inexpressif. Louis avait prévu votre obstination. Il pourrait vous briser, Ty, mais vous valez trop cher. Il est prêt à marchander.

— Ah oui, vraiment ?

— Il vous fait une proposition, Ty, mais c'est la dernière. C'est à prendre ou à laisser.

— Dites.

— Si vous tenez absolument à épouser Bonnie, il est prêt à oublier la clause de non-mariage. Mais seulement aux conditions suivantes : Primo, la Magna s'occupera de tous les détails de la cérémonie. Secundo, après le mariage, vous et Bonnie devrez tourner une biographie de Jack et Blythe, en tenant le rôle de vos parents.

— Un moment, dit Ty, un moment. Est-ce que cela signifie que notre mariage sera entouré d'une publicité tapageuse ?

— Cela signifie que la Magna fera ce qu'elle désirera.

— Et le film, est-ce qu'il ira jusqu'à l'assassinat ? demanda Bonnie, qui semblait prête à se trouver mal.

— Le scénario, dit Butcher, sera entièrement entre mes mains. Vous n'aurez rien à dire.

— Oh, que si ! hurla Ty. Nous disons non — absolument non !

Butcher se leva.

— Je suis désolé. Je le dirai à Selvin.

— Non, Butch, un moment, cria Bonnie. (Elle courut vers Ty et le secoua en le prenant par les épaules.) Ty, je t'en supplie. On ne peut pas tout fiche en l'air comme ça. Si... si tu es si têtu, je ne t'épouserai pas !

— Tu veux qu'ils nous transforment en singes savants avec leur foire ? Nous faire jouer papa et maman sur l'écran dans Dieu sait quelles scènes ? Rien à faire.

— Ty, il le *faut*. Tu sais que je déteste tout cela autant que toi. J'en ai par-dessus la tête. Mais il faut penser à notre avenir, chéri. Nous ne possédons rien. On ne peut pas tout fiche à l'eau. Ce ne sera pas si terrible. La cérémonie ne durera pas longtemps, et après nous irons quelque part tout seuls...

Ty regardait le tapis en serrant les mâchoires. Il releva la tête et demanda à Butcher :

— Si nous passons par tout cela, est-ce que nous aurons droit à des vacances, à une lune de miel sans tambour ni trompette ?

— Pas question, intervint Sam Vix. Nous pourrions tirer un parti formidable de ce voyage de noces. Nous allons...

— Je vous en prie, Sam, l'interrompit Butcher. (Sam se tut.) Oui, Ty, je puis vous promettre cela. *Notre* cérémonie, *votre* lune de miel. Nous nous rendons parfaitement compte que vous êtes tous deux loin de vous être remis des événements récents, et que vous seriez incapables de donner le meilleur de vous-mêmes à l'écran. Par conséquent, nous vous accordons une lune de miel de la durée qui vous paraîtra nécessaire.

— Sans publicité ?

— Sans publicité.

Ty regarda Bonnie. Bonnie le regarda avec des yeux suppliants. Finalement, Ty dit :

— D'accord, c'est conclu.

L'Enfant Prodige reprit la parole :

— Les contrats révisés vous seront remis demain matin. Sam s'occupera des détails de la cérémonie de mariage. (Puis, il se dirigea d'un pas rapide vers la porte. Au moment de sortir, il hésita et se retourna :) Je vous congratulerai... demain.

Puis, il sortit.

— Excellent, dit Sam Vix en se frottant les mains. Alors, écoutez-moi. Vous voulez échanger les alliances demain ?

— Oui, soupira Ty en prenant un siège. Tout ce que vous voudrez, mais sortez d'ici.

— Tout est prévu jusqu'au moindre détail. Nous avons utilisé le mariage Jack-Blythe comme modèle, vous voyez ?

— Ah ! commença Bonnie, puis elle dit simplement : oui.

— Mais en mieux. On met le paquet. Vous n'allez pas être unis sur l'aérodrome, mais...

— Encore une sauterie en avion, hein ? dit Ty.

— Ouais, sûr. Seulement, cette fois-ci, le vieil Erminius vous unira *dans* l'avion, vous y êtes ? *Au-dessus* de l'aérodrome. Avec des micros pour tout le monde, bien entendu. Et radiodiffusion en direct. Grâce au souvenir laissé dans l'esprit du public par le mariage de Jack et Blythe, ça sera la plus belle acrobatie publicitaire jamais réussie à Hollywood !

— Seigneur Dieu, dit Ty en se levant, si vous vous imaginez...

— Allons, Sam, laissez-nous seuls, se hâta de dire Bonnie en le poussant vers la porte. Tout ira bien, je le promets. Allez !

Vix sourit.

— Sûr. J'ai encore un tas de choses à faire. A bientôt !

— Ty Royle, écoute-moi bien, dit Bonnie violemment. Je *déteste* tout cela, mais nous sommes pris, et nous le ferons. Je ne veux pas entendre un mot de plus. C'est une affaire conclue, tu m'entends ? Et nous ferons *tout* ce qu'ils voudront !

Ellery se leva péniblement et dit d'un ton ferme et sec :

— Maintenant que les grands esprits ont dit ce qu'ils avaient à dire, puis-je placer quelques mots ?

L'inspecteur Glücke, qui était revenu, dit en faisant la grimace :

— Je n'aime pas beaucoup cela. Qu'en pensez-vous, Queen ?

— Je me fiche de ce qu'il pense, dit Ty en se dirigeant vers le bar. Voulez-vous, s'il vous plaît, nous laisser seuls, Bonnie et moi ?

— Je pense, dit Ellery sur un ton sinistre, que je vais aller à la recherche d'une caverne bien profonde, m'y enfoncer et la refermer derrière moi. Je veux être à l'abri lorsque cela explosera.

— Explosera ? De quoi parlez-vous ? demanda Ty en vidant son verre d'un trait. Vous et vos devinettes !

— Elle est jolie, celle-là ! s'écria Ellery. Vous ne vous rendez toujours pas compte de ce que vous avez fait ? C'était déjà suffisamment grave d'annoncer votre mariage, mais cela ! Ils sont jolis, les héros et les héroïnes d'Hollywood !

— Je ne comprends pas, dit Bonnie en plissant le front. Qu'avons-nous fait ? Nous avons décidé de nous marier. C'est notre droit le plus strict et cela ne regarde personne ! (Ses lèvres se mirent à trembler.) Oh ! Ty, tout était si magnifique !

— Vous verrez d'ici peu si ça ne regarde personne, dit Ellery sur un ton cinglant.

— Qu'est-ce que c'est que cette histoire ? demanda Glücke.

— Un vrai couple d'apprentis sorciers. Le grand sorcier s'en va et vous vous mettez à jouer avec des choses inconnues — des choses dangereuses. Résultat : des dégâts et du malheur. Beaucoup de malheur !

— Quel malheur ? demanda Ty.

— Vous avez fait la pire de toutes les choses. En fait, vous venez de prendre une décision qui vous sera fatale.

— Pourriez-vous être plus clair ?

— Clair ? Oh ! oui, je vais être clair. Ne vous est-il jamais venu à l'esprit que vous étiez des pièces dans un ensemble ?

— Un ensemble ? demanda Bonnie, stupéfaite.

— Un ensemble formé par vous et votre mère, et Ty et son père. Mais enfin, ça crève les yeux ! (Ellery parcourut le salon en murmurant des choses, puis leva les bras au ciel.) Je ne vais pas me lancer maintenant dans une longue analyse. Je vais simplement vous ouvrir les yeux sur un fait fondamental. Qu'est-il arrivé à Jack et à Blythe lorsqu'ils se sont mariés ?

Hein ? Que leur est-il arrivé ? A peine une heure après leur mariage ?

Une lueur d'intelligence apparut dans les yeux de l'inspecteur Glücke. Ty et Bonnie paraissaient catastrophés.

— Ah ! vous le voyez enfin. Ils ont été assassinés, voilà ce qui leur est arrivé. Et ensuite ? Bonnie reçoit des avertissements dont le dernier en date lui demande de ne plus rien avoir à faire avec Ty. Qu'est-ce que cela signifie ? Cela signifie : rompez — pas touche —, domaine interdit ! Et vous, espèces d'idiots, qu'est-ce que vous faites ? Vous décidez illico de vous marier — et vous le faites de telle façon que quelques heures après le monde entier le sait, et sait aussi où et comment !

— Vous voulez dire... commença Bonnie, passant sa langue sur ses lèvres sèches.

Puis elle courut se réfugier dans les bras de Ty.

— Je veux dire, reprit Ellery posément, que les événements se répètent. Je veux dire que si vous vous mariez demain, il vous arrivera ce qui est arrivé à Jack et Blythe. Je veux dire que vous venez de signer votre propre arrêt de mort — voilà ce que je veux dire !

QUATRIÈME PARTIE

Le quatre de cœur

Ty reprit quelques couleurs, mais peut-être était-ce dû au whisky. Toujours est-il qu'il eut la force de parler :

— Je ne vous crois pas. Vous voulez nous faire peur avec ce croque-mitaine.

— Il ne veut pas que nous nous mariions ? dit Bonnie, émergeant des brumes. Et maman... aussi ? Ce... ce...

— C'est complètement idiot, dit Ty. Je ne vous écoute plus, Queen. Vous ne parvenez qu'à tout embrouiller.

— Pauvre inconscient, dit Ellery. Vous ne savez pas tout ce que j'ai fait pour vous. *Pour* vous, oui. Comment peut-on être aussi aveugle ?

— Et moi donc, dit Glücke. Je n'y comprends plus rien. Je veux des faits, Queen, des faits, pas des théories invraisemblables.

— Des faits, hein ? dit Ellery d'un air menaçant. Fort bien, je vais vous en donner...

On sonna à la porte.

— Clotilde, allez voir qui c'est, appela Bonnie.

Mais déjà Ellery et l'inspecteur s'étaient précipités vers la porte, bousculant Clotilde au passage.

Ellery ouvrit brusquement la porte. Une grosse dame, sans chapeau, portant un manteau jeté pardessus une robe de chambre, essayait avec indignation de se débarrasser d'un des détectives de Glücke.

— Voulez-vous me lâcher, hurlait-elle, je veux seulement...

— Je la ramène ? demanda le détective à son supérieur.

Glücke regarda Ellery, qui dit :

— Je pense que nous pourrions inviter cette dame à entrer. (Puis il la regarda avec des yeux implacables.) Vous désiriez, madame ?

— Si on ne peut même plus se rendre des petits services entre voisins, pleurnichait la dame.

— Qui est-ce ? Que veut-elle ? demanda Bonnie derrière eux.

— Oh ! Miss *Stuart*, s'exclama la grosse dame en faisant une sorte de courbette. Vous êtes exactement comme dans vos films. Comme dit mon mari, vous êtes une des plus adorables...

— Oui, oui, merci, la coupa Bonnie. Je n'ai pas le temps...

— Que vouliez-vous, madame ? intervint Glücke pendant que, pour une raison inconnue, Ellery ne cessait de surveiller les mains de la dame.

— Eh bien ! ne croyez pas que je veuille m'imposer, miss Stuart, mais il vient de se passer une chose bien curieuse. Je suis Mrs Stook — vous savez, la *grande* maison jaune au coin. Eh bien, il y a quelques minutes, on a sonné chez nous et une des bonnes est allée voir, sans se presser, bien sûr. Et il n'y avait personne, rien qu'une enveloppe posée sur le tapis devant la porte — et elle n'était pas pour moi, mais pour *vous*, miss Stuart, et pour Mr Royle aussi. Et je me suis dit : quelle drôle d'erreur, comme si tout le monde ne savait pas où *vous* habitez...

— Oui, une enveloppe, dit Ellery avec impatience, en tendant la main.

— Pardon, monsieur ? dit Mrs Stook en toisant Ellery. Cette lettre est adressée à miss *Stuart*. Tenez, dit-elle en souriant à Bonnie, voilà votre bien. Je suis venue le plus vite possible, mais je ne peux pas courir... Ah ! Miss Stuart, comment faites-vous pour rester aussi mince ? Je...

— Merci, Mrs Stook, dit Bonnie. Vous permettez ?

Elle prit l'enveloppe et la regarda avec une expression horrifiée.

— Ainsi, dit Ellery, ni vous ni votre bonne n'avez vu la personne qui l'a apportée ?

— Eh non ! Lorsque Mercy est allée ouvrir la porte, il n'y avait plus personne.

— Hum. Merci, Mrs Stook.

Ellery referma poliment la porte au nez de la grosse dame.

— Merci, dit Bonnie pour la quatrième fois en regardant la porte fermée.

Ellery lui prit l'enveloppe des mains et retourna au salon, suivi par les autres.

— Qu'est-ce que ça va être encore ? dit Ty.

Ellery ouvrit l'enveloppe hélas trop familière. Elle était adressée à « Miss Bonnie Stuart et Mr Tyler Royle » en grosses majuscules tracées avec une encre d'un bleu délavé. Il n'y avait pas de timbre. Il en sortit deux cartes à jouer au dos bleu frappé du fer à cheval.

— Le... quatre de cœur ? murmura Bonnie.

Ty arracha les deux cartes à Ellery.

— Le quatre de cœur, oui, et l'as de pique.

Il alla vers Bonnie et la serra contre lui.

— L'as de *pique*, dit l'inspecteur, comme s'il ne pouvait en croire ses yeux.

— Qu'est-ce que cela signifie ? balbutia Bonnie.

— Cela signifie, dit Ellery, que votre interview de ce matin porte déjà ses fruits. Je suppose que les éditions spéciales sont déjà sorties, sans compter la radio. Notre ami Smith était dans une telle hâte qu'il n'a pas eu la patience de confier son message à la poste, fût-ce par exprès. Il ne serait arrivé que lundi, ou au plus tôt demain.

— Mais qu'est-ce que cela *signifie* ?

— Le message ? (Ellery haussa les épaules.)

Ensemble, ces deux cartes veulent dire : *Bonnie Stuart et Tyler Royle, rompez vos fiançailles ou préparez-vous à mourir.*

L'inspecteur avala bruyamment sa salive et regarda nerveusement autour de lui. Bonnie, pâle comme une morte, serra plus fort la main de Ty.

— Alors, c'est vrai, murmura-t-elle. Cela se répète. Ty, qu'allons-nous faire ?

— La raison, fit remarquer Mr Queen, pour laquelle notre ami a délivré son message dans une telle hâte, c'est que lundi — c'est évident — aurait été trop tard. Même demain aurait été trop tard pour lui. Vous saisissez ce que cela implique ?

Ty s'assit sur le sofa, la tête basse.

— Oui, oui, je saisis. Nous ne devons pas nous marier, sinon, rideau ! Je pense donc qu'il va falloir céder. Cela fera plaisir à bien des gens : à Butch, aux studios et à Mr Egbert L. Smith...

— Oh ! Ty... gémit Bonnie.

— A quoi bon nous leurrer, trésor ? S'il ne s'agissait que de moi, je dirais au diable ce Smith ! Mais il y a toi. Je ne vais pas t'épouser si cela doit faire peser une menace sur ta vie.

— Que tu es stupide ! s'écria Bonnie avec impatience. Tu ne vois pas que ce que tu dis est faux ? J'ai reçu des menaces avant même que nous n'ayons projeté de nous marier ! C'est *moi* que ces menaces visaient. La seule fois où *tu* as été menacé aussi c'est maintenant, *après* l'annonce de notre mariage !

— Hourra pour l'intelligence féminine ! s'écria Ellery. Je crois bien que Bonnie marque un point, Ty. Ce qu'elle dit est parfaitement exact. J'avais hésité à vous le faire remarquer, mais c'est devenu indispensable. Tous mes efforts pour vous séparer étaient destinés à *vous* protéger, Ty, pas Bonnie. C'est votre vie qui est en danger à cause de votre association avec Bonnie. La vie de Bonnie, avec ou sans vous, était en danger depuis le jour où sa mère a trouvé la mort.

Ty paraissait confus.

— Et dire que je vous ai frappé !

— Epousez Bonnie et vous êtes bon. Ne l'épousez pas et vous ne risquez rien. Mais elle risque quelque chose, qu'elle vous épouse ou non. Agréable pensée.

— J'abandonne, dit Ty en souriant jaune. Je n'essaie même plus de comprendre. Mais si ce que vous dites est vrai, j'épouse Bonnie. Je ne la laisserai pas courir seule ce danger. Qu'il essaie de me tuer — et nous verrons.

— Non, Ty, dit Bonnie, des larmes plein les yeux. Je ne peux pas te laisser faire cela. Je ne le peux pas. Pourquoi mettrais-tu ta vie en danger ? Je ne comprends pas plus que toi ce qui se passe, mais je refuse de te laisser partager un danger qui, apparemment, ne menace que moi.

— Tu m'épouses demain, dit Ty. Et pas de discussion.

— Oh Ty ! murmura Bonnie en se blottissant contre lui, je savais bien que tu allais dire cela. J'ai si peur.

Incapable de dissimuler sa frustration, l'inspecteur Glücke murmurait désespérément :

— Si seulement nous savions qui c'est, nous pourrions peut-être faire quelque chose.

— Mais nous le savons, dit Ellery. (Il leva la tête en entendant leurs exclamations de surprise.) J'avais oublié que vous ne le saviez pas. Je le sais, bien sûr, et je vous assure que nous ne pouvons *rien* faire.

— *Bien sûr*, dit-il ! s'exclama Glücke. (Il sauta sur Ellery et se mit à le secouer comme un prunier.) Qui est-ce ?

— Oui, dit Ty, arrivant à la rescousse. Qui est-ce ?

— Je vous en prie, dit Queen en se dégageant. Le fait de savoir qui c'est ne résout pas le problème.

— Pourquoi pas ?

— Parce qu'il n'y a pas un brin de preuve. Aucun juge ne signerait même un mandat d'amener avec ce que nous avons. Et nous aurions perdu notre seule chance de jamais le faire condamner !

— Mais enfin ! s'écria Ty. On ne peut pas attendre sans rien faire qu'il passe à l'attaque. Il doit y avoir quelque chose à faire pour le rendre inoffensif !

— Laissez-moi penser, dit Ellery avec irritation. Vous faites beaucoup trop de bruit.

— Ecoutez, Queen, l'interrompit l'inspecteur, un flic comme moi a non seulement le devoir d'arrêter les malfaiteurs, mais aussi celui de protéger la vie des citoyens. Vous dites que vous savez qui c'est. Bien. Allons voir cet oiseau de malheur, et disons-lui que jusqu'au jour de sa mort, il sera surveillé vingt-quatre heures sur vingt-quatre par une escouade de détectives. Il sera bien obligé d'abandonner ses plans, alors !

— J'y ai pensé avant vous, dit Ellery, mais ce projet a un fâcheux inconvénient. Cela signifie que notre Egbert ne sera jamais pendu pour l'assassinat de Jack et de Blythe. Et je n'ai aucune objection à le voir se balancer au bout d'une corde.

— Peu importe, dit Ty. Si ainsi Bonnie est en sécurité, laissez-le vivre ! Laissez-le ! Glücke a raison.

— Mais pourquoi... commença Bonnie. Oui, c'est ça ! Pourquoi Ty et moi ne pourrions-nous pas nous marier *immédiatement*, puis disparaître, sans que *personne* sache où nous allons ? Ainsi, nous serions en sécurité !

— Et sursauter tout au long de votre vie dès que vous entendrez un petit bruit derrière vous ? dit Ellery. (Puis, changeant d'expression :) Bien sûr ! C'est ça ! Disparaître ! Exactement, exactement. Lui forcer la main. Il faudrait bien qu'il...

Il laissa sa phrase en suspens et se mit à courir nerveusement de gauche à droite, comme une fourmi, en balbutiant des paroles incompréhensibles.

— Il faudrait qu'il fasse quoi ? demanda l'inspecteur.

— Qu'il essaie de les assassiner, bien sûr... Oui, bien sûr. Voyons... Si nous préparons bien notre coup...

— Essayer de nous assassiner ? répéta Bonnie mécaniquement.

Ellery cessa d'arpenter le plancher.

— Oui, dit-il avec enthousiasme, voilà ce que nous allons faire. Nous allons mettre notre oiseau dans une position où il sera obligé de vous assassiner. Si la tentation est assez forte, et je pense qu'elle le sera, il *devra* tenter de vous tuer... (Ses yeux lançaient des étincelles.) Bonnie... seriez-vous prête à courir le risque d'une attaque contre votre vie si cela nous donnait une bonne chance de prendre l'assassin de votre mère sur le fait ?

— Cela signifie-t-il, dit Bonnie en pesant ses mots, que si le plan réussit, nous serions libres ? Que Ty et moi serions réellement *libres* ?

— Libres comme des oiseaux.

— Oui, oui, s'écria Bonnie. Je ferai tout pour cela.

— Doucement, dit Ty. Quel est votre plan ?

— Procéder au mariage comme prévu, et l'utiliser comme un piège dans lequel nous prendrons l'assassin.

— Et utiliser Bonnie comme cobaye ? Pas question !

— Mais je vous ai dit que la vie de Bonnie est en danger de toute façon, dit Ellery impatiemment. Même si elle se fait entourer jour et nuit de gardes armés, voulez-vous qu'elle passe le reste de sa vie à attendre que le coup tombe ? Je vous assure, Ty, ou Smith ou Bonnie y passera. Vous pouvez me croire. La créature est allée trop loin pour pouvoir s'arrêter. *Ses plans rendent la mort de Bonnie absolument inévitable.*

— Comment prendre une telle décision ? grommela Ty.

— Ty, m'écouterez-vous ? Je pense que c'est la solution la plus sage. En dressant un piège, nous lui forcerons la main. Nous l'obligerons à attenter à la vie de Bonnie quand *nous* le voudrons, dans les conditions que *nous* aurons mises au point. Oui, nous l'attirerons là où nous saurons ce qu'il va faire, et où nous serons prêts à l'accueillir. En agissant hardiment, nous réduisons en fait le danger au minimum. Vous comprenez ?

— Comment savez-vous qu'il passera à l'attaque ? demanda Glücke.

— Il le fera. Il ne peut pas attendre trop longtemps — j'en suis certain, peu importe pourquoi. Si dans notre plan nous annonçons que, demain, immédiatement après la cérémonie, Bonnie et Ty partiront pour une destination inconnue, pour une durée non précisée, il *devra* attaquer; je le sais. Il ne peut pas laisser Bonnie, vivante, s'évanouir Dieu sait où. Il devra essayer de la tuer demain, ou bien abandonner tous ses plans.

— Et pourquoi n'abandonnerait-il pas ?

— Parce que, dit Ellery sombrement, il a déjà tué deux personnes pour atteindre son but. Parce que nous lui fournirons une occasion qu'il ne pourra pas laisser passer. Parce qu'il est désespéré, qu'il a du sang-froid, et que son mobile est — pour lui — d'une immense importance.

— Mobile ? Quel mobile ? Je croyais que c'était un fou.

— Oui, quel mobile ? demanda Bonnie avec passion. Personne ne peut avoir une raison de vouloir me tuer !

— Il est évident que quelqu'un possède un tel mobile, comme son dernier message le prouve. Mais ne nous égarons pas. La question est : êtes-vous d'accord pour essayer, ou non ?

Bonnie posa sa main sur l'épaule de Ty. Ty tourna la tête pour la regarder dans les yeux. Elle lui répondit par un pâle sourire.

— D'accord, Queen, dit Ty. Ça marche.

— Parfait ! Mais il faut que chacun sache parfaitement ce qu'il a à faire. Vous aussi, Glücke, votre rôle est important.

— Nous laisserons Sam Vix mettre au point les détails de la cérémonie; en fait, nous les utiliserons. D'ailleurs, l'intervention des studios vient juste à point. Cela explique tout, d'une façon parfaitement naturelle, ce qui est primordial afin de ne pas éveiller les soupçons de... continuons à le nommer Smith.

— Bien. Sam se chargera d'annoncer au monde que le mariage aura lieu dans l'avion même. Il faudra également annoncer — c'est primordial — que vous partez ensuite pour une destination inconnue. Personne, même pas les studios, ne saura où vous allez, ni combien de temps vous y resterez. Vous en avez assez de tout ça, vous en avez par-dessus la tête d'Hollywood et vous voulez tout oublier pendant quelque temps. Si possible, annoncez cela à la presse vous-mêmes... et d'une façon convaincante.

— Pour cela, comptez sur nous, grogna Ty avec conviction.

— Et alors, que va faire Smith ? Il faut qu'il tue Bonnie, et — puisque vous l'avez épousée — vous aussi, Ty, avant que vous ne lui filiez entre les doigts. Comment va-t-il s'y prendre ? Certainement pas en empoisonnant vos aliments ou vos boissons — il se doutera bien que, après le précédent de Jack et Blythe, vous ne toucherez à rien. Il faudra donc qu'il agisse de façon plus violente. Une arme à feu, sans doute.

— Mais... commença l'inspecteur en plissant le front.

— Laissez-moi terminer. S'il veut tirer sur vous puis prendre la fuite sans être inquiété, il ne peut pas le faire sur l'aérodrome. Il n'en sortirait jamais vivant, même s'il tire sur la foule. Par conséquent, il ne lui reste qu'une seule solution : afin de perpétrer ce double crime et de prendre la fuite, *il devra monter dans l'avion avec vous*.

— Je vois, je vois, murmura Bonnie d'une voix blanche.

— J'y suis, j'y suis, grommela Glücke.

— Qui plus est, puisque nous savons qu'il essaiera de monter dans l'avion, nous savons aussi *comment* il s'y prendra. Il devra se faire passer pour *le pilote*.

— Exactement comme la dernière fois ! s'exclama l'inspecteur.

— Puisque nous sommes à peu près certains qu'il le fera s'il en a l'occasion, nous allons lui offrir cette occasion. Nous allons engager un pilote professionnel. Nous ferons en sorte que le pilote ne paraisse pas être surveillé; nous permettrons à Smith de l'attirer dans un coin sombre, de le rendre inoffensif — je ne pense pas qu'il coure un danger sérieux, mais nous prendrons des mesures pour le diminuer au maximum — et de prendre sa place dans l'avion.

— Oui, mais ensuite ? demanda Ty.

— Donc, l'ami Smith sera à bord de l'avion, sûr de ne pas avoir laissé de traces et prêt à commettre son crime en plein vol.

— Un moment, dit Glücke, en principe cela me plaît assez, mais cela signifie que ces deux enfants seront seuls dans l'espace avec un dangereux criminel — à part un vieux prêtre qui ne fera qu'empirer les choses.

— Ce prêtre-là n'empirera rien.

— Erminius n'est rien d'autre qu'une vieille femme !

— Ce ne sera pas Erminius, dit Ellery calmement. Ce sera quelqu'un qui ressemble à Erminius.

— Qui ?

— Votre humble serviteur. Erminius arbore une magnifique barbe qu'il sera un jeu d'enfant d'imiter. De toute façon, Smith ne prendra guère garde au prêtre, je vous le promets. Il aura trop de soucis à part cela. Evidemment, Ty et moi serons armés. Au premier signe offensif, nous tirons.

— Vous tirez... dit Bonnie, essayant de paraître courageuse.

— Nous l'immobiliserons si nous le pouvons, mais nous devons attendre qu'il agisse le premier. Avec *cela*, nous pourrons le faire condamner.

— Hum, fit l'inspecteur. Cela ne prouvera pas qu'il a tué Jack et Blythe.

— Peu importe. Je suis sûr que, dès qu'il sera pris, il s'effondrera et avouera tout. Si notre plan marche, le simple fait de la surprise de se voir démasqué au moment où il croyait qu'il était arrivé au bout de ses peines le fera craquer. En tout cas, c'est notre seule chance de jamais pouvoir mettre la main sur lui.

Après un silence pesant, Glücke prit la parole :

— Ça semble diaboliquement compliqué, mais cela peut marcher. Qu'en dites-vous, les enfants ?

— Moi, je suis d'accord, se hâta de dire Bonnie. Et *toi*, chéri ?

Ty l'embrassa et lui dit :

— Toi, je t'aime, et tu as un petit nez adorable. (Puis, s'adressant à Ellery sur un ton fort différent :) Mais si quoi que ce soit va de travers, Queen, je vous étranglerai de mes propres mains. Même si c'est la dernière chose que je fais en ce monde.

— Ce sera sans doute la dernière, dit Ellery. Parce que le plan de Smith sera certainement de faire un nouveau massacre de la Saint-Barthélemy dans cet avion, puis de sauter en parachute en le laissant s'écraser quelque part dans le désert.

Le château volant

Soudain, le temps s'accéléra. Ellery ne cessait de regarder désespérément sa montre tandis qu'il mettait au point les détails de son plan, indiquant à Ty et à Bonnie le rôle exact qu'ils devaient jouer.

— Souvenez-vous, Ty, tout est entre vos mains. Ni Glücke ni moi ne pouvons apparaître sur la scène. En fait, nous resterons aussi loin de vous que possible d'ici demain. Possédez-vous une arme ?

— Non.

— Glücke, donnez-lui la vôtre. (L'inspecteur donna son automatique à Ty, qui l'examina d'un œil expert et le mit dans sa poche.) Et maintenant, répétez-moi ce que vous dites aux journalistes.

— Bonnie a reçu des lettres de menace lui demandant de rompre avec Ty, mais nous croyons que c'est l'œuvre d'un déséquilibré et nous avons l'intention de nous marier tout de suite. Je leur montre même les cartes.

— Bien. Vous ne dites pas un mot de notre vrai plan, à *personne*. Dans une demi-heure, téléphonez à Erminius et demandez-lui de bénir votre union. Bonnie ?

Bonnie lui jeta un regard craintif.

— Tout va bien, Bonnie ?

— Oui, oui, ça va.

— Bravo, vous êtes une brave fille ! Il va falloir que vous exerciez un peu les talents pour lesquels Butch vous paie. Vous épousez Ty parce que vous l'aimez. Vous êtes heureuse — juste ce qu'il faut de tristesse. Vous savez que, là-haut, Blythe et Jack se réjouissent de ce que vous allez faire. La lutte est finie, finie à jamais. Vous y êtes ?

— Oui, dit Bonnie d'une voix faible et tremblante.

— Par Jupiter, je me sens un vrai metteur en scène, dit Ellery avec une confiance qu'il ne ressentait pas. (Il tendit la main à Ty.) Bonne chance. Demain soir à cette heure, le cauchemar sera fini.

— Ne vous en faites pas, Queen, répondit Ty. Ça passera la rampe. Mais une seule chose — soyez dans l'avion !

Glücke leur fit à son tour ses dernières recommandations :

— Ne sortez pas d'ici. Faites-vous porter ce dont vous aurez besoin. La maison est entourée, mais, par mesure de précaution, je vais vous envoyer deux hommes qui se cacheront dans la maison. On ne sait jamais. Mais ne jouez pas aux héros, comme dans vos films. S'il se passe quoi que ce soit, mettez-vous à hurler comme de beaux diables.

— Je me chargerai de ce dernier détail, dit Bonnie en essayant de sourire, puis elle serra la main des deux hommes.

Ellery et Glücke partirent par la porte de service.

Les douze heures qui suivirent furent folles en apparence, mais encore bien plus sous la surface. Tout en maudissant la nécessité de rester à l'arrière-plan, Ellery ne cessait de donner de prudentes instructions par téléphone, de sa chambre d'hôtel, en priant le ciel pour que Ty et Bonnie se tirent convenablement de leurs rôles.

Les premiers résultats se firent rapidement et bruyamment entendre à la radio. On interrompit tous les programmes normaux du samedi soir pour annoncer l'extraordinaire nouvelle. Apparemment, Sam Vix avait fait de la bonne besogne. Après l'annonce du mariage aérien, une speakerine essoufflée donna au cher public les détails les plus intimes de leurs projets, tels qu'elle venait de les recueillir de la bouche même des amoureux, qui avaient été si, si gentils. Quelqu'un, ajouta-t-elle durement, avait eu le mauvais goût de mettre Bonnie en garde contre ce mariage ! Les pauvres enfants ! La speakerine ne se tenait plus d'indignation. Elle espérait que tous les amis de Ty et de Bonnie seraient demain à l'aérodrome pour leur montrer ce que leur fidèle public pensait de leur union.

Vers le milieu de la nuit, les premières éditions

spéciales sortirent, chassant de la première page l'annonce de la guerre sino-japonaise. Et ce n'était que le début...

A deux heures du matin, Ellery et l'inspecteur se retrouvèrent secrètement au siège de la police criminelle pour discuter des événements. Jusqu'à présent, tout allait bien. Le Dr Erminius avait été ravi de se voir destiné à unir ces deux jeunes âmes dans le pur éther divin, et priait le Seigneur pour qu'aucun événement fâcheux ne vienne détruire cette harmonie sacrée, comme ce fut le cas lors du premier mariage entre un Royle et une Stuart.

Le pilote aussi avait été engagé, moins pour son savoir que parce qu'il était connu pour sa peur bleue des armes à feu, ainsi qu'une discrète enquête le leur avait appris.

Glücke avait réuni plusieurs photos de l'éminent homme d'Église pour Ellery, qui arriva avec un nécessaire de maquillage qu'il avait subtilisé au studio. Les deux hommes mirent plusieurs heures à parfaire leur œuvre, comparant sans cesse Ellery avec les photos. Ils décidèrent qu'un ample pardessus avec un col de marmotte, tel que les affectionnait le Dr Erminius lorsque le temps était un peu frais, ferait le reste. Et ils se séparèrent en se donnant rendez-vous pour le matin.

Ellery rentra à son hôtel, dormit trois heures d'un sommeil agité et, à huit heures du matin, il se rendit à la luxueuse demeure du Dr Erminius, devant laquelle l'attendaient Glücke et deux détectives. Ils entrèrent, et ils ressortirent sans les deux détectives mais en possession d'un pardessus à col de fourrure. On entendait les imprécations du digne homme jusque dans la rue.

Encore quelques coups de téléphone, quelques ultimes vérifications...

— Voilà, c'est tout ce que nous pouvons faire, dit

Ellery. Au revoir, Glücke, nous nous reverrons peut-être au ciel, ou en enfer.

A midi, ce dimanche-là, il n'y avait déjà plus une place dans les parkings de l'aéroport. A une heure, il y avait un embouteillage dont deux cents agents suants et soufflants essayaient en vain de venir à bout. A une heure quinze, il fallut détourner la circulation au croisement de Los Feliz et de Griffith Park Boulevard. A deux heures, il semblait bien que tous les habitants de l'Etat de Californie étaient venus assister au mariage de Ty et de Bonnie.

L'avion rouge et or de Ty se trouvait au centre d'un espace protégé par un cordon de police que la foule menaçait de rompre à tout instant. Des acclamations accueillirent la limousine bleu roi avec escorte de motocyclistes dont descendit le Dr Erminius, la barbe et les favoris flottant au vent, le col de fourrure relevé jusqu'aux oreilles — le digne prélat était enrhumé, sans doute. Et lorsque Ty et Bonnie firent leur apparition, pâles mais souriants, la clameur de la foule fit fuir au loin les pigeons.

Les caméras ronronnèrent, les reporters hurlèrent pour se faire entendre; on photographia Ty et Bonnie et le Dr Erminius sous tous les angles et dans toutes les positions compatibles avec le code moral de la presse.

Pendant ce temps, le pilote, resplendissant dans un uniforme tout neuf, recevait un message urgent et se dirigeait vers le même hangar dans lequel Ty et Bonnie avaient été attaqués une semaine auparavant. Il y entra et regarda autour de lui.

— Qui me demande ? cria-t-il.

Seul l'écho lui répondit, mais un personnage revêtu d'une lourde et informe combinaison de vol se matérialisa devant lui, le visage dissimulé par un casque et des lunettes de pilote. Il pointa un revolver sur lui.

— Hein ? s'écria le pilote en levant prudemment les bras.

Le revolver lui fit impérieusement signe d'avancer. Le pilote, fasciné, fit quelques pas en avant. La crosse du revolver prit son élan et le pilote s'effondra sur le sol, oubliant tous ses soucis.

A travers la déchirure de la toile de tente derrière laquelle il suffoquait depuis près de deux heures, l'inspecteur Glücke, son automatique à la main, vit le pilote tomber et vit le personnage inconnu le prendre par les pieds et le traîner dans un coin sombre. L'inspecteur ne leva pas le petit doigt. Le coup n'avait pas été très fort, et la moindre interférence aurait été désastreuse pour leurs plans.

Glücke devina plutôt qu'il ne vit deux mains qui déshabillaient le pilote évanoui. Oui, bien sûr, il fallait que « Smith » revête son uniforme flambant neuf. Ce fut fini en deux minutes. L'attaquant revint en pleine lumière, complètement méconnaissable. Puis, il se retourna pour bâillonner et ficeler le pilote, après quoi, le traînant de nouveau par les pieds, il le poussa dédaigneusement sous la toile de tente derrière laquelle se trouvait Glücke, et sortit du hangar avec une démarche d'une sinistre désinvolture.

Dès qu'il fut hors de vue, Glücke sortit de sa cachette et émit un signal à peine audible. Trois hommes sortirent immédiatement des placards métalliques dans lesquels ils s'étaient cachés. Abandonnant le pilote à leurs bons soins, il sortit du hangar par l'arrière et se mêla à la foule, se rapprochant peu à peu du groupe gesticulant qui entourait l'avion.

Le « pilote » était en train d'entasser les bagages dans l'avion, un à un. Personne ne prêtait attention à lui. Dès qu'il eut terminé, il monta dans l'avion, et une minute plus tard, le rugissement du moteur se fit entendre. A travers la fenêtre, on pouvait voir le pilote faire des gestes impatients.

Le révérend Erminius parut surpris, mais son regard croisa celui de l'inspecteur Glücke, qui lui fit un imperceptible signe de tête affirmatif. Le révérend père faillit pousser un soupir de soulagement.

— Tout va bien, murmura-t-il à l'oreille de Ty.

— Quoi ? hurla Ty pour se faire entendre dans le vacarme du moteur.

Le Dr Erminius lui jeta un regard significatif. Bonnie le remarqua également. Elle ferma un instant les yeux, puis se remit à sourire et à faire des signes de la main à la foule de ses admirateurs. Ty, l'air farouche, la prit dans ses bras et la mit dans l'avion sous les hourras de la foule. Le révérend Erminius les suivit avec dignité. Le pilote ferma la porte et retourna dans la cabine de pilotage; la police fit évacuer la piste; le signal vint et l'avion rouge et or commença lentement à glisser sur la piste, puis de plus en plus vite... sa queue se souleva, ses ailes prirent le vent et il quitta le sol pour l'immensité bleue, mettant ses occupants en face de leur destinée.

Plus tard, dans leur souvenir, il leur sembla que tout s'était passé très vite, mais sur le moment, il y eut un intervalle interminable pendant lequel la foule se fondit en une masse grisâtre, sur le terrain au-dessus duquel ils décrivaient de larges cercles. Les hangars et les bâtiments administratifs ressemblaient à des maisons de poupées, et la piste à une bande grise pas plus large qu'une bordure de trottoir.

Bonnie ne pouvait détacher son regard de la fenêtre, et faisait des gestes inutiles à la foule qui ne pouvait plus les voir, dans une vaine parodie de gaieté. En fait, elle faisait tout son possible pour éviter de regarder dans la direction du pilote.

Ty avait passé son bras gauche autour de ses épaules, tandis que sa main droite était crispée sur l'automatique qu'il avait dans la poche. Pas un seul instant, ses yeux ne quittaient le dos du pilote.

Quant au révérend Erminius, il bénissait le ciel et la

terre en trébuchant sur le verbe divin, se préparant de toute évidence à unir ces deux jeunes âmes innocentes.

Pendant ce temps, l'avion, se stabilisant à une altitude de trois mille mètres, mettait peu à peu le cap vers le nord-est, dans la direction du désert.

— Je crois, annonça solennellement le Dr Erminius, que le moment est venu de joindre ces enfants par les liens ineffables du mariage.

Sur le terrain, la foule mouvante se congela en une immobilité absolue lorsque ces paroles, amplifiées par les haut-parleurs, lui parvinrent.

— Je suis prête, mon père, murmura Bonnie.

Lorsqu'elle se retourna vers la cabine de pilotage, elle eut un haut-le-cœur qui résonna comme un coup de tonnerre sur le terrain. Ty la serra plus fort et l'aida à se lever, sans ôter sa main droite de sa poche.

— Hé, pilote, cria le Dr Erminius vers la cabine. (Le visage casqué se retourna en un geste interrogateur.) Vous avez un pilote automatique, n'est-ce pas ?

Ce fut Ty qui répondit, d'une voix mal assurée :

— Oui, mon père. C'est mon avion, vous savez. Il y a un pilote automatique Sperry.

— Parfait. Si vous pouviez le mettre, pilote, et venir nous servir de témoin, ce serait parfait.

Le pilote fit un signe affirmatif et ils le virent ajuster quelque chose sur le tableau de bord. Il resta une minute penché au-dessus des manettes, leur tournant le dos. Durant cette minute, personne ne dit un mot.

Puis il se retourna vers eux et se baissa pour franchir le passage qui menait à la cabine des passagers. Avec son parachute, on aurait cru qu'il était bossu. Le révérend Erminius était prêt, le livre était ouvert entre ses mains, et il jetait de pieux regards à Ty et à Bonnie. Cette dernière se tenait un peu en arrière de lui, protégée à la fois par le corps de Ty et par celui du révérend.

— Vous êtes prêts ? dit ce dernier, puis : mais par

mon âme, nous nous éloignons du terrain ! N'était-il pas prévu...

D'un geste vif comme l'éclair, le pilote sortit de sa poche un gros automatique et, le doigt sur la détente, visa Bonnie au cœur.

Simultanément, une gerbe de feu jaillit de la poche de Ty et une autre de dessous le Saint Livre que tenait le révérend dont la physionomie n'avait plus rien de saint, accompagnées par des détonations assourdissantes. Le pilote trébucha en avant, tandis que la main gantée d'où jaillissait le sang laissait échapper le revolver.

Bonnie poussa un cri strident, tandis que Ty et Erminius se précipitaient sur la silhouette vacillante de l'attaquant.

Le pilote se ressaisit et assena un gauche à Ty, l'envoyant culbuter sur Bonnie. Le Dr Erminius, avec une rage indigne de l'habit qu'il portait, engagea un féroce corps à corps avec le pilote. Les deux hommes tombèrent sur le plancher de la cabine, bientôt rejoints par Ty qui avait retrouvé ses esprits.

Ils ne surent jamais comment il le fit, mais le pilote parvint à se dégager et se releva. Dans la mêlée, son casque et ses lunettes avaient été arrachés et ils purent voir son visage.

— Vous ne me prendrez jamais ! hurla-t-il dans un paroxysme de rage et, avant qu'Erminius ou Ty pussent se relever, il s'élança vers la porte et se précipita dans le vide.

Il rebondit une fois sur l'aile argentée.

Son corps descendit à une vitesse vertigineuse vers la face de la terre.

Paralysés d'horreur, ils le virent, agitant vainement les bras, tomber comme une pierre.

Mais aucun parachute ne s'ouvrit, et le corps devint un point noir de plus en plus petit, jusqu'à se confondre avec le relief irrégulier de la terre.

Lorsqu'ils atterrirent sur la piste de l'aéroport, ils crurent que la révolution avait éclaté. La police essayait de rétablir l'ordre à coups de matraque. Journalistes et photographes se battaient pour briser le cordon.

Ellery, la barbe à moitié décollée, vit l'inspecteur Glücke et une véritable armée de détectives gesticuler près du hangar.

— Tout va bien, Bonnie, dit-il avec le sourire béat d'un homme qui vient d'échapper à la mort. C'est fini. Vous n'aurez plus besoin d'avoir peur. C'est ça, pleurez. Cela vous fera du bien.

— Une minute, dit Ty entre ses dents, attends une minute que j'arrête ce damné engin.

— J'attends, sanglota Bonnie. Oh oui ! je t'attends.

Et elle fut prise de nouveaux frissons au souvenir de ce petit point noir disparaissant au-dessous d'eux, pareil à un cafard crevé.

L'inspecteur les fit immédiatement entrer dans le hangar, loin de la foule en folie. Il était tout rouge d'émotion, et volubile, et serrait la main de Ty avec un large sourire, et celle d'Ellery, et celle de Bonnie, tout en écoutant les derniers détails, en hurlant des ordres et en jurant que tout s'était vraiment passé comme dans un film. Dehors, un avion de la police parvint à décoller malgré la foule, avec la funèbre mission de découvrir et si possible de ramener les restes éparpillés de celui qui avait cherché à s'évader et qui n'avait trouvé que la mort.

Ty prit le bras de Bonnie et l'entraîna vers la porte du hangar.

— Hé ! Où allez-vous ? demanda Ellery en le retenant.

— Je ramène Bonnie à la maison. Vous ne voyez pas

que la pauvre enfant est prête à s'évanouir ? Aidez-nous à sortir d'ici.

— Vous n'allez quand même pas me laisser tomber maintenant, Bonnie ? dit Ellery en la prenant gentiment par le menton. Allons, relevez la tête et préparez-vous à un autre petit voyage en avion.

— Encore ? s'exclama Ty. Et pour quoi faire ? Vous n'en avez pas assez pour aujourd'hui ?

— Non, dit Ellery, pas encore.

Il ôta le restant de sa barbe en jetant un regard complice à l'inspecteur et, avant que Ty ne pût protester, il les entraîna à travers un double cordon de policiers vers la piste où un avion de ligne les attendait.

— Glücke, pour l'amour du ciel ! hurla un reporter, Glücke, donnez-moi un tuyau !

— Ty !

— Bonnie !

Mais l'inspecteur avançait d'un pas résolu vers l'avion, sans tourner la tête, et y fit monter Ty et Bonnie, puis les rejoignit avec Ellery. Ils y retrouvèrent plusieurs visages connus, qui formaient un groupe pâle et silencieux.

Tous se regardèrent en silence. Le pilote vint refermer la porte et Glücke lui murmura quelque chose à l'oreille.

L'avion décolla, quittant le terrain peuplé d'une foule hystérique, et se dirigea vers le sud-est.

Peu de temps après, ils se posèrent sur la petite piste de la retraite montagnarde de Tolland Stuart. Une minute plus tard, un autre avion, qui les avait suivis depuis Los Angeles, atterrissait à son tour.

Dès que l'appareil se fut immobilisé, Ellery sauta à terre. Il courut jusqu'au hangar devant lequel l'attendait la silhouette émaciée du Dr Junius. Le docteur avait la bouche ouverte et son regard trahissait la plus grande confusion.

Des policiers sortirent du deuxième avion et s'éparpillèrent immédiatement dans les bois.

— Que se passe-t-il ? bégaya le Dr Junius en regardant ceux qui descendaient du premier avion. Mr Royle ? Miss Stuart ? Qu'est-il arrivé ?

— Chaque chose en son temps, dit Ellery rudement en le prenant par le bras, puis il cria aux autres : « Montez vers la maison ! » et il les précéda en entraînant le médecin.

— Mais...

— Allons, allons, un petit peu de patience. (Lorsqu'ils furent arrivés devant la maison, Ellery lui demanda :) Où se cache le vieux diable ? Il faut le faire profiter de ça.

— Mr Stuart ? Il est dans sa chambre. Je pense qu'il a un début de grippe. Attendez, je vais aller l'avertir.

Se dégageant, le Dr Junius monta les escaliers au grand galop. Ellery se contenta de le regarder en souriant.

— On monte au premier, annonça-t-il gaiement aux autres. Le vieux gentleman est indisposé, pour changer un peu.

Ils y trouvèrent le Dr Junius essayant de calmer le vieillard, qui était adossé dans son lit contre deux énormes oreillers et enveloppé dans un châle d'indienne presque jusqu'aux oreilles. On ne voyait que ses deux yeux, qui leur jetaient des regards féroces.

— Je croyais vous avoir dit... commença-t-il, puis il aperçut Bonnie. Ainsi, vous êtes revenue ! lui dit-il avec hargne.

— Comme vous voyez, dit Ellery, et avec une considérable escorte. Je pense, Mr Stuart, que vous vous montrerez plus hospitalier que lors de notre précédente visite. J'ai en effet une petite histoire à raconter et il serait vraiment dommage que vous n'en profitiez pas.

— Une histoire ? dit le vieil homme.

— L'histoire d'une évasion dans les nuages de Californie. Nous venons de capturer l'assassin de Jack Royle et de votre fille Blythe.

— *Quoi ?* s'exclama le Dr Junius avec incrédulité.

Le vieil homme ouvrit sa bouche édentée, puis la referma, puis la rouvrit de nouveau sans que le moindre son en sorte.

— Oui, dit Ellery en examinant l'extrémité incandescente de sa cigarette. Le pire est passé. Un très triste individu est arrivé au bout de son rouleau. Je n'aurais pas dû dire « capturé ». Il est mort, à moins qu'il n'ait découvert le moyen de survivre à une chute de trois mille mètres avec un parachute qui ne s'est pas ouvert !

— Mort. Ah ! je comprends. Il est mort, balbutia le Dr Junius. Qui était-ce ? Je ne peux vraiment pas m'imaginer...

— Je pense qu'il serait sage, dit Ellery en soufflant un nuage de fumée, de mettre de l'ordre dans cette triste affaire d'une façon méthodique.

« Je commencerai donc par le commencement. Dans le double assassinat de Jack Royle et de Blythe Stuart, deux éléments désignaient notre ami disparu comme le seul coupable possible : le mobile et l'opportunité.

« Du point de vue du mobile, ce cas était particulièrement intéressant — je dirais même unique. Voyons quels éléments de travail nous possédions :

« Ni Blythe ni Jack ne laissaient un héritage intéressant, donc l'hypothèse du meurtre par intérêt était exclue. Comme les victimes n'avaient aucun attachement sentimental — la vie de Blythe était sans tache et les amies de Jack ont été éliminées par Glücke en raison de leurs alibis —, la jalousie est également exclue. Le seul mobile émotionnel qui nous restait était donc la lutte traditionnelle entre les Royle et les Stuart. Mais, comme certains d'entre vous le savent déjà, j'ai pu éliminer ce mobile éventuel.

« S'il est éliminé, ni Jack Royle ni Ty Royle ne peuvent être suspectés du crime, puisque cette haine, cette lutte, était le seul mobile qu'ils eussent pu avoir.

« Mais, s'il est éliminé, nous nous trouvons en face d'une situation troublante : personne ne profitait de ces crimes, ni matériellement, ni émotionnellement. En d'autres termes, un double assassinat a été commis *apparemment sans mobile*.

« Ce qui, bien entendu, est totalement absurde. Le seul genre de crime dont on puisse éventuellement dire qu'il a été commis sans mobile est le crime commis sous le coup d'une impulsion passionnelle momentanée — et même ce crime-là, en fait, a un mobile caché, même s'il ne se manifeste que lors d'une soudaine crise émotionnelle. Mais l'assassinat de Jack et de Blythe ne tombe même pas dans cette catégorie. C'était un crime nettement prémédité, longtemps à l'avance — les lettres d'avertissement, le panier avec les bouteilles, le coup monté contre Jack puis contre Ty, le poison, etc.

« Pourquoi donc seule, Blythe Stuart, contre qui le crime avait été originellement prévu, avait-elle été destinée à mourir ? Il est certain qu'un crime si soigneusement prémédité doit avoir un mobile. Mais lequel ?

« Cela soulève, dit Ellery lentement, un des problèmes les plus extraordinaires de toute mon expérience criminelle : comment est-il possible qu'un mobile criminel existe mais défie l'analyse la plus perspicace ? Nous savons qu'il existe. Et pourtant nous n'apercevons même pas son ombre.

« Eh bien, conclut Ellery, nous ne le voyons peut-être pas pour la plus simple des raisons : nous ne le voyons pas parce qu'il n'existe pas... encore. »

Il fit une pause, et l'inspecteur Glücke dit, avec une exaspération qu'il ne pouvait contenir :

— Vous venez de dire qu'il y a un mobile, que Blythe a été tuée à cause de ce mobile et que la seule chose qui nous reste à faire est de découvrir ce mobile. Et maintenant, vous dites que nous ne pouvons pas encore le trouver parce qu'il n'existe pas encore ! Mais s'il n'existait pas lorsque l'assassin a préparé son crime, pourquoi diable l'a-t-il préparé ? Est-ce que vous savez encore ce que vous dites ?

— Cette fascinante discussion, dit Ellery d'une voix traînante, nous montre une fois de plus les limites du langage. Glücke, c'est ridiculement simple ! C'est une pure question de *temps*. Souvenez-vous, j'ai dit *pas encore*.

— Temps ? dit Bonnie sans comprendre.

— Le temps. Vous savez, cette chose invisible qui est fabriquée par votre montre-bracelet. Cette chose qui est à l'origine de *La Montagne magique* de Mann et des recherches mathématiques d'Albert Einstein. Le temps — avez-vous le temps ? Le temps passe... Le temps qui passe, pas celui qu'il fait ! (Il éclata de rire.) Ecoutez. Quel que soit le nom que les grands penseurs lui donnent, l'humanité l'a divisé à des fins pratiques en trois grandes catégories : le passé, le présent et le futur. Toute notre existence est motivée par une, deux ou trois de ces catégories. L'homme d'affaires verse une certaine somme à sa banque parce qu'il la lui a empruntée dans le *passé*; son présent mal de tête est dû à cet événement. Je fume cette cigarette parce que j'en ressens le besoin dans le *présent*. Mais l'avenir est tout aussi important pour nous. Davantage, peut-être. Un homme met de côté pour ses vieux jours — c'est un des noms que nous donnons au futur. Une femme achète une escalope chez le boucher le matin, parce qu'elle sait qu'en rentrant le soir, son mari aura faim. Au mois de mai, la Magna tourne un film sur le football parce qu'elle sait que ce sujet intéressera le public en octobre. Le futur, le futur, le futur... Il dicte quatre-vingt-dix pour cent de nos actions. (Il continua sur un ton plus sévère :) De même, il m'est apparu que le crime — que l'assassinat — est dicté par le temps, aussi inexorablement que les autres activités humaines. Un homme tue sa femme parce qu'elle lui a été infidèle hier. Ou bien il la tue parce qu'il la surprend lorsqu'elle lui est infidèle, dans le présent. Mais il se peut aussi qu'il la tue parce qu'il a appris qu'elle allait lui être infidèle demain. (Il cria presque :) Donc, n'ayant trouvé aucun événement passé qui justifie l'assassinat de Blythe Stuart, n'ayant trouvé aucun événement présent, aucun événement coïncidant avec le crime, pour justifier son assassinat — il m'est apparu clairement que Blythe Stuart a peut-être été assassinée *à cause d'un événement destiné à prendre place dans le futur* !

L'inspecteur Glücke dit alors :

— Vous voulez dire...

Mais il laissa sa phrase en suspens, et dirigea sur une des personnes présentes un regard mi-interrogateur mi-suspicieux.

— Mais, continua Ellery presque aussitôt, quel événement à venir aurait pu constituer un mobile suffisamment fort pour expliquer l'assassinat de Blythe Stuart ? Parmi tout ce dont Blythe était faite — la femme, l'actrice, le membre d'une de ces unités sociales que nous nommons « famille » —, un seul facteur était proéminent. Un jour... dans le futur... un jour, le père de Blythe Stuart mourrait. Et ce jour-là, *elle hériterait d'une fortune considérable*. Elle n'était pas une riche héritière, *mais elle était destinée à en devenir une*.

Le vieil homme s'enfonça encore plus profondément dans ses couvertures, tout en jetant à Bonnie un regard amer.

Bonnie devint encore plus pâle et dit d'une voix à peine audible :

— Mais puisque maman est morte... c'est *moi* qui hérite...

— Queen, êtes-vous devenu fou ? s'écria violemment Ty.

— Pas du tout. Vous êtes hors de cause, Bonnie. N'était-il pas évident que, après la mort de votre mère, vous étiez destinée à mourir à votre tour ? Les messages... L'as de pique...

« Non, reprit Ellery après un silence, vous étiez la seule personne qui profiterait *directement* de la mort de votre mère, du point de vue de l'héritage. Mais, nous le savons de façon tout aussi précise, il n'y avait qu'une seule personne qui profiterait de vos morts *à toutes deux*, une seule personne reliée en ligne directe avec Mr Tolland Stuart ici présent.

« Ce fut ainsi que je compris que le seul parent encore en vie de Tolland Stuart — une fois votre mère et vous-même mortes — devait être à l'origine du complot. Ce fut ainsi que je compris que l'assassin était Lew Bascom. »

Le commencement de la fin

Il y eut un long silence interrompu seulement par la respiration asthmatique du vieil homme alité.

Puis on l'entendit murmurer :

— Lew ? mon cousin Lew Bascom ?

— Oui, dit Ellery, votre cousin Lew Bascom, qui conçut et avait déjà en bonne partie exécuté une brillante inversion du processus généralement mis en œuvre dans les crimes pour captation d'héritage. Un curieux personnage, ce Lew. Toujours fauché, trop bohème pour mettre son indéniable talent au service d'un gagne-pain. Pour lui, le meurtre apparaissait comme la solution la plus facile. En fait, c'était bien entendu la plus difficile, mais personne n'aurait réussi à l'en convaincre.

« Lew n'était pas sentimental, et, bien sûr, il était un peu déséquilibré. Tous les assassins le sont plus ou moins. Cela ne l'empêcha pas de se rendre compte que ses chances de s'en tirer seraient bien meilleures s'il *dissimulait son mobile*. En général, dans ces cas-là, on tue d'abord le millionnaire, et ensuite seulement le ou les héritiers, jusqu'à ce que, passant de main en main, l'héritage aboutisse dans celles de l'assassin. On connaît d'innombrables cas de ce genre. Mais, comme un grand nombre de ces assassins l'ont découvert à leur grand détriment, l'ennui, c'est que cette méthode met le mobile en évidence.

« Lew était plus raffiné que cela. Il comprit que, si Blythe était tuée alors que son père était encore en vie, ce serait une énigme indéchiffrable pour la police. A l'origine, il pensait aussi diriger les soupçons sur Jack Royle, qui avait un mobile bien connu. Mais même lorsqu'il se vit forcé de tuer Jack Royle, l'éliminant ainsi comme suspect, il se sentait encore en sécurité, parce que Tolland Stuart était toujours en vie. Puis, il se prépara à tuer Bonnie, et, de nouveau, il apparaîtrait que ce crime était le résultat de la sorte de vendetta qui régnait entre les Royle et les Stuart. Toute l'histoire puérile des messages contenant des cartes à jouer était destinée à renforcer les soupçons pesant sur les Royle. Et, durant tout ce temps, Tolland Stuart vivrait sans soupçonner que c'était *sa* mort qui était le but ultime de l'assassin.

— Oh, grand-père ! s'écria Bonnie en allant s'asseoir à côté de lui sur le lit.

Epuisé, le vieillard se laissa retomber sur les oreillers.

— Il voulait me tuer, moi ? murmura-t-il.

— Je ne le pense pas, Mr Stuart. Je pense — je sais — qu'il avait l'intention de laisser la nature suivre son cours. Vous êtes fort âgé... Nous y reviendrons dans un instant.

« Passons maintenant au deuxième facteur : l'opportunité. Comment Lew a-t-il eu l'occasion de commettre les meurtres à l'aéroport ? Ça n'a pas été facile à découvrir.

— Mais oui, dit soudain Alan Clark, qui était assis entre Sam Vix et le sombre Jacques Butcher. Lew était avec nous, Ellery, lorsque ce pilote est parti dans l'avion. Il était donc impossible que ce soit lui le pilote. Je ne comprends pas.

— Parfaitement exact, Alan. Ce ne pouvait pas être lui. Je vis que, si je pouvais disculper le pilote de complicité pour meurtre, je pouvais, par un rigoureux processus d'élimination, prouver que Lew avait empoisonné Blythe et Jack.

« Bon. Qui était donc le pilote ? Comme nous venons de le voir, une chose est absolument certaine : ce n'était pas Lew.

— Et comment savez-vous, demanda Glücke, que le pilote n'était pas son complice ? Personnellement, cela me paraît probable.

— Non, il ne pouvait pas être complice de Lew, inspecteur. Paula Paris m'a donné des informations à ce sujet — le premier des deux indices que je suis parvenu à découvrir grâce à elle.

— La Paris ? Elle est impliquée dans cette affaire ?

— Ciel, non ! Mais Paula était au courant du kidnapping avant qu'il n'ait eu lieu. Quelqu'un lui a téléphoné de l'aéroport pour l'avertir. Elle ne vous l'a pas dit, mais elle *me* l'a dit. Qui pouvait savoir *à l'avance* ce qui allait se passer ? Personne d'autre que l'auteur du plan ou un de ses complices. Mais cette personne, en téléphonant à Paula, *n'a pas tenté de dissimuler son identité* — miss Paris me l'a affirmé quoique, pour des raisons d'éthique professionnelle, elle n'eût pas voulu me révéler son nom.

— La sale petite garce ! s'écria Glücke. Je vais la briser. Dissimulation d'indices concernant un crime capital !

— Oh ! non, vous ne ferez rien de tel, dit Ellery. Avant que nous n'ayons terminé, vous éprouverez de la reconnaissance pour elle, Glücke. Sans elle, cette énigme n'aurait jamais été résolue.

« Voyons, si le kidnappeur de l'avion avait été le complice de ces assassins, aurait-il révélé son identité à une journaliste, avant même que le crime soit accompli ? C'est absurde. Et s'il avait été lui-même le criminel, se serait-il mis à la merci de Paula ? Evidemment pas. Non, bien sûr, le fait qu'il lui ait téléphoné, le fait qu'il lui ait fait savoir qui il était indiquent clairement qu'il ignorait tout de ce qui allait se passer, et cela l'élimine aussi bien comme empoisonneur que comme complice de l'empoisonneur et, en fait, *l'élimine même comme kidnappeur* !

— De pire en pire, dit Glücke. Répétez ce que vous venez de dire.

— Nous y reviendrons, dit Ellery en souriant. Pour le moment, continuons à nous occuper de Lew. J'étais donc certain que le kidnappeur n'était en aucune façon mêlé aux meurtres, ce qui signifie qu'il n'avait pas empoisonné les cocktails.

« Si ce n'était pas lui, qui était-ce ? Qui en aurait eu la possibilité ? Le contenu des bouteilles était normal lorsque nous en avons bu avant le départ de l'avion — c'est évident, puisque aucun de ceux qui en avaient bu, et ils étaient nombreux, ne ressentit le moindre malaise. Par conséquent, le mélange de morphine et d'allurate de sodium a été versé dans les bouteilles *après* la dernière tournée.

« A quel moment précis ? Cela n'a pas été fait dans l'avion, parce que nous avons éliminé Jack, Blythe et le pilote comme coupables éventuels, et qu'ils étaient les trois seuls occupants de l'avion. Par conséquent, les bouteilles ont été empoisonnées entre la dernière tournée et le départ de l'avion. Mais, après cette dernière tournée, il se trouvait précisément que je m'étais assis sur le panier contenant les bouteilles, et que je ne me suis levé que pour le tendre au "kidnappeur" qui l'a immédiatement mis dans l'avion.

« Vous voyez, murmura Ellery, par un pur processus d'élimination, je suis parvenu au seul moment concevable, et à la seule personne concevable. Les bouteilles ont dû être empoisonnées *entre le moment où l'on versait la dernière tournée et celui où je me suis assis sur le panier*. Qui avait suggéré que l'on boive une dernière tournée ? Lew Bascom. Qui a rempli les gobelets ? Lew Bascom. Par conséquent, ce ne pouvait être que Lew Bascom qui a versé le poison dans les bouteilles, sans doute alors qu'il les remettait dans le panier. (L'inspecteur émit un grognement pas très aimable.)

Donc, et le mobile et l'opportunité désignaient Lew Bascom comme le seul coupable possible. Mais quelle preuve avais-je pour convaincre les jurés ? Absolument aucune. J'étais arrivé à la vérité par un processus intellectuel, mais je n'avais pas de preuves. Il fallait donc prendre Lew sur le fait, en lui tendant un piège. C'est ce qui s'est passé aujourd'hui.

— Mais qui diable *était* le kidnappeur ? demanda Butch.

— Vous vous souviendrez sans doute que j'ai dit qu'il n'était même pas cela, en vérité. S'il avait vraiment voulu enlever Jack et Blythe par la force, et exiger une rançon pour les libérer, ou que sais-je, serait-il allé le raconter à une journaliste ? Certainement pas. Je compris donc qu'il ne s'agissait pas du tout d'un vrai kidnapping. Le fantôme que nous poursuivions avait mis en scène un enlèvement pour rire.

— Pour rire ! (Glücke faillit s'étouffer de rage.) Ah ! vraiment, alors que les polices de trois Etats l'ont cherché pendant une semaine ou plus !

— Bien sûr, inspecteur. Et qui monterait un enlèvement simulé en informant la presse au préalable ? Seulement une personne que la publicité intéresse, qui la recherche, n'est-ce pas ? Et qui aurait eu intérêt à un renouveau de publicité autour de Jack Royle et de Blythe Stuart ? (Ellery sourit.) Allons, Sam, parlez. Vous êtes fait pour de bon.

Vix devint extrêmement pâle. Il avala sa salive tandis que son œil roulait désespérément dans toutes les directions, cherchant une porte de sortie.

L'inspecteur le regarda avec stupéfaction.

— *Vous ?* Espèce de grotesque babouin borgne...

— Paix, dit Ellery. Qui peut étouffer l'instinct sauvage d'un spécialiste de la publicité ? C'était la chance de votre vie, n'est-ce pas, Sam ?

— Oui, articula-t-il avec difficulté.

— Le mariage de deux vedettes mondialement connues, le gigantesque cérémonial à l'aéroport et, pour couronner le tout, un enlèvement ! Cela valait un million de dollars !

— Un million de dollars de misère, oui, gémit Vix. Ce devait être une surprise. Même Butch n'était pas au courant. Je voulais mettre Jack et Blythe dans le coup une fois que nous serions à bonne distance, et nous nous serions cachés quelques jours dans un coin tranquille. C'est ce qu'ils voulaient, de toute façon... Oh ! puis m... ! Lorsque je me suis retourné et que j'ai vu qu'ils étaient morts, j'ai failli vomir. De plus, je savais que j'étais dans une sale situation. Si je revenais et racontais ce qui s'était passé, personne ne m'aurait cru, certainement pas une vache à roulettes comme Glücke. Je me voyais déjà me balançant au bout d'une corde. Que vouliez-vous que je fasse ? J'ai atterri sur le premier morceau de terrain plat que j'ai aperçu et j'ai pris la clé des champs.

— Les charges contre vous augmentent, dit Glücke sur un ton venimeux. Je vous en donnerai, moi, de la publicité !

— Allons, inspecteur, dit Butcher. Pourquoi faire payer les studios ? C'était une bêtise, mais Sam ne peut en quoi que ce soit être considéré comme responsable de ce qui est arrivé; s'il n'y avait pas eu les meurtres, il ne serait résulté aucun mal de ce qu'il a fait. Il sera bien assez puni par ce que les journaux diront de lui, et vous, vous avez votre homme.

— Non seulement vous avez votre homme, dit Ellery sur un ton enjoué, mais si vous êtes bien gentil, Glücke, je vous donnerai peut-être encore autre chose.

— Le cauchemar n'est donc pas encore terminé ? s'exclama Glücke en se cachant le visage dans les mains.

— Et qu'est-ce qui obligea Lew à modifier ses plans ? demanda Ellery. Pourquoi a-t-il tué non seulement Blythe, mais aussi Jack Royle ? Que s'est-il passé entre l'envoi à Blythe de la première carte à jouer codée et le jour du crime ?

« Une seule chose importante se passa — Blythe

décida de faire la paix avec Jack; plus encore, elle annonça son intention de l'épouser, et le fit.

« Mais en quoi le mariage de Blythe contraignait-il Lew à tuer également l'homme qu'elle épousait ? Quel était son but ? Hériter de la fortune de Tolland Stuart, vous vous en souvenez. Quels obstacles avait-il à vaincre pour y arriver ? Blythe et Bonnie. Mais lorsque Blythe épousa Jack, Jack aussi devint un obstacle ! Car, selon les termes du testament de Tolland Stuart, la moitié de son héritage revenait à Blythe, si elle vivait encore, *ou à ses héritiers légaux* si elle était morte. Et, dans ce cas, ses héritiers étaient Bonnie, sa fille, et Jack, son mari. Si Jack Royle avait vécu, il aurait hérité, mais s'il était mort, l'héritage entier revenait à Bonnie.

« Par conséquent, Lew tua également Jack. Et après, il fallait qu'il élimine Bonnie. Mais que se passa-t-il avant qu'il n'en eût l'occasion ? L'histoire se répéta : Bonnie annonça son intention d'épouser Ty. Par conséquent, Ty devint à son tour un obstacle pour lui, car s'il tuait seulement Bonnie, la fortune entière lui reviendrait, toujours selon les termes du testament.

« Par conséquent, Lew essaya d'empêcher ce mariage parce que, s'il pouvait empêcher Bonnie d'épouser Ty, il n'aurait plus que Bonnie à tuer, et que, pour des raisons évidentes, il est préférable de ne commettre qu'un meurtre au lieu d'en commettre deux.

— Tout cela est certes fort beau, marmonna Glücke, mais il y a une chose que je ne comprends pas. Comment pouvait-il être sûr que, voyant sa fille assassinée, Mr Stuart ne ferait pas un nouveau testament d'après lequel il serait impossible à Lew de toucher le moindre centime, assassinats ou pas ?

— Ah ! s'exclama Ellery. Voilà un point important, Glücke. A ce sujet, je me vois contraint de me référer de nouveau à mon inestimable amie Paula Paris. Une vraie perle ! La toute première fois que je l'ai rencontrée, elle m'a fait un passionnant portrait de Tolland Stuart. Elle m'a parlé de son hyponcondrie, de ses diatribes contre l'usage des stimulants, où il attaque même le café et le thé. De son habitude de ne prendre de l'eau froide qu'à la petite cuiller, sans doute pour éviter de se refroidir l'estomac, de ses attaques contre le pain blanc même, qu'il rend responsable de bien des maux dont souffre l'humanité.

— Je ne vois pas très bien ce que cela...

— C'est d'ailleurs tout à fait exact, dit le Dr Junius, mais je ne vois pas le rapport...

— J'imagine, docteur, dit Ellery, que vous allez avoir un choc assez désagréable. Votre foi en l'humanité risquera fort d'en être détruite. Pouvez-vous imaginer Tolland Stuart faire des compromis en de telles matières ?

Le visage du Dr Junius ressemblait à de la colle jaunâtre.

— Eh bien, je dois dire...

— Vous êtes déconcerté, n'est-ce pas ? Vous êtes surpris d'apprendre que Tolland Stuart pourrait même être inconsistant dans son hyponcondrie ?

— En fait, cela arrivait parfois... Je ne sais pas à quoi vous voulez faire allusion...

— Laissez-moi éclairer votre lanterne, docteur, dit Ellery doucement. Vendredi après-midi, miss Stuart et moi sommes venus rendre visite à son grand-père. Vous étiez absent, n'est-ce pas ? Quel dommage ! Parce que, lorsque nous vîmes Mr Stuart — dans cette chambre, et dans ce lit — que faisait-il ? L'homme qui avait une sainte horreur du pain blanc mangeait un sandwich de viande froide fait avec du pain blanc. L'homme qui ne touchait à l'eau froide qu'avec une petite cuiller, l'homme qui fuyait tous les stimulants comme la peste, cet homme avalait goulûment des quantités phénoménales de *thé glacé* !

Le vieillard alité se mit à geindre, et le Dr Junius se recroquevilla comme une feuille morte. Les regards des autres allaient avec perplexité d'Ellery au vieil homme. Seul, l'inspecteur Glücke semblait avoir compris, et il fit signe à un de ses hommes. Le détective alla vers le lit et fit signe à Bonnie de s'éloigner. Ty se leva précipitamment et la fit asseoir à côté de lui.

Et le vieillard arracha la couverture qui l'entourait avec l'agilité du désespoir et saisit le fusil qui était à sa portée. Mais Ellery fut plus rapide que lui.

— Non, dit-il en tendant l'arme au détective, pas encore.

— Mais je ne comprends pas, s'écria Bonnie. Qu'est-ce que cela signifie ? Vous parlez et agissez... comme si cet homme n'était pas vraiment mon grand-père.

— Il ne l'est pas, dit Ellery. J'ai toutes les raisons de croire que c'est un homme que l'on croit s'être suicidé — un vieil homme désespéré, malade et mourant, connu dans le milieu des petits acteurs de Hollywood sous le nom de Arthur William Park.

Si l'inspecteur Glücke avait deviné la vérité, il n'en avait certainement deviné qu'une partie, car il regardait bouche bée le vieillard qui se cachait le visage derrière ses mains ridées.

— A cause de ce sandwich et de ce thé glacé, continua Ellery, j'ai entrevu la possibilité que quelqu'un avait pris la place de Tolland Stuart. Cela me permit de rapprocher de petites informations apparemment sans importance ou sans signification qui, une fois mes soupçons éveillés, finirent par composer un tout parfaitement logique.

« Une pareille imposture n'était pas particulièrement difficile; les sosies sont rares, et le meilleur maquillage ne résiste pas à un examen attentif, on le sait, mais... (Ellery haussa les épaules) qui connaissait vraiment Tolland Stuart ? Même pas sa fille, qui ne l'avait vu que deux ou trois fois au cours des dix années écoulées. Et, de plus, sa fille était morte. Bonnie ? La dernière fois qu'elle avait vu son grand-père, elle était encore une petite écolière. De tous les survivants, seul le Dr Junius voyait Tolland Stuart quotidiennement, et ce depuis dix ans... Non, non, docteur, vos efforts sont futiles. La maison est entourée et il y a un détective juste devant la porte. (Le Dr Junius, qui avait subrepticement tenté de gagner la porte, resta figé sur place.) Puis, il y eut un petit incident, dimanche dernier, alors que nous arrivions ici, venant du plateau où l'on avait découvert l'avion de Ty et les corps. Au cours de l'orage, j'avais cru entendre le moteur d'un avion. Je sortis et, bien que je n'aie pu apercevoir d'avion, je vis un homme, l'homme que vous voyez dans ce lit, coiffé d'un *casque d'aviateur*. Sur le moment, je n'éprouvai rien d'autre que de la surprise mais, plus tard, j'eus des doutes, et je compris que l'explication était simple : cet homme, que je venais de voir derrière la maison, venait d'arriver dans l'avion que j'avais entendu, certainement piloté par Lew Bascom, qui était parti du plateau avant nous, dans un avion de l'armée. Lew savait piloter, je le savais, puisqu'il s'était proposé pour piloter Jack et Blythe lors de la discussion sur les modalités de leur mariage. Il avait même offert l'usage de son propre avion. Donc, Lew est revenu à Los Angeles, a été chercher Park chez lui, l'a amené ici et est immédiatement retourné à Los Angeles. Car vous êtes Park, n'est-ce pas ?

Le vieillard ôta ses mains qui couvraient son visage. Le Dr Junius allait crier quelque chose, mais resta la bouche ouverte sans qu'aucun son n'en sortît.

— Vous n'êtes pas Tolland Stuart.

Le vieil homme ne dit rien, ne fit aucun geste. Mais son expression se modifia; les rides étaient encore plus creusées que de coutume, mais toute trace de colère avait disparu. Il semblait simplement incroyablement usé, comme une très vieille pierre, et profondément las.

— Il y a un moyen de le prouver, dit Ellery avec une nuance de pitié dans la voix. Dans le bureau de la bibliothèque, au rez-de-chaussée, se trouve le testament de Tolland Stuart, et il porte sa signature. Devrons-nous vous demander, Mr Park, de nous donner votre signature pour que nous puissions les comparer ?

— Refusez ! s'écria le Dr Junius dans un sursaut désespéré, mais le vieil homme secoua la tête.

— Inutile, Junius. Nous sommes pris.

Puis, il reposa sa tête sur l'oreiller et ferma les yeux.

— Il y avait d'autres indications, dit Ellery. La façon d'agir du Dr Junius, dimanche dernier. Il savait que Tolland Stuart n'était pas dans sa chambre, il attendait Park. Notre arrivée soudaine a dû l'affoler. Lorsque, en montant ici, il vit Park, qui avait dû avoir bien du mal à trouver la chambre et les vêtements de nuit de Tolland Stuart, dans une maison qu'il ne connaissait pas, Junius eut une telle peur qu'il s'enfuit. Oh ! c'était très habilement fait. Mr Park est un excellent acteur, et on lui avait donné tous les renseignements nécessaires pour qu'il pût jouer son rôle à la perfection. Par la suite, bien sûr, on lui donna des instructions complémentaires.

— Alors, le docteur était complice de Bascom ? demanda l'inspecteur avec stupéfaction.

— Evidemment, de même que Mr Park, bien qu'il soit, je pense, le moins coupable des trois.

« Maintenant que j'étais convaincu que quelqu'un jouait le rôle de Tolland Stuart, je ne pus y trouver qu'une seule explication plausible. Les plans de Lew supposaient que Stuart survive à Blythe et à Bonnie, et si quelqu'un avait pris la place de Tolland Stuart, cela ne pouvait signifier qu'une seule chose : qu'il était mort. Quand ? Tout ce que je sais, c'est qu'il était vivant quatre jours avant l'assassinat de Jack...

— Comment le saviez-vous ?

— Parce que ce jour-là, lorsque Blythe est venue le voir avec Jack, elle l'a vu et elle aurait peut-être flairé la supercherie. Mais, qui plus est, il lui donna un chèque de cent dix mille dollars, qu'elle remit à Jack. La banque aurait-elle accepté le chèque si la signature avait été fausse ? Par conséquent, je savais qu'il était encore en vie ce jour-là.

« Apparemment, Stuart est donc mort entre ce jour-là et le dimanche suivant. Sans doute samedi soir, ou au cours de la nuit précédant le crime, parce que nous savons que Lew est allé chercher Park dimanche et l'a amené ici dans des conditions difficiles et dangereuses, ce qu'il aurait évité s'il avait pu le faire avant. Je suppose donc que le Dr Junius a téléphoné à Lew samedi soir pour lui apprendre la mort soudaine de Tolland Stuart. Lew a immédiatement pensé à Park, a ordonné au docteur d'enterrer Stuart dans un trou bien profond, puis a mis au point le rôle de Park. Ce dernier a laissé une lettre annonçant son suicide — un suicide qui ne laissait pas de traces — et est réapparu le lendemain, dans le rôle du grand-père de Bonnie.

— C'est vraiment... extraordinaire, dit Butcher, en regardant Junius et Park. Mais pourquoi ? Quel avantage espéraient-ils en retirer ?

— Park ? Je pense le savoir. Comme Lew lui-même me l'a appris, je sais qu'il est mourant, atteint d'un cancer. Il n'a pas le sou, sa femme et son fils infirme dépendent entièrement de lui. Il savait qu'il n'en avait plus pour longtemps. Un homme — un certain type d'homme — est prêt à presque n'importe quoi pour assurer l'avenir de sa famille, ce qu'on a dû lui promettre.

« Le Dr Junius ? Ici, j'ai un avantage sur vous : j'ai lu le testament de Tolland Stuart. Il s'était engagé à lui verser cent mille dollars si le docteur le maintenait en vie jusqu'à l'âge de soixante-dix ans. D'après les termes et la date du testament — il avait été écrit à l'âge de soixante ans et était daté d'il y a neuf ans et six mois — il apparaissait que Stuart était mort à *l'âge de soixante-neuf ans et demi*. Le Dr Junius avait passé près de dix ans de sa vie dans un véritable enfer pour obtenir cet argent. Qu'importaient un ou deux crimes ! Néanmoins, il n'aurait pas ainsi risqué sa peau s'il n'avait pas eu de fortes raisons de croire que Tolland Stuart n'atteindrait *pas* l'âge fatidique de soixante-dix ans. Par conséquent, j'étais convaincu que, loin d'être un homme en parfaite santé comme ne cessait de le clamer le Dr Junius, Stuart était gravement malade. Je suis convaincu que Tolland Stuart est mort de sa maladie — et non pas accidentellement, et encore bien moins par la violence, ce qui eût été contraire à tous les plans de Lew.

— Vous êtes un vrai démon, murmura le Dr Junius.

— Je pense que cette chaussure va mieux à votre pied, répliqua Ellery. Et, bien sûr, c'est vous qui avez fourni la morphine et l'allurate à Lew Bascom, en doses convenables — vous n'êtes pas médecin pour rien.

— Je me suis allié à Lew Bascom, dit le Dr Junius, parce que je savais que Stuart n'avait plus longtemps à vivre. Lorsqu'il m'a engagé, il y a neuf ans et demi, il avait un estomac assez gravement ulcéré. Je l'ai soigné consciencieusement, mais, comme il arrive si souvent, les lésions devinrent cancéreuses... Je me suis senti... trompé. Je savais qu'il n'atteindrait vraisemblablement pas l'âge de soixante-dix ans. Lorsque Bascom me contacta, j'acceptai de collaborer avec lui. Lui aussi savait que Stuart était mourant. Dans un sens, nos intérêts se rencontraient... je voulais que Stuart atteigne l'âge de soixante-dix ans, et il voulait qu'il vive jusqu'à ce que Blythe et Bonnie... (Il se tut et humecta ses lèvres.) Bascom s'était assuré à l'avance de la collaboration de Park, pour le cas où le vieil homme serait mort prématurément, comme cela arriva en fait. Park a eu beaucoup de temps pour travailler son rôle.

— Monstre, dit Bonnie.

Le Dr Junius tourna son visage vers le mur et ne dit rien de plus. Dans le lit, le vieil homme semblait dormir.

— Et, comme Park souffrait également d'un cancer, dit Ellery, et n'avait plus beaucoup de temps à vivre, c'était vraiment épatant, n'est-ce pas ? Lors de sa mort, personne n'aurait douté qu'il ne fût vraiment Stuart, et même une autopsie aurait révélé qu'il était mort d'un cancer, ce qui était parfaitement en ordre. Oh ! c'était un plan tout à fait ingénieux. (Il se tut un moment, puis reprit :) J'avoue que cela me rend un peu malade. Vous dormez bien, la nuit, Dr Junius ?

Au bout d'un moment, Glücke demanda avec son obstination coutumière :

— Mais Bascom ne savait pas quand Stuart allait mourir. Comment pouvait-il s'assurer que le vieillard ne rédigerait pas un nouveau testament ?

— C'était fort simple. Le testament actuel existait, et il suffisait que Lew s'assure — probablement par l'intermédiaire du Dr Junius — qu'il ne puisse pas mettre la main dessus. Même s'il en avait fait un nouveau, il aurait suffi de le détruire, laissant toute leur force aux dispositions du présent testament.

« Mais, puisque Stuart est mort prématurément, c'était encore plus simple. Il n'était plus question qu'il en rédige un autre.

« A ce propos, d'ailleurs, j'étais sûr que Lew tomberait dans le piège que nous lui avons tendu aujourd'hui. Comme Park lui aussi était mourant, Lew ne pouvait pas permettre à Bonnie et à Ty de disparaître pour une période indéterminée car, si Park mourait avant leur retour, tous ses plans auraient été réduits à néant. En effet, pour dissimuler son mobile, il fallait que Bonnie meure avant son grand-père. S'il la tuait après sa mort, le mobile aurait été clairement visible. Je savais par conséquent qu'il s'efforcerait de les tuer, quels que fussent les risques, avant leur départ, pendant que Park vivait encore.

Ellery soupira et alluma une nouvelle cigarette. Tous gardèrent le silence jusqu'à ce que l'inspecteur Glücke s'écrie soudain d'une voix presque apeurée :

— Park ! Hé... Park !

Le vieil homme ne répondit pas, et ne fit pas le moindre mouvement indiquant qu'il avait entendu.

Ellery et Glücke se précipitèrent vers le lit comme un seul homme. Ils se redressèrent simultanément, sans l'avoir touché. Car il tenait une petite ampoule vide à la main : il était mort.

Et le Dr Junius se détourna du mur et s'écroula dans un fauteuil, en gémissant comme un enfant.

La fin du commencement

Lorsque Ellery ouvrit la porte de son appartement ce dimanche soir, entra, referma la porte, jeta son chapeau et son pardessus quelque part et se laissa tomber dans son meilleur fauteuil, il était complètement vidé. Tous ses os lui faisaient mal, et sa tête aussi. C'était merveilleux de pouvoir être assis calmement ainsi, sans penser à rien.

Il se sentait toujours ainsi lorsqu'une affaire était arrivée à son terme — fatigué, sans énergie, presque léthargique.

Comme de coutume, l'inspecteur Glücke avait été avare de compliments. Puis il y avait eu des invitations, des remerciements, et Bonnie lui avait donné un chaud baiser sur la bouche, et Ty lui avait serré la main en silence. Mais il avait fui, pour être seul.

Il ferma les yeux.

Seul ?

Ce n'était pas tout à fait vrai. Et voilà qu'il recommençait à tout analyser ! Mais cette fois, son esprit s'attardait sur un sujet plus plaisant que le meurtre. Que ressentait-il au juste pour Paula Paris ? Avait-il pitié d'elle à cause de ses frustrations psychologiques, parce qu'elle se séquestrait volontairement dans cette maison en privant le monde du bénéfice de sa compagnie ? De la pitié, donc ? Non, pas de la pitié, certes. Pour dire la vérité, il prenait un certain plaisir à savoir, lorsqu'il allait la voir, qu'ils étaient seuls, à l'abri du monde. Pourquoi cela ?

Le sang battait maintenant si douloureusement à ses tempes qu'il poussa un gémissement. Pourquoi se tourmentait-il ainsi, comme un adolescent en crise ? A quoi bon penser ? Les gens vraiment heureux n'ont pas une seule pensée en tête. C'est bien pourquoi ils sont heureux.

Il se leva en soupirant et retira son veston; et ce faisant, il fit tomber son portefeuille. Il se baissa pour le ramasser et se souvint soudain de ce qu'il contenait. L'enveloppe. Curieux comme il l'avait oubliée au cours de ces vingt-quatre heures !

Il la sortit du portefeuille, palpant en connaisseur le vélin crémeux. Bonne qualité. Oui, la qualité. Paula représentait un mélange spécial et unique de valeurs humaines, les valeurs les plus tendres, les plus intimes et les plus dignes d'être aimées. Celles qui éveillent chez un homme ce qu'il y a de meilleur en lui.

Il ouvrit l'enveloppe en souriant. Avait-elle réellement deviné qui avait tué Jack Royle et Blythe Stuart ?

De son écriture claire et déliée, elle avait écrit :

« *Cher Stupide, vous est-il inconcevable qu'une femme puisse parvenir par intuition à ce qui vous a coûté des tourments siegfriediens de l'intellect ? C'est, bien sûr, Lew Bascom. Paula.* »

« Au diable ces yeux qui comprennent tout », pensa-t-il. Elle n'avait pas besoin de le faire avec une pareille impudence. Il prit le téléphone.

— Paula ! C'est Ellery. Je viens de lire votre note...

— Mr Queen... murmura Paula. Revenu de guerre ! Je suppose que je dois féliciter le vainqueur ?

— Oh ! ça... Nous avons eu de la chance que tout se passe aussi bien. Mais, Paula, à propos de cette note...

— Je pense qu'il est inutile que j'ouvre votre enveloppe, n'est-ce pas ?

— Mais j'ai ouvert la vôtre, et je dois dire que vous aviez deviné juste. Mais comment...

— Vous pourriez aussi, dit Paula de sa voix mélodieuse, *me* féliciter.

— Bien sûr. Toutes mes félicitations. Mais la question n'est pas là. Vous avez *deviné* ! Voilà la question. Et où cela vous mène-t-il ? Nulle part.

— Ne devenez pas incohérent, dit Paula en riant. Cela vous mène à la réponse. Et ce n'est pas seulement une question de deviner, monsieur l'Omniscient. La raison aussi jouait un rôle.

— La raison ? Allons donc !

— Il est vrai que je ne comprenais pas les mobiles de Lew — l'assassinat de Jack ne cadrait pas bien... il faudra que vous m'expliquiez tout cela...

— Vous veniez de parler de *raison*.

— Une sorte de raison féminine. (Paula fit une pause.) Faut-il en parler au téléphone ?

— Dites-moi !

— Bien, monsieur. Vous voyez, je savais quel genre d'homme était Lew, et je fus frappée de voir combien le caractère de Lew et le caractère de ces crimes s'accordaient.

— Hein ? Qu'est-ce que c'est que ces histoires ?

— Lew était un homme à idées, n'est-ce pas ? Il concevait brillamment, mais exécutait pauvrement. C'était visible dans son travail.

— Et alors ?

— Mais son crime, si l'on y pense bien, était exactement cela : brillamment conçu et pauvrement exécuté !

— C'est cela que vous appelez raisonner ? bredouilla Ellery.

— Oh ! mais c'est si vrai. Vous êtes-vous donné la peine d'y penser ? dit Paula de sa voix la plus douce. Le coup des cartes à jouer était très, très habile, mais aussi invraisemblable — du vrai Lew Bascom. Et puis ces coups montés contre Jack puis contre Ty... cela ne marchait pas du tout. Et cette idée de limer les caractères des machines à écrire ! Bien maladroit, et bien mal exécuté.

— Seigneur, gémit Ellery.

— Il y avait des douzaines d'indications analogues. Le panier avec les bouteilles de cocktail. Et s'il n'avait pas été livré à temps ? Et si, dans tout ce désordre, les destinataires n'y avaient pas pris garde ? Et s'ils avaient oublié de l'emporter ? Et si, enfin seuls dans l'avion, Jack et Blythe avaient eu d'autres soucis que de se mettre à boire ? Et si un seul des deux avait eu soif ? C'était tellement *risqué*, Ellery, tellement peu pratique. Jacques Butcher, s'il avait été l'assassin, n'aurait *jamais*...

— D'accord, d'accord, dit Ellery, je suis convaincu, oui... non. Vous avez vu une idée brillante mais un peu fantasque, et mal appliquée, et parce que Lew est dans ce genre-là, vous vous êtes dit que c'était lui. Il faudra que je recommande cette méthode à Glücke, il sera certainement ravi. Et maintenant, miss Paris, si vous vous acquittiez de cette dette à mon égard ?

— Quelle dette ?

— Le pari ! Vous m'avez dit que je n'attraperais jamais l'assassin. Eh bien, je l'ai eu, donc j'ai gagné le pari, et vous devez m'emmener ce soir au *Horseshoe Club*.

— Oh ! fit Paula. (Dans le silence qui suivit, Ellery pouvait sentir sa panique.) Mais... mais ce n'était pas cela, le pari, finit-elle par murmurer avec désespoir. Il fallait que vous l'ameniez en prison devant les juges. Et vous ne l'avez pas fait. Il s'est suicidé, ou du moins son parachute ne s'est pas ouvert...

— Non, non, non, dit Ellery avec fermeté. Vous ne me jouerez pas ce tour-là, miss Paris. Vous avez perdu ce pari, et vous paierez votre dette.

— Mais, Ellery, gémit Paula. Je ne *peux* pas ! Cela fait des années que je n'ai pas mis le pied hors de la maison ! Si vous saviez ce que le seul fait d'y penser me fait...

— Nous allons au club ce soir.

— Je crois... que je vais m'évanouir. Je sais bien que cela semble stupide pour une personne normale, mais... (Il l'entendit pleurer.) Ne pouvez-vous donc pas essayer de *comprendre* ? Si j'avais la rougeole, vous comprendriez. C'est quelque chose qui est *malade* en moi, même si ce n'est pas organique. Cette peur...

— Changez-vous.

— Mais je n'ai rien à me mettre, s'exclama-t-elle triomphalement. Je n'ai pas une seule robe du soir. Forcément, je n'ai jamais l'occasion de les porter. Même... même pas une robe de cocktail convenable... non, rien, vraiment.

— Je commence à me changer. Je serai chez vous à huit heures trente.

— Ellery, non !

— Huit heures trente.

— Je vous en supplie, Ellery...

— Huit heures trente, répéta Mr Queen inflexiblement, et il raccrocha.

A huit heures trente précises, Mr Queen, paré de ses plus beaux atours, sonnait à la porte de la charmante maison blanche dans les collines, et une adorable jeune fille vint lui ouvrir. Mr Queen fut ému de voir que ses yeux étaient brillants d'excitation. C'était une des aériennes secrétaires de Paula, et elle regardait la longue et mince silhouette de Mr Queen avec l'attention d'une mère qui voit le premier amoureux de sa fille. « Grotesque, se dit Mr Queen; hors de mon chemin, jeune fille. »

Mais la jeune fille dit dans un murmure extatique :

— Oh ! Mr Queen, c'est vraiment *merveilleux* ! Vous croyez vraiment qu'elle le *fera* !

— Hein ? bien sûr qu'elle le fera, haleta Mr Queen. Toutes ces sottises sur son agoraphobie, c'est du bla-bla-bla ! Où est-elle ?

— Elle ne cesse de rire et de pleurer en même temps et... Oh, elle est plus belle que jamais ! Attendez de la voir ! C'est la plus merveilleuse chose qui lui soit jamais arrivée. J'espère qu'il ne se passera rien...

— Allons, allons, dit Mr Queen sur un ton bourru. Un

peu moins de bavardages, ma chère. Allons plutôt voir cette beauté.

Néanmoins, son cœur battait follement lorsqu'il approcha de la porte. Qu'avait-il donc ? Tant d'histoires et de nervosité pour une malheureuse sortie dans une boîte de nuit !

Il frappa. La secrétaire s'évanouit peureusement. La voix vibrante de Paula se fit entendre :

— Oui... Oui, entrez.

Mr Queen vérifia son nœud de cravate, toussota et entra.

Tendue et légèrement courbée en avant, Paula se tenait devant la paroi opposée et le regardait. Elle portait des gants rouges montant jusqu'aux coudes, et ses mains couvertes de bijoux étaient repliées sur son cœur. Elle portait... cela brillait et lançait des éclairs là où la lumière le touchait — de l'or tissé ? Et une cape de fourrure blanche sur les épaules, fermée par une magnifique broche de marcassite. Les cheveux étaient relevés — on eût dit la coiffure d'un page élisabéthain. C'était exquis. Simplement exquis. Simplement.

— Tonnerre de Dieu, chuchota Mr Queen.

Elle avait pâli jusqu'aux lèvres.

— Est-ce que... est-ce que ça va ?

— Vous ressemblez à un séraphin, dit Mr Queen avec révérence. Vous ressemblez... à Cléopâtre, moins le nez crochu et la peau noirâtre, tandis que *votre* peau et *votre* nez... Vous ressemblez... à un de ces divins habitants d'Aldébaran qu'H. G. Wells aimait décrire. Vous êtes... fantastique !

— Ne vous moquez pas de moi, lui dit-elle avec un regard mi-fâché. Je parlais des vêtements.

— Les vêtements ? Ah, les vêtements ! Je croyais que vous n'aviez pas de robe du soir ? Menteuse !

— Je n'en *avais* pas. J'ai dû emprunter la cape à Bess, la robe à Lilian et les escarpins à une voisine qui a d'aussi grands pieds que moi. Je me sens comme un vrai communiste. Oh ! Ellery, vous êtes sûr que je suis présentable ? (Ellery alla vers elle d'un pas déterminé. Elle se fit toute petite contre le mur de verre.) Ellery, qu'est-ce que...

— Puis-je offrir ces modestes fleurs à la plus belle de toutes les dames ? dit Ellery avec une galanterie éhontée en lui tendant une petite boîte de cellophane contenant d'exquis camélias.

— Oh ! merci, c'est vraiment gentil.

Et, oubliant toutes ses peurs, elle épingla habilement les fleurs à son décolleté.

Mr Queen soupira, puis dit :

— Paula...

— Oui ?

Mr Queen répéta :

— Paula...

— Oui ?

Elle leva la tête avec agacement.

— Paula, voulez-vous... puis-je... Oh ! zut, il y a une seule façon de le faire, et c'est de le *faire* !

Il la prit par les épaules, la serra contre lui aussi près que sa chemise amidonnée le lui permettait et l'embrassa maladroitement sur la bouche.

Elle se laissa aller dans ses bras, immobile, les yeux fermés, la respiration haletante. Puis, sans ouvrir les yeux, elle dit :

— Embrasse-moi encore.

Au bout d'un moment, Mr Queen dit :

— J'ai une idée... Ne sortons pas. On dira qu'on est sortis, voilà tout. Et... restons ici.

— Oui, murmura-t-elle. Oh, oui !

Mais l'âme de cet homme était d'acier, après tout. Il rejeta vigoureusement la tentation.

— Non. Nous sortons pour de bon. C'est l'essence même du traitement.

— Mais je ne peux pas... Je voulais dire : je crois que je ne peux pas.

Mr Queen la prit par le bras et lui fit traverser toute la longueur de la pièce, jusqu'à la porte fermée.

— Ouvrez cette porte.
— Mais je... ma coiffure est en désordre et...
— Vous êtes merveilleuse. Ouvrez cette porte.
— Vous voulez... que je l'ouvre ?
— Que vous l'ouvriez. Vous-même. De vos propres mains.

Les deux petites flammes jumelles de la peur s'éveillèrent dans ses yeux profonds et graves. Elle avala sa salive comme une petite fille intimidée et sa main droite s'avança vers la porte. Elle regarda Ellery avec détresse.

— Il faut l'ouvrir, chérie, dit Mr Queen à voix basse.

Lentement, sa main tourna la poignée jusqu'à ce qu'elle ne tourne plus puis, très vite, comme *la Petite Annie* au moment d'avaler son huile de foie de morue, Paula ferma les yeux et ouvrit violemment la porte.

Puis, toujours sans ouvrir les yeux, trébuchante, elle franchit en aveugle le seuil qui la séparait du monde.

Romans policiers

Dos bleu nuit

ARMSTRONG Charlotte

Troublez-moi ce soir (1767★★★)
Est-elle une douce baby-sitter ou une folle psychopathe ?

BOILEAU-NARCEJAC

Les victimes (1429★★)
Une inconnue avait pris la place de sa maîtresse.

Usurpation d'identité (1513★★★★)
Des pastiches étincelants de tous les grands auteurs policiers.

Maldonne (1598★★)
Il est toujours dangereux de jouer un personnage dans la vie.

BUCHAN John

Les 39 marches (1862★★)
Une course poursuite haletante qui inspira l'un de ses meilleurs films à Hitchcock.

CASPARY Véra

Laura (1561★★★)
Peut-on s'éprendre d'une morte sans danger ?

DEMOUZON

Adieu, La Jolla (1207★★★)
Elle était belle et aussi dangereuse qu'un serpent à sonnettes.

Monsieur Abel (1325★★)
Un vieil homme solitaire peut-il jouer au redresseur de torts ?

Section Rouge de l'Espoir (1472★★)
L'explosion révèle l'existence d'un nouveau groupe terroriste.

Quidam (1587★★★)
Rimbault contemple le carnage : un véritable cauchemar.

La pêche au vif (1779★★★)
Rien de tel qu'un cadavre pour vous gâter un dimanche.

FALK Franz-Rudolf

On a tué pendant l'escale (1647★★★)
L'atmosphère étouffante d'un port du Moyen-Orient.

FARREL Henry

Qu'est-il arrivé à Baby Jane ? (1663★★★)
Le face-à-face tragique de deux anciennes stars.

GARDNER Erle Stanley

La jeune fille boudeuse (1459★★★)
On l'a vue tuer, mais elle est innocente.

Sur la corde raide (1502★★★)
Perry Mason sera-t-il rayé du barreau ?

La nièce du somnambule (1546★★★)
Tuer en état de somnambulisme, est-ce un crime ?

L'œil de verre (1574★★)
Pourquoi voler un œil de verre ?

Le canari boiteux (1632★★★)
Le canari aurait-il été témoin du meurtre ?

La danseuse à l'éventail (1688★★★)
Un cheval peut-il être témoin à charge ?

La vierge vagabonde (1780★★★)
Comment cette innocente jeune fille a-t-elle pu être arrêtée pour vagabondage sur la voie publique ?

La nymphe négligente (1847★★★)
Des témoins formels accablent une jeune fille innocente.

L'épouse trop curieuse (1919★★★)
La curiosité peut conduire une femme au banc des accusés. *(déc. 85)*

GRUBB Davis

La nuit du chasseur (1431★★★)
Il poursuit ses victimes en chantant des psaumes à la gloire du Seigneur.

IRISH William

L'ange noir (1904★★)
Une femme lutte pour innocenter l'homme qu'elle aime. (nov. 85)

KELLEY et WALLACE

Witness (1855★★)
Un enfant, témoin d'un meurtre, est poursuivi par les assassins.

LEBRUN Michel

L'Auvergnat (1460★★★)
Dans son bistrot, tous les paumés de la nuit.

Pleins feux sur Sylvie (1599★★)
Il est parfois dangereux d'être une star.

En attendant l'été (1848★★★)
Une course contre la montre pour retrouver Nicole vivante.

LEONARD Elmore

Stick (1888★★★)
L'étrange alliance d'un repris de justice et d'une spécialiste de la Bourse. (oct. 85)

McBAIN Ed

Pour des haricots (1875★★★)
Il ne faut pas confondre un champ de haricots et un champ de marijuana.

MAC CLOY Helen

Le miroir obscur (1430★★★)
A-t-elle le pouvoir de se dédoubler ?

MCDONALD Gregory

Fletch (1705★★★)
Un homme cherche à se faire assassiner.

Fletch, à table ! (1737★★★)
Une location avec cadavre de femme nue en prime.

Le culot de Fletch (1812★★★)
Au début il y eut un meurtre devant une caméra, puis bientôt des émeutes sanglantes.

Fletch et les femmes mortes (1903★★★)
Le candidat à la Présidence laissait une traînée de cadavres dans son sillage. (nov. 85)

MACDONALD Ross

Un regard d'adieu (1545★★★)
La peur se tapit derrière les façades des riches villas californiennes.

L'affaire Wycherly (1631★★★)
Ou la disparition d'une jeune fille.

Le corbillard zébré (1662★★★)
Burke Damis un coureur de dot ou assassin ?

La face obscure du dollar (1687★★★★)
Le kidnappé serait-il le kidnappeur ?

Un mortel air de famille (1752★★★)
Ce garçon est-il un imposteur malgré sa ressemblance avec son père supposé ?

La côte barbare (1823★★★)
La disparition d'une championne de plongeon fait ressurgir des meurtres anciens.

MacGERR Pat

Un faubourg d'Elseneur (1446★★★)
Une pièce de théâtre dénonce un meurtre.

MASTERSON Whit

La soif du mal (1528★★★)
Que peut un homme seul contre la conspiration du mensonge ?

MEYER Nicholas

La solution à sept pour cent (1473★★★)
Stupéfiante aventure de Sherlock Holmes.

QUEEN Ellery

La ville maudite (1445★★★)
Est-il coupable ou cherche-t-il à racheter un crime ancien ?

Il était une vieille femme (1489★★★)
Une comptine rythme des meurtres insensés.

Le mystère égyptien (1514★★★)
... ou la crucifixion d'un maître d'école.

Et le huitième jour (1560★★★)
Ellery pris pour Dieu par des fanatiques.

La maison à mi-route (1586★★★)
Un seul corps pour deux morts.

Le renard et la digitale (1613★★★)
Tout l'accuse ... il le croit innocent.

La décade prodigieuse (1646★★★)
Un meurtre peut-il obéir aux Dix Commandements ?

Griffes de velours (1675★★★)
Quelle sera la prochaine victime du Chat ?

Coup double (1704★★★)
Une jeune sauvageonne débarque dans la vie d'Ellery.

Le mystère du grenier (1736★★★)
Seul un oiseau a été témoin du crime.

Le roi est mort (1766★★★)
Ellery doit élucider un meurtre impossible dans l'île d'un roi fou.

Le mot de la fin (1797★★★)
La mort rôdait autour de l'arbre de Noël : Ellery mit plus de vingt ans à comprendre.

Un bel endroit privé (1811★★★)
Le meurtre fut commis à 9 h 9, le 9e jour du 9e mois, et Ellery reçu 9 indices, tous faux.

Le quatre de cœur (1876★★★)
Une enquête dans le Hollywood d'avant-guerre.

Le mystérieux Monsieur X (1918★★★)
Un meurtre hallucinant où tout a été mis à l'envers. *(déc. 85)*

QUENTIN Patrick

La veuve noire (1719★★★)
Il se sentait prisonnier d'une machination mortelle.

SADOUL Jacques

L'héritage Greenwood (1529★★★)
Amanda était riche, jeune, belle et dénuée de tous scrupules.

La chute de la maison Spencer (1614★★★)
La vie d'une enfant de dix ans est menacée.

L'inconnue de Las Vegas (1753★★★)
Pour retrouver une gamine, Carol Evans doit suivre un chemin parsemé de cadavres.

SAYERS Dorothy L.

Poison violent (1718★★★)
Lord Peter décide d'épouser une femme accusée de meurtre.

Le mort de la falaise (1889★★★★)
Lord Peter retrouve Harriet qui a découvert un cadavre. *(oct. 85)*

SPILLANE Mickey

En quatrième vitesse (1798★★★)
Il allait au devant d'ennuis en prenant, la nuit, une auto-stoppeuse nue.

SYMONS Julian

La splendeur des Wainwright (1432★★★)
Est-ce son fils ou un imposteur ?

Les dessous de l'affaire (1488★★★)
On n'empoisonne vraiment bien que dans la bonne société anglaise.

VILAR Jean-François

Passage des singes (1824★★★)
Un homme mort peut-il être l'instigateur d'une gigantesque escroquerie ?

Cinéma et TV

A bout de souffle/made in USA (1478★★)
par Leonore Fleischer
Une cavale romantique et désespérée.

Alien (1115★★★)
par Alan Dean Foster
Avec la créature de l'Extérieur, c'est la mort qui pénètre dans l'astronef.

Angélique, marquise des Anges (667★★★ à 685★★★★)
(1410★★★★ à 1412★★★★)
(1914★★★★ et 1915★★★★) *(déc. 85)*
par Anne et Serge Golon
De la Cour de Louis XIV au glacial Québec, les aventures de la fascinante Angélique.

L'année dernière à Marienbad (546★★)
par Alain Robbe-Grillet
A-t-elle connu cet homme qui prétend l'avoir aimée ?

Annie (1397★★★)
par Leonore Fleischer
Petite orpheline, elle fait la conquête d'un puissant magnat. Inédit, illustré.

Au delà du réel (1232★★★)
par Paddy Chayefsky
Une terrifiante plongée dans la mémoire génétique de l'humanité. Illustré.

Beau père (1333★★)
par Bertrand Blier
Il reste seul avec une belle-fille de quatorze ans, amoureuse de lui.

Les Bleus et les Gris (1742★★★)
par John Leekley
Deux familles étaient liées par le sang, la foi et l'amour jusqu'au jour où éclata la guerre de Sécession.

Blade Runner (1768★★★)
par Philip K. Dick
Rick Decard est un tueur d'androïdes mais certaines androïdes sont aussi belles que dangereuses.

La boum (1504★★)
par Besson et Thompson
A treize ans, puis à quinze, l'éveil de Vic à l'amour.

Cabaret (Adieu à Berlin) (1213★★★)
par Christopher Isherwood
L'ouvrage qui a inspiré le célèbre film avec Liza Minelli.

Carrie (835★★★)
par Stephen King
Ses pouvoirs supra-normaux lui font massacrer plus de 400 personnes.
(déc. 85)

Chaleur et poussière (1515★★★)
par Ruth Prawer Jhabvala
En 1923, elle a tout quitté pour suivre un prince indien fascinant mais décadent.

Chanel solitaire (1342★★★★)
par Claude Delay
La vie passionnée de Coco Chanel. Illustré.

Le choc des Titans (1210★★★★)
par Alan Dean Foster
Un combat titanesque où s'affrontent les dieux de l'Olympe. Inédit, illustré.

Christophe Colomb (1924★★★★★)
par Jean Merrien
L'histoire fabuleuse de l'homme qui découvrit l'Amérique. *(nov. 85)*

Conan (1754★★★)
par Robert E. Howard
Les premières aventures du géant barbare qui régna sur l'âge hyborien.

Conan le barbare (1449★★★)
par Sprague de Camp et Carter
L'épopée sauvage de Conan le Cimmérien face aux adorateurs du Serpent.

Conan le Cimmérien (1825★★★)
par Robert E. Howard
Bêlit a envoûté Conan, mais que peut-elle faire contre la force brutale du barbare ?

Conan le flibustier (1891★★★)
par Robert E. Howard
Crucifié contre un arbre, Conan attend la mort. *(oct. 85)*

Cujo (1590★★★★)
par Stephen King
Un monstre épouvantable les attend dans la chaleur du soleil.

Dallas

- **Dallas** (1324★★★★)
par Lee Raintree
Dallas, l'histoire de la famille Ewing, au Texas, célèbre au petit écran.
- **Les maîtres de Dallas** (1387★★★★)
par Burt Hirschfeld
Qui a tiré sur JR, et pourquoi ?
- **Les femmes de Dallas** (1465★★★★)
par Burt Hirschfeld
Kristin convoite la fortune de JR.
- **Les hommes de Dallas** (1550★★★★)
par Burt Hirschfeld
Le combat de JR contre Bobby.

Damien, la malédiction – 2 (992★★★)
par Joseph Howard
Damien devient parfois un autre, celui qu'annonce le Livre de l'Apocalypse.

Des fleurs pour Algernon (427★★★)
par Daniel Keyes
Charlie est un simple d'esprit. Des savants vont le transformer en génie, comme Algernon la souris.

Des gens comme les autres (909★★★)
par Judith Guest
Après un suicide manqué, un adolescent redécouvre ses parents.

2001 – l'odyssée de l'espace (349★★)
par Arthur C. Clarke.
Ce voyage fantastique aux confins du cosmos a suscité un film célèbre.

2010 – Odyssée 2 (1721★★★)
par Arthur C. Clarke
Enfin toutes les réponses.

Dynasty (1697★★) et
Dynasty 2 (1894★★★)
par Eileen Lottman
Un des plus célèbres feuilletons télévisés.

E.T. – l'extra-terrestre (1378★★★)
par William Kotzwinkle
Egaré sur la Terre, un extra-terrestre est protégé par les enfants. Inédit.

Edith et Marcel (1568★★★)
par Claude Lelouch
L'amour fou de Piaf et Cerdan.

Elephant man (1406★★★)
par Michael Howell et Peter Ford
La véritable histoire de ce monstre si humain.

L'Espagnol (309★★★★)
par Bernard Clavel
Brisé par la guerre, il renaît au contact de la terre.

Achevé d'imprimer sur les presses de l'imprimerie Brodard et Taupin
58, rue Jean Bleuzen, Vanves. Usine de La Flèche,
le 28 août 1985
6625-5 Dépôt légal août 1985. ISBN : 2 - 277 - 21876 - 6
Imprimé en France

J'AI LU
1876
★★★

Editions J'ai Lu
27, rue Cassette, 75006 Paris
diffusion France et étranger : Flammarion